이 글은 시도 아니고 소설도 아니다. 하지만,
이 글은 시이기도 하고 소설이기도 하다.

증상

症狀

김민석

장편소설

좋은땅

그리고 병에 걸린 것은 그뿐만이 아니었다.

어머니도 병자였고 아버지도 병자였다.

심지어 한 번도 만나본 적 없는 길거리의 ㅅ

그리고 ㄱ

① 소설(小說)이란 산문(散文)에 불과하지만, 운문(韻文)의 색을 띤 산문이어야 한다.

② 그래서 이 글을 '소설'로 읽되, 마치 한 편의 긴 '산문시'를 읽는 느낌이 들어야 한다. 즉, 한 문장을 하나의 행(行)으로, 한 문단을 하나의 연(聯)으로, 한 장(章)을 하나의 편(篇)으로, 소설 전체를 하나의 권(券)으로 보아야 한다.

③ 이 글에서 가장 중요한 것은 '그'가 '그' 자신과 나누는 대화이다. 그렇기 때문에 " "(큰따옴표)에서 진행되는 대화는 모두 '그'가 자신과 나누는 대화이다.

그들은 하나같이 증상을 앓는다

0일

01

그는 쓰러졌다,

무너지는 듯이.

마치 죽은 것들을 맺은 채로 썩어버린 나무 한 그루가 연약한 바람 한

줄기를 맞고 맥없이 무너지는 것만 같았다.

쓰러지니 큰 소리가 났다. 만약 누군가 있었다면 역겨운 걱정의

눈초리를 흘겼을 것이 분명할 정도로 큰 소리였다.

하지만 주위엔 아무도 없었다.

그러니 오히려 세상에 홀로 떨어진 것처럼 느껴졌다.

차오르는 고독 속에서 그토록 커다랗게 무너지듯 쓰러지는 와중에도,

그는 다소 엉뚱하게 반듯한 푹신함을 지닌 소파에 대한 생각을 멈출

수가 없었다.

그것이 아주 완벽했기 때문이었다.

솜을 뭉쳐 넣어 뛰어난 푹신함을 지닌 만듦새가 우선 온몸에 따스하게

감겨왔다. 그러니 몸이 닿는 부분 어디에서도 부담이라곤 느껴지지

않았다. 뒤이어 안으로 박아 넣어 보일 리 없는 재봉선들의 그 촘촘한

이음새가 저절로 눈앞에 그려지는 것 같기도 했다. 마치 푹신한 침대

같았다. 그는 굳이 반 정도 누워버린 자신의 특이한 자세를 상기하지

않더라도 이 소파 위에서는 쉬이 잠들 수 있을 것 같다고 생각했다.

그토록 완벽한 남의 소파 위에 누운 그는, 그것이 얼마 전까지 앉았던 어울리지 않는 초라하고도 남루한 자신의 소파와는 차원이 다르다고 확신했다.

정확한 가격은 알 수 없으나 지나치게 고급스러운 이 소파는 자신과 같은 서민(庶民)들이 소유하기에는 무리가 있다고 여겨지기 때문이었다.

그러다 문득, "이제 그 초라하고 남루한 소파도, 나의 소파가 아닐지도 모른다."

라는 생각이 들자, 그는 온몸이 쪼그라들 만큼 서글퍼졌다.

뒤이어 만약 그 초라한 것을 박차고 이곳으로 달려오지 않았다면 이런 소파를 영접하는 것조차 힘들었으리라고 생각하니 금세 목이 칼칼해질 만큼 서러워졌다.

그 서글픔과 서러움이 한 데 어우러지니 곧 더러운 냄새가 나는 잔인한 실망(失望)이 온몸에서 배어나왔다.

그 악취에 코를 틀어막고 싶었지만 그는 손가락 하나조차도 움직일 수 없었다.

그러고 있자니 그 실망의 덩어리가 무거운 좌절(挫折)로 둔갑하여 식도(食道)에 턱하니 받쳤다. 이내 숨도 가빠졌다. 그래서 가슴을 움켜쥐고자 했지만 그조차도 여의치 않았다.

그는 아예 눈을 감아버렸다. 아무것도 보지 않으면 자신이 느끼는 모든 것들이 사라지리라 여겼기 때문이었다. 게다가 움직일 수 있는 건 고작 눈꺼풀뿐이기도 했다.

하지만 바뀌는 것은 아무것도 없었다. 피부에 스미는 공기 한 톨조차 바뀌지 않았다.

끈질기게 스며드는 잔인함 속에 눈을 감은 채,

그는 그렇게 쓰러졌다.

그는 생각했다,

웃음이 얼굴에 서렸다고.

그는 감히 자신이 아직도 웃음이란 것을 지을 수 있을 거란 생각조차 할
수 없었다.

허나 서민(庶民)이라는 단어가 일순간 뇌리를 스치자, 그의 얼굴은 금세
쓰디쓴 미소와 함께 보기 싫게 일그러져 버렸다.

그는 평소에 서민이라는 단어에 딱히 반감(反感)을 지니고
있지는 않았다. 하지만 지금 자신을 쓰러트린 것이 방금 경험한
계급(階級)이동의 결과였기에, 계급과 관련된 그 단어가 뿜어낸 참담한
감정이 바깥으로 표출되는 것을 막아낼 수는 없었다.

그가 자신의 소파가 자신의 것이 아니라고 생각한 것도 같은
맥락이었다.

그가 서민(庶民)이었을 때 소유했던 그 소파는 여전히 서민적일 테지만,
이제 자신은 노예(奴隷)가 되어버렸으니 더 이상 자신과 그 소파가 서로
어울리지 않다는 표현은 일면 합당했다.

그는 문득 별일 없는 평소였다면, 자신이 그런 표현에 대해 웃음이
아니라 화를 자아냈을 것이라고 생각했다.

하지만 감정(感情)은 상황에 따라 그 모습이 바뀌어 터져 나온다는 걸
그는 알고 있었다.

그래서 자신의 급격히 달라진 상황 때문에 분노(忿怒)라는 감정의 모습이 혐오(嫌惡)의 색을 담뿍 묻힌 뒤틀린 실소(失笑)로 나타나게 된 것을 그는 당연하게 여길 수 있었다.

이윽고 뒤틀릴 대로 뒤틀린 그 감정은 제멋대로 번져나가 곧 그의 머릿속에 혐오스러운 현대판 계급에 대한 생각을 갑작스레 떠올려 놓았다.

정말이지 갑작스레 떠올랐지만 그는 금세 그 생각에 온몸을 담가버렸다.

귀족(貴族)의 소파에 쓰러진 채,

그는 그렇게 생각했다.

그는 생각했다.

혐오스러운 계급의 모습을.

동시에 그는 지독하게 슬픈 웃음을 다시 뱉었다.

뒤틀린 감정이 기억 속에 떠올려 놓은 흑색 판에 달필의 백묵으로 써내려지던 그 잡다한 지식들 중, 그는 인간이 평등(平等)하다는 것도 분명히 포함되어 있었다는 걸 확신하고 있었다. 뒤이어 그는 어떤 누군가는 지금도 학교의 걸상에 앉아 죽을상을 하고 그 가르침을 똑같이 적어 내려가고 있을 것이라고도 확신했다.

어쩌면 그토록 천연덕스럽게 가르칠 수 있었는지 모르겠으나 그는 분명히 모든 인간은 평등하다고 배웠었다.

하지만 그가 학교에서 벗어나 마주한 사회(社會)는 두터운 배에 두꺼운 기름띠를 두른 귀족들과, 홀쭉한 허리에 얇은 허리띠를 졸라매는

서민들로 나뉘어져 있었다. 혈통(血統)에 따라 나뉘던 과거와는
달리 현대인들은 그 "띠(帶)"라는 경제력의 기준 아래 각자의 계급을
부여받아 살아가고 있었던 것이다.

하지만 학교에서는 그런 불평등한 세상을 결코 가르치지 않았다.
그래서 학교에서 벗어나자마자 그는 사람마다 차고 있는 띠가 다르다는
것을 직면하게 되었고 큰 혼돈에 휩싸였다. 결국 인간은 과거나 현대나
단 한 번도 평등하지 않았다.

다만 과거와 현대의 딱 한 가지 다른 점이 있었다. 과거와 달리 현대엔
계급 간의 이동이 조금 더 자유롭다는 게 바로 그것이었다.

학교는 바로 이 부분을 가리켜 인간이 평등하다고 가르쳤던 것이다.
소유(所有)의 이름 아래 누구나 귀족의 권좌에 오를 수도 있고,
상실(喪失)의 이름 아래 누구나 노예의 족쇄를 찰 수도 있으니 그들의
말에 따르면 세상은 당연히 평등해질 수밖에 없는 것이었다.

하지만 귀족은 귀족이다. 그 수(數)는 극히 제한되어 있다.

물론 거리를 기던 노예가 일확천금으로 귀족의 권좌에 올라앉는
허황된 상상을 할 수도 있을 것이다. 허나 그런 계급 이동은 결코
빈번하지 않으며 심지어 그 이동을 실제로 경험하거나 목격한 자는
눈을 씻고 찾아도 없었다. 그건 빈익빈 부익부의 현대사조 때문이기도
하지만 한 없이 커다란 문에 수많은 사람들이 한꺼번에 뛰어 들어가면
바늘구멍처럼 보이듯, 비슷한 처지의 수많은 사람들이 모두 같은
목적지를 향해 달려가기에 극히 낮아진 확률 때문이기도 했다.

거기에 순간 그의 머리에 떠오른,

"인간은 누구나 귀족의 권좌에 앉고 싶어 하지 않는가."

라는 한 줄의 생각이 그 확률에 선명한 확신을 덧대어 주었다.

또한 그는 만약에 한 서민이 귀족사회에 포함될 만한 능력을 갖추었다 해도, "그들"은 또 다른 잣대를 들이밀며 결국 그 자가 같은 서민들 중에서 그나마 나은 인물이라는 것만을 충분히 자각시켜줄 뿐이리라고 확신했다. "그들"의 잣대란 언제나 발전하고 진화했으니까 말이다.

그래서 "그들"은 서민들의 불만을 잠재우기 위해 노력(努力)을 고안하고 발명해냈다.

"흑판에 쓰인 백묵을 아무런 불만 없이 따라 쓰고, 아무런 의문 없이 받아들여 머릿속에 구겨 넣어 시키는 대로 할 수 있는 능력."

저 한 줄이 바로 "그들"이 발명해 낸 거짓된 노력의 모습이었다.

허나 그 "거짓된 노력"만으로는 절대로 잣대의 발전과 진화의 속도를 따라잡을 수 없었다.

이제 그는 머릿속에 터져 나온 그 "노력"에 대한 생각을 멈출 수가 없었다.

그 노력은 결국 아무것도 바꾸지 못한다는 걸 이제야 깨달았기 때문이었다.

그들은 "그들"만의 세계를 꾸려놓고 거짓된 노력을 "우리"에게 강요했다. 노력만 하면 언제든지 자기들의 세계로 편입시켜주겠다는 달콤한 거짓을 내뱉으면서 말이다. 허나, 그 어떤 노력으로도 "우리"가 "그들"의 세계로 진입할 수는 없었다.

노력만으로 귀족이 된다는 건 애초에 불가능한 것이었다.

결국 "그들"이 학교에서 인간이 평등하다고 가르치는 이유는, "우리"를 그 노력의 이름 아래 평등하게 대우하기 위해서가 아니었다. 그중

몇몇 뛰어난 귀족들을 양성해내기 위한 달콤한 거짓말에 불과했다. 또한 그렇게 키워낸 소수의 귀족을 다수의 서민들 위에 군림시키기 위함이기도 했다.

사실 그 노력이라는 것도 상당히 우습다. 세상에 존재하는 노력의 모습은 얼마나 많은가 말이다. 그리고 그 다른 노력들도 분명히, 나름 고귀한 가치를 지니고 있다. 하지만 "그들"이 제시한 노력은 상당히 제한적이었다. "그들"은 자신들이 인정한 노력이 아닌 것들은 더 심하게 자신들의 세계에 진입하지 못하게끔 이 세상을 꾸려 놓았다.

결국 "그들"은 자신에게서 인정받지 못하면 그것은 노력으로서의 가치가 없다고 학교의 입을 빌려 "우리"에게 논리적인 척 이야기한다. 그리고 "그들"은 오로지 그 노력만으로 옆에 있는 사람의 머리를 밟고 올라서라고 "우리"에게 가르친다. 밟고 올라서 봐야 거기서, 거기인데 말이다.

하지만 "그들"은 그 노력에서 뒤처지면 서슴없이 패배라는 낙인을 이마에 찍는다. 물론 노력에 발맞추는 애완견 같은 서민들에게 승리라는 매우 희미한 목줄을 매어주는 것도 두말할 필요가 없다.

결국 "그들"만의 노력을 조장하고 선전하는 곳이 바로 학교였다. 그 선전의 끝에, 그럭저럭 애처롭게 살아가는 "우리"를 남기려고 말이다. "우리는 누구나 학교에 간다. 똑같은 걸상에 앉아. 똑같은 모습을 하고. 똑같은 선생님을 쳐다보고. 똑같은 흑판을 바라보며. 똑같은 백묵을 쓰고. 똑같은 글씨를 구겨 넣는다."

는 잔인한 생각이 "우리" 중 하나인 자신을 찾자 그는 상황에 맞지 않는 슬픈 웃음을 뱉을 수밖에 없었다.

결국 학교란 계급 양성소에 지나지 않는다고,

그는 그렇게 생각했다.

그는 생각했다,

자신은 결국 패배(敗北)했다고.

그는 그들이 선전한 노력에 매달렸다. 그 결과 사회에서 서민이 되었다.

그리고 딱히 귀족이 되기 위한 것은 아니었지만 어쨌든 노력이라는

듣지 않는 진통제를 끊지 않았다.

하지만 그는 상실의 패배를 삼켰고, 그것을 통해 깨달을 수 있었다.

서민이 귀족의 자리에 오르는 것은 확률적으로 거의 불가능에 가깝지만

그 반대는 너무나도 쉽다는 것을.

그는 한 증권 회사의 푹신한 소파에 앉아 서민이 노예로 전락하는 것은

너무나도 쉽게 이루어질 수 있다는 것을 뼈저리게 느끼고 있었다.

정말이지 쉬웠다. 겨우 숫자 몇 개가 줄어들면 계급이동의 중심에 설 수

있었으니 말이다.

거기서 그는 우습다고 생각했고 다시 한 번 썩은 웃음을 피워냈다.

이번에 그가 웃은 이유는 "그들"의 학교는 무엇이든 더 가지고

소유하는 노력만을 가르치고 기억하게 하여 귀족으로의 신분 상승만을

달콤하다고 했을 뿐, 무엇을 잃거나 상실하는 노력에 대해 가르치고

기억하게 하여 노예로의 신분 하락은 전혀 대비케 하지 않았다는 것을

깨달았기 때문이었다.

"그들"이 노력이라고 부르는 그 지식은 정말로 가르쳐야 할 것은

말하지 않았던 셈이다.

나아가 그는 지금이라도 학생들에서 차라리 평범하게 서민으로
살아가거나 아니면 노예가 되는 것에 대비하라고 가르치는 게 더 나을
것이라고 생각했다.

그렇게 "인간은 결코 평등하지 않다."고 가르치는 것이, 다른 서민들도
언제든지 마주할 수 있는 자신이 겪은 패배를 쉬이 받아들일 수 있는
지름길이 되리라 여겨지기 때문이었다.

"애초에 그렇지 않다고 이야기하면, 정말로 그렇지 않다고 단념할 수
있지 않겠는가."

하지만 그런 생각들은 지금의 그에게는 별 도움이 되지 않았다.

그 가르침 이전에 이미 그는 계급 이동의 중심에 던져져버렸기
때문이었다.

그러나 그는 여전히 그 중심에 버려진 자신의 처지(處地)를 정말로
인정하고 싶지 않았다.

허나 동시에, 처지를 인정하고 싶지 않는 인간이 이미 패배한
자신뿐만은 아니리라는 확신도 함께 머릿속에 자리했다.

"인간들은 누구나 좀 더 나은 처지를 원하기에 죽을힘을 다해 살아가고
있지 않은가."

하는 생각이 뒤를 이었기 때문이었다.

어떤 사람이 꿈꾸는 처지와 실제로 살아가는 처지에는 균열이 있다.
그 균열의 틈에서 새어나오는 잔인하리만치 선명한 빛에 의해 그들은
죽어간다. 그 선명한 빛은 달콤함을 내뿜어 사람들이 불나방이 되어
달려들게 하지만, 그 불나방들을 태워버릴 정도의 뜨거운 열기도 함께
지니고 있기 때문이다.

바로 그 처지의 균열의 빛에 의해 피부에 살짝 생채기가 나면, 대기에
만연하던 질투나 시기를 비롯한 온갖 병마가 달려들어 그 상처를
물어뜯고 할퀴고 벌려놓는다. 그리고 이내 그 부위는 곪는다. 그러니
미열 같은 속앓이로 시작하던 생채기는 중증으로 번질 수도, 경우에
따라 죽을병으로 발전할 수도 있다.

그러다 그 생채기의 지독한 통증에 시달린 뒤, 도저히 이기지 못하겠다
싶으면 마침내 스스로를 죽여 버리는 것을 달콤한 수단으로 삼게 되는
것이 바로 인간이란 존재였다.

그 사유(思惟)의 끝에서 "인간이란 그토록 쉬운 존재다."라고 그는
생각했다.

그는 "인간이 이토록 상처받기 쉬운 존재라는 것"을 몸소 체험하고
있었다. 그것이 얼마나 아픈지가 확실히 느껴졌다. 뼈마디가 하나씩
부서지는 육체적 고통의 크기와 다르지 않았다. 마치 보이지 않는
손에게 무자비하게 폭력을 당한 것만 같았다.

너무나도 아팠다. 죽을 것만 같았다.

문득 이러다가 스스로를 죽일지도 모른다고,

그는 그렇게 생각했다.

그는 확신했다,

죽는다는 것은 겁이 난다고 그리고 적어도 죽고 싶지는 않다고.

그러려면 어떻게든 이 패배를 타파해야 했다.

그래서 그는 패배를 타파할 방법인 상처에 대한 해결책을 서둘러
강구하기 시작했다.

가장 먼저 떠오른 방법은, 본질적인 부위인 생체기를 봉합하여
원상태로 되돌리는 것이었다. 모든 상처가 그렇듯 빠른 시기에
치료하여 고쳐내면 되지 않겠나 싶었던 것이다.

그러나 그 치료조차도 상처를 입은 그 인간이 어떠한가에 따라 다르게
적용되었다.

일단 흰 가운을 입고서 거들먹거리는 개인의사를 거느릴 수 있는
귀족들은 그 상처 자체가 별일이 아닐 것이기에 논외로 쳐야 한다는
생각이 들었다.

하지만 그와 같은 서민들은 보험료를 내는 것만으로도 벅찼다. 애초에
보험료가 없어 의료 혜택 자체를 받을 수 없는 서민들에게 치료(治療)를
해결책이라고 부르는 것 자체가 어불성설이었다.

그 생각의 결과 그는 자신 역시 찢어져버린 처지의 상처를 봉합할 수
있는 치료자체가 불가능한 존재라는 걸 확신했다. 그러자 자신이 입은
상처가 아가리를 더욱 크게 벌리는 것만 같았다.

그래서 다음으로 그가 생각해낸 방법은 상처의 크기가 그 사람이
지니고 있는 것에 비례한다는 이론을 따라가 보는 것이었다.

그것은 전혀 다른 것으로 이미 찢어진 상처를 틀어 막아보자는
임시방편이었다.

그는 당연하게도 지닌 것이 많은 인간의 상처는 금방 아물 수 있을
테고, 지닌 것이 적은 인간의 상처는 크게 벌어질 것이라고 생각했다.

하지만 지닌 것이 많으면 많을수록 상실의 상처는 크게 벌어질 수도
있고, 지닌 것이 없으면 없을수록 상실의 상처는 금세 봉합될 수도
있겠다는 생각도 들었다.

결국 많이 지니고 있다는 것은 좋은 것도 나쁜 것도 아닌 매우 역설적인
상태였다.

그러나 사람들은 일반적으로 그 역설적인 상태로 비집고 들어간다.
어떻게든 조금이라도 더 가지고자 애를 쓰는 것이다. 그러다 결국 가질
것이 없다는 사실을 깨닫고, 가질 것이 없기에 남는 것도 없다는 잔인한
사실을 마주하리라는 것도 모른 채 말이다.

돌이켜보니 자신 역시 그 역설의 물(水)에 몸을 담뿍 담근 인간에
지나지 않았다. 그리고 지금 더 이상 남은 것이 없다는 잔인한 사실을
또렷이 마주하고 있었다.

더 이상 남은 것이 없으니 해결책이 될 수도 없었다. 그래서 그 이론도
가능성이야 있지만 그 해법에서 완벽한 오답이라고 그는 생각했다.

생각 끝에 그가 찾아낸 보다 가능성이 높은 방법은 방금 "우리"라고
칭했던 범주에 속하는 남(他)들이 보듬어주는 것이었다.

하지만 그는 여태 길거리에서 오고가며 봤던 남들 중에, 만약 오늘 당장
이웃이 죽어나갔다고 해서 내일 그 길을 다시 걷지 못하는 인간은 없을
것이라고 확신했다.

인간이란 자신이 모르는 남들의 죽음은 자신과는 무관한 일로 치부하고
그 전에 애초에 남들에게 신경자체를 쓰지 않는 종자들이라는 생각이
들었기 때문이었다.

그는 거기서 다시 허탈한 웃음을 웃었다. 이번 웃음의 이유는 명확했다.

상처를 주는 인간들은 결국 자신과 비슷한 처지의 상처를 입은
"남"들이었다는 잔인한 사실을 알게 되었기 때문이었다.

결국 그가 해결책 중 하나라고 떠올렸던 "남"들은 자신을 죽게 만드는

상처인 경쟁적인 무관심 그 사체였던 것이다.

그런 남들은 자신이 상처를 입은 것은 생각지 않고, 또 다른 남들의
상처를 벌리는 데만 애를 쓸 뿐이었다.

그렇게 생각하니 고독이 더욱 짙어졌다. 입술마저 바싹 타들어갔다.

결국 아무도 믿을 수 없었고 결국 아무런 방법도 없었다.

그때. 그는 자기 자신도 그저 한없이 유약하면서, 동시에 끝없이 잔인한
존재라는 것을 알게 되었다.

자신 역시 남들에게는 상처를 주고 또 상처를 받는
남들에 불과한 존재일 뿐이라고,

그는 그렇게 확신했다.

그는 생각했다,

안개가 끼었다고, 그것도 아주 짙고 넓게.

희뿌연 안개 속에선 뚜렷한 것이 없다.

뚜렷한 것이 없는데 확신 따위가 있을 리 만무했다.

그는 확신을 덧댄 해결책이 없었기에 마냥 그렇게 가만히 누워있을
수밖에 없었다.

치료할 수 없는 상처를 입은 자신의 모습을 그는 한 없이 내려다보고만
있었다.

그때. 앉아있던 그 완벽한 소파에서 한기(寒氣)가 올라왔다.

그의 이마에 땀을 흥건히 맺게 한 것과는 상반된 기운이었다.

순식간에 뼛속까지 얼 것 같았다. 그는 그 추위가 진저리 쳐질만큼
싫었다.

그래서 그는 일어나려 했다. 일어나야 한다고 느꼈고 또 그러고 싶었다.

억지로 자리에서 일어난 그는 발걸음을 조금씩 움직이기 시작했다.

그 발걸음이 미친 듯이 무겁다고,

그는 그렇게 생각했다.

02

그는 느꼈다,

찌는 듯 덥다고.

바깥으로 나오자마자 피부를 뒤덮은 그 후덥지근한 느낌 속에서 그는
자신을 제외하고는 그 어떤 것도 변하지 않았다는 걸 깨달았다.

그러자 그 순간 신기하게도, 살을 에는 추위가 자신의 몸을 에두르는
것이 느껴졌다.

원래 더운 숨을 가쁘게 내쉬는 여름이란 이름은, 자신의 시기에
추위라는 것을 결코 용납하지 않는다.

하지만 가끔 놀라울 만큼 추울 때가 있다.

그는 "차가운" 빛을 토해내는 그 거리를 지나며, 곳곳에 가득 찬 그
익숙한 인환의 냄새에서 "차가운" 역겨움을 느꼈다. 그 냄새는 마치
시궁창이 증발되어 올라오는 그 푸르뎅뎅한 것과 비슷했다. 그리고
주위를 어슬렁거리는 사람들의 차가운 눈길들도 그 역겨움에 한몫씩들
하고 있었다.

그렇게 여름의 한 중간에서 느낄 수 있는 추위는, 미칠 듯이 역겨웠다.

힘겹게 일어나 미치도록 역겨운 추위의 숲속으로 옮겨가는 그의
발걸음은 마치 족쇄를 차고 면화 밭으로 끌려가는 옛 흑인노예들마냥
무거웠다.

그렇게 기어가듯 걸어가고 있자니 거리의 화려한 빛과 희미한 빛,
그리고 사람들의 눈이 뿜어내는 약간의 빛조차도, 그에게 고정되어
역겹고도 차가운 인상을 뱉어내고 있는 것만 같았다.

그가 그 거리에서 느낀 그 차가운 빛들의 정체는 하나 같이
무관심(無關心)이었다.

여름이란 이름도 무관심이 내뿜는 역겨운 추위는 어쩔 수 없는 것이다.
그는 그 차디찬 무관심 사이에 멈춰서 "내가 무엇을 잘못했느냐."고 한
명 한 명을 손가락질하며 크게 따져보고 싶었다. 실제로 그 욕지기가
목구멍까지 차올랐지만 그 순간에 그에게는 없는 것이 있었다.

더 이상 사람들 사이를 걸어 다닐 자신감이 없었다.

그러자 발걸음은 더욱 무거워지고만 있었다. 심지어 꿈쩍거리기조차
힘들 정도였다.

그는 바깥에서 느껴지는 역겨운 추위의 빛과, 그 역겨운 냄새도
어떻게든 피하고 싶었다.

그러나 곧장 집으로 들어가기에는 너무나도 겁이 났다. 그곳엔
아무것도 없다는 생각이 그를 막아 세운 것이다. 또 집 안에 들어간다고
해서 역겨운 냄새가 없으리라는 보장도 없었다. 오히려 그곳에서는
시커먼 시큼한 냄새가 날 것만 같았다.

그래서 그는 정처 없이 길거리를 배회하며 담배연기만 연거푸 하늘로
쏘아 올렸다. 톡 쏘는 연기가 목젖을 치는데도 꿈쩍도 하지 않으면서.

그러는 동안 그는 슬며시 눈길을 돌려보았다. 그러자 별 볼일 없는
밤거리에 쏟아져 나온 다양한 인간군상이 눈길에 잡히기 시작했다.

그 눈길 속엔 평소와 다를 바 없는 일상의 등쌀을 피하려 한잔 꺾으러

나온 사람들, 너 이상 자그마하다 할 수 없는 학생들, 한 마디도 벙긋하지 않고 오로지 걸음만을 재촉하는 사람들이 스쳐 지나갔다.

하나 같이 다른 모습들이었다.

허나 그 다양성 안에 한 가지 공통점이 있다면 눈에 띄는 인간들은 모조리 그와 같은 처지의 서민들뿐이라는 것이었다. 예나 지금이나 귀족을 알현하는 것은 구름이 잔뜩 낀 하늘에서 별을 보는 것보다 어려운 법이다.

그러나 같은 처지에 있어 반가워야 할 그 남들조차 진정으로 자신에게 신경 한 톨조차 써주지 않는다는 그 잔인한 무관심이 다시금 그를 역겨운 추위에 떨게끔 만들었다.

그 추위 속에서 그는 오늘 잃은 것이 고작 숫자뿐만이 아니라는 것에 생각이 미쳤다.

이제 눈앞을 지나가는 저 남들은 자신과는 어깨를 나란히 할 수 없는 계급이 되어버린 것이다.

완벽히 노예가 되어버린 자신의 처지를 온 몸으로,

그는 그렇게 느꼈다.

그는 느꼈다,

남아있는 오한(惡寒)와 고독(孤獨)을.

마지막으로 남은 자그마한 방의 문을 열자 그를 반기는 건 세상에서 가장 뜨거운 어떤 것마저도 얼려버릴 지독한 한기(寒氣)와 세상에서 가장 해밝은 어떤 것마저도 집어삼킬 듯 대기 속에 넘쳐흐르는 짙은 검정색의 고독뿐이었다.

그 오한의 암흑에 묻혀 희미한 빛조차 남아있지 않은 자신의 자그마한 방의 모습은 그가 생각하고 있던 것보다 더욱 차갑고 고독해보였다.

하지만 이내 마음속에 북받치는 뜨거운 분노가 오한과 고독을 녹여버렸다. 그 분노는 방의 모습이 더할 나위 없이 초라해 보였기에 차오른 것이었다.

이내 성큼 들어선 방 안에서 그는 이제 자신과 어울리지 않는 남루한 소파를 향해 몇 번의 발길질을 했다. 그러고 나면 조금이나마 마음이 풀릴까 싶어서였다.

허나, 무정하고 매정하게도 소파는 그 자리에서 꿈쩍도 하지 않았다. 오히려 힘이 스르르 빠져나가면서 헐떡이게 되는 것은 자기 자신뿐이었다.

그렇게 얼마간을 멍하게 서 있자니 갑자기 머릿속에 희멀건 것이 차오르기 시작했다.

그 하얀 것은 실제로 존재한다기보다는 느껴지기만 하며 그의 머릿속에 천천히 퍼져나가기 시작했다. 마치 하얀 물이 가득 들어차는 것만 같았다.

그 미지(未知)에의 잠수(潛水)는 그를 아무것도 할 수 없게 만들었다.

그 흔한 생각 한 조각조차 그에겐 허락되지 않았다.

그 하얀 것이 머릿속을 완전히 지배하기까지는 꽤 오랜 시간이 걸리는 듯했다.

그 시간이 얼마인지를 정확히 알 수 없어 다만 예감으로 알아내보려 해도 빠른 것일 수도, 느린 것일 수도 있다는 희미한 파편만이 떠오를 뿐이었다.

인간은 그게 누가 되있든 간에 실제로 자신의 머릿속을 들여다 볼 수 있는 능력을 지니고 있지는 못할 것이다. 그 역시 그런 인간 중 하나였지만 지금 이 증상은 그런 류의 능력으로 설명할 수 있는 것과는 완전히 다른 차원의 것이었다.

흔히들 머릿속이 하얘진다는 표현을 쓴다. 사람들은 그 표현을 자신의 머릿속에 아무것도 없는 상태. 즉, 생각이나 의식 따위의 그 어떤 것도 존재하지 않는 진공(眞空)상태를 표현하기 위해 쓴다.

"하지만 그 표현을 쓴 사람이 머릿속에서 실제로 하얀색을 보거나 느꼈던 적이 있던가?"

그는 지금 그 능력이 없음에도 머릿속의 하얀색을 확실히 보고 있었다.

또한 완벽한 하얀색이 자신의 머릿속에 평원을 펼쳐놓고, 완벽한 무(無)의 세계를 지어가고 있는 것도 뚜렷이 목도할 수 있었다.

깨끗하지만 아무것도 없는 잔인할 정도로 완벽한 무(無)의 상태를.

그 느낌은 거기서 멈추지 않고 이내 눈으로 전이되었다.

그러니 처음엔 모든 것이 흐릿해지기 시작했다. 다음으론 형태(形態)가 일그러졌다. 마지막엔 형상(形狀)이 무너져갔다.

그렇게 시각의 파괴가 벌어지고 있다는 것을 알고는 있었지만 이미 새하얀 무(無)의 세계로 접어든 그의 머릿속엔 그 어떤 이성이나 합리성이 들어찰 수 없었다.

게다가 이내 그 느낌은 시각을 마비시키는 형태로 서서히 번져 나가고 있었다.

곧 눈앞에도 완벽한 무(無)의 평원이 펼쳐지는 상황이 벌어졌고, 그는 적잖이 당황했다.

하지만 그는 "어떻게든 이 상황을 타파하고 싶다."라는 생각조차 해낼
수 없었다.

그의 머릿속도, 눈앞도, 완벽한 무(無).

아무것도 없는 공허와 허무의 색으로 물들어 가고 있었기 때문이었다.

허나, 눈앞이 완벽히 하얘지자 깜짝 놀란 그의 머릿속에 약간의
이성(理性)이 찾아들 공간이 생겼다.

지금 상황 즉, 이 증상(症狀)을 조금이나마 이성적으로 여길 여지가
주어진 것이었다.

그는 두말할 것 없이 그 증상을 떨쳐내고 싶었다. 그래서 있는 힘껏
머리를 세차게 흔들었다.

호전적인 변화는 없었다. 오히려 그 새하얀 색이 귀에까지 전염되어 그
새하얀 색의 비명(悲鳴)을 질러댔다.

하지만. 머리를 흔들 때, 함께 움직였던 목 근육이 뒤틀린 채, 약간의
고통(苦痛)을 일으켜 주었다. 그리고 그 고통이 신호의 역할을 했다.

그 신호와 함께 거둬들여지기 시작한 하얀 색은 이내 퍼져나가는 더 큰
고통과 함께 그 저변을 줄여나갔다.

이때다 싶었다. 그는 다시 한 번 머리를 흔들어댔다. 이번에는 목
근육이 뻣뻣해질 때까지 그렇게 해보았다.

그것이 효과가 있었는지 이내 머릿속의 그 증상은 섬점 사그라지고
있었다.

증상이 사라지는 것이 느껴지자 그는 마지막으로 한 번 더 머리를
뒤흔들었다. 목에서 타는 듯한 고통이 느껴질 정도였다.

그러자 머릿속에서 시작되고 있던 그 후퇴는 눈앞에 쳐져있던

장막들에게도 명命해진듯 천천히 사라져갔다.

그렇게 약간의 시간이 흘렀다. 그는 그 시간이 얼마인지는 정확히 알
수가 없었다. 그것이 완전히 걷히는 데 걸렸던 시간은 아마 그 누구도
알 수 없을 것 같았다.

그가 그 누구도 알 수 없다고 확신한 이유는 그 증상이 자신만이 지닌
고유한 느낌처럼 여겨지기 때문이었다.

이런 경험은 그 누구에게라도 쉬이 찾아오지 않고 또 경험하고 싶다고
해서 경험할 수 있는 것도 아니었다. 그리고 남과 공유할 수 없는
경험에 대한 증거는 없다. 한 마디로 그 증상은 존재(存在)하는 것도
아니고 존재하지 않는 것도 아니었다.

말 그대로 완벽한 무(無)였다.

어쨌든 그 증상은 이내 완전히 사라졌다.

하지만 그는 그 사이에서 피어오른 것 같은 약간의 현기증에 몸이
무거워지는 것을 느낄 수 있었다. 그리고 그 느낌이 너무나도 싫었다.

그래서 그 알 수 없는 현기증에 몸을 휘청이며, 그는 억지로 조금씩
걸음을 옮겼다.

그리하여 닿게 된 비루한 소파 위로 몸을 던지자
엄청난 피로가 온몸을 뚫고 지나가는 것을,

그는 그렇게 느꼈다.

그는 생각했다,

놀랍게도 차갑다고.

좁혀 앉아야 겨우 네 명은 들어갈 법한 너비와 날카로울 정도로

거칠거칠한 잿빛 표면을 지닌 이 싸구려 소파가 여름의 한 중간에
한기(寒氣)를 내뿜는 것을 그는 믿을 수 없었다.

당장이라도 일어나 자세히 살펴보고 싶었으나 그에겐 단 한 움큼의
힘도 남아있지 않았다. 심지어 웃옷조차 제대로 벗어내지 못할 정도로
지쳐있었다. 다만 한기 속에서도 느낄 수 있는 뚜렷한 더위 속에 어쩔
수 없이 바지는 천천히 벗어버렸다. 그리고 그 바지가 벗겨지는 순간,
주머니에서 담배가 흘러나왔다.

그래서 습관처럼 담배 한 개비를 꺼내 물고 불을 붙였다. 그리고
누워서 담배를 피우는 것에 익숙하지 않은 그는 천천히 몸을 일으켜
굳건히 앉았다. 그와 동시에 힘껏 빨아들였던 허연 연기가 입 밖으로
뿜어져 나가자 지친 가슴이 조금은 안심이 되는 듯했다. 이윽고 또다시
빨아들인 그 따끔한 것이 식도를 지나 가슴의 어느 부분을 치고 한
번 더 내뱉어지자, 이번엔 놀랍게도 평온함이 찾아왔다. 갑작스레
찾아왔던 현기증과 한기(寒氣)도 어느새 사라진 것 같았다.

그러자 시기상 당연하게 느껴져야 할 심한 열기(熱氣)가 훅하니
다가왔다.

연거푸 내뿜은 연기가 평온과 더위를 가져오자 그는 현실로 돌아왔다고
여겼다.

그렇게 돌아온 현실속의 사위(四圍)는 여전히 조용하고 어둑했다.

그리고 그는 그 속에서 딱히 할 수 있는 것도, 할 만한 것도 없었다.

그러다 갑자기 그 밋밋하고도 후덥지근한 현실에 당연하다는 듯이
권태의 바람이 불어 닥쳤다.

이윽고 그 서글픈 권태가 불어 들자마자, 그의 머릿속엔 떨어지는 낙엽

같은 과거의 기억들이 바람을 나고 저절로 긁어모아졌다. 그 떨어진 것들은 어느새 그의 주변에 몰려들어 기억(記憶)의 바스락거리는 소리를 선명하게 자아냈다.

흐릿한 무의식 속에서 그는 그 소리에 가만히 귀를 기울였다.

그러자니 우습게도 그에게 처음으로 찾아든 기억은 자신의 일생(一生)에 관한 것이었다.

현실을 살아가고 있는 사람들에겐 자신의 일생을 돌아볼 수 있는 기회는 그리 많지 않다. 그는 자신에게 대입해보아도 여태껏 일생을 진득하게 돌아본 적이 없었다고 생각했다. 일 초만 머뭇거려도 얻을 수 있는 것을 놓치게 되는 이 현실 속에서 과연 몇 분 또는 몇 시간씩 자신의 일생을 돌이키기 위한 짬을 낼 수 있는 사람이 과연 얼마나 있을 수 있겠는가?

그래서 그것은 일종의 특권처럼 여겨지기까지 했다.

여태껏 일생을 한 번도 돌려보지 않았던 자신에게 지금 처해있는 이 지저분한 현실이 역설적으로 그 특권을 허락한다고,

그는 그렇게 생각했다.

03

그는 기억했다,

정말로 평범했다고.

그가 여태 살아왔던 일생은, 지금도 어디서 무엇이든 하고 있을 평범한
남들과 비교했을 때, 전혀 모자라지도 넘치지도 않는 것이었다.

평범하게 태어나, 평범하게 자랐고, 평범하게 학업을 마쳤다. 이후
찾아온 취직이라는 관문에서도 평범하게 성공했다. 그러면서 평범하게
일을 시작하고, 돈을 벌었다.

그는 그렇게 그저 평범한 삶을 이어왔을 뿐이었다.

어째서 그토록 평범하게 살 수 있었는지는 그 자신도 알 수가 없었다.

하지만 떠오른 기억 속에서, 자신이 여태 주위에서 듣고 자라왔던
소리들이 우선 평범하기 그지없는 것들이었다는 조각을 집어 올릴 수는
있었다.

그러자 "어느 때에 공부를 하고, 어느 때에 연애를 하고, 어느 때에
취직을 해서, 어느 때에 어떻게 하라"며 주위에서 들려왔던 평범한
그 말소리들이 바로 자신을 평범하게 살게 했던 원동력이었는지도
모른다는 생각이 뒤를 이었다.

그러자 심지어 그 말소리들이 자신의 안으로 파고 들어와 어떤 탑(塔)을
세워놓았고, 그는 스스로의 몸과 마음을 그 탑에 묶고는 제자리를

돌면서 살아왔을 뿐이었나는 환영까지 어른거렸다.

그래서 그는 자신의 인생이란, 남의 말소리에서 흘러나오는 거대한
탑에 의해 좌지우지 되었던 것일 뿐이라고 기억할 수 있었다.

그리고 자신도 모르게 그것을 운명으로 받아들였다고 기억했다.

분명하게도 그 말소리에는 운명적인 울림이 있었다.

그러자 정말이지 자신의 인생을 고작 그 운명의 방향으로 평범하게
걸어가는 데 사용했을 뿐이었다는 슬픈 확신이 그에게 그득해졌다.

다시 그리고 몇 번을 돌이켜도, 그는 자기 자신이 평범함의
운명(運命)에 얽혀 살았던 것만 같았다.

나아가 자신의 인생은 온통 그 운명에서 비롯된 필연(必然)의 고리
속에서 발버둥친 것에 불과했을 뿐이라는 생각까지 그를 찾았다.

주위에서 들려왔던 그 소리들이 운명적인 행동강령을 생성하여 자신의
인생을 필연적으로 몰아갔던 것처럼 여겨지기 때문이었다.

결국 "어떤 때에 어떤 것을 하라."는 그 평범한 소리들이 무의식중에,
그의 인생에 운명적이고 필연적인 평범함을 얹어놓은 것이었다.

그 운명적이고 필연적인 평범함은 상식(常識)이라는 이름을 뒤집어쓰고
있었다. 그리고 그 상식이라는 이름은 남들의 목소리를 빌려 평범하게
살아가는 것이 "마땅히 그래야 하는 것"이라고 넌지시 설파해댔다.

그는 자신의 유년, 학창, 성인시절을 비롯한 전체 시절(時節)에 거쳐,
남이 설파하던 그 상식에 단 한 번도 발을 삐끗하지 않고 오히려 제대로
맞추어 살아왔었다고 기억했다.

그는 결코 상식을 벗어나지 않았고 또 상식을 벗어나고 싶지도 않았다.
그것이 평범해지는 길이자 마땅히 그래야 하는 길이었기 때문이었다.

하지만 그 운명적인 필연은 지금 그에게 실망과 좌절 그리고 패배라는
결과를 던졌다.

그토록 열심히 그 운명과 필연에서 비롯된 상식에 굴복하여 평범하게
살아왔음에도 불구하고, 그는 패배하고 말았던 것이다.

이제야 그는 그 운명과 필연 그리고 상식이 더할 나위 없이
혼란스러웠다는 것을 인정하지 않을 수 없었다.

"도대체 어디서부터 어디까지가 상식이란 말인가? 그리고 그 상식은
누가 정한 것인가?

또 만약 그 상식이 필연적인 것이었다면, 그 필연 또한 누가 정한
것이란 말인가?

그리고 모든 것을 '마땅히 그러하다.'고 끌고 가는 운명은 도대체 누가
정했단 말인가?"

라는 생각이 들었기 때문이었다.

그래서 이제 그는 어떤 것에도, 어떤 때(時)가 필요치 않다고 확신할 수
있었다.

"만약 무엇을 하는 때가 존재한다면, 내가 패배하리라는 때(時)도
정해져 있었단 말인가?"

라고 뒤이어 생각할 수 있었기 때문이었다.

그는 모든 것은 그저 우연히, 정말이지 우연히 벌어질 뿐이라고
생각했다.

그렇게 그는 이제 와서, 모든 것은 우연(偶然)에 불과하다고 얼핏
확신할 수 있었으나, 여전히 달라진 건 없다고 생각하기도 했다.

이런 생각이나 확신조차 지금 자신이 겪은 패배에 하등의 긍정적인

영향도 미치지 못하기 때문이었다.

여태까지 자신의 인생이란 고작 남이 세운 탑에 묶여 어리석게도
운명적이고, 필연적이며, 상식적인 것에 순응하면서 살아왔던
것뿐이었다고,

그는 그렇게 기억했다.

그는 생각했다.

사실 자신의 인생은 우연(偶然)이었다고.

비단 자신뿐 아니라 모든 인간의 인생 그 자체가 우연이라는 생각이
들었다. 다만 그 우연의 과정 속에 쓸데없이 끈질긴 인과(因果)관계가
끼어들어, 그것이 운명적이고 필연적인 것으로 착각했던 것뿐이었다.
이렇다고 해서 무조건 이래야만 하는 것은 아니었고, 저렇다고 해서
무조건 저래야만 하는 것도 아니었다.

명확하고 확실한 필연은 애초에 존재하지 않았다.

그러자 그는 도대체 무엇 때문에 자신이 운명을 믿고 살아왔는지가
의아해졌다. 뒤이어 어째서 자신이 필연의 고리에서 허우적거리며
살아왔는지도 미친 듯이 궁금해졌다.

그러던 사이 너무 빨리 피워댄 담배가 어느새 끄트머리에 다다랐다.
그래서 그는 소파 앞의 평범한 탁자에 올려져 있는 평범한 재떨이에
담배를 비벼 껐다.

그 순간 그는 잠시 현실로 돌아왔다. 그러자 자신을 둘러싼 그
순간조차도 평범하게만 느껴졌다. 심지어 주위에 널브러진 공기마저도
평범하게 느껴지고 있었다.

정말이지 모든 것이 평범했다. 존재하는 모든 것 둘러싼 모든 것이 죄다 평범함 일색이었다. 무엇으로 지금까지 살았나 싶을 정도로 자신의 인생은 평범함으로 덧칠되어 있었다.

이제 그의 생각의 줄기는 "무엇을 위해 이토록 평범한 인생을 살아왔는가?"에 가 닿아 있었다. 이 부분을 해결하지 않고서는 이 평범함의 무게에 짓눌려 죽을 것만 같았다.

그때, 그의 기억 속에, 그토록 평범했던 자신이 운명적으로 지녔던 유일한 목표가 자연스럽게 떠올랐다.

평범하고도 평범한 자신의 인생조차도 살아가게 할 만한 무언가가 있기는 했던 것이다.

그 목표란, 남들만큼 되는 것이었다.

언제부터 그런 목표를 지니고 있었는지는 몰랐다. 딱히 어느 시점이라는 것이 존재하지 않은 것 같았다. 그저 처음부터 그렇게 생각하고 남들을 의식하며 살아왔던 것 같았다. 그 처음이 언제인지도 알 수가 없었다.

언제는 알 수 없지만, 이유는 알 수 있었다.

그는 자신의 귀에 강령을 속삭여주던 "남들"의 목소리와, "그들"이 학교에서 가르쳤던 끝없는 밟고 올라서기가 결합하여, 옆에 있는 남들에 대한 발맞춤 욕구에 불이 붙은 것이 그 이유였다고 확신했다.

"남들은 이만큼 한다, 남들은 이만큼 산다."

이런 것들이 그에게는 무엇보다도 중요했다. 그것을 중히 여겼기에 그는 자신이 평범하고 모나지 않은 인생의 길을 걸어오는 데 성공했는지도 몰랐다고 생각했다.

공부도 남들이 하는 만큼 몰두했고, 일도 남들이 하는 만큼 열심히 했고, 연애도 남들이 했던 만큼은 했을 것이라고 자부할 수 있었으니까.

"모자라지도 넘치지도 않게, 딱 남들만큼만 무엇인가를 하는 것."

바로 그것이 우연에 불과한 인생을 평범한 운명처럼 사는 지름길이었던 것이다.

물론 이런 인생도 생각만큼 쉽지만은 않았다. 심지어 어떤 사람은 평범(平凡)하게 사는 것이 가장 힘든 것이라고 썰을 풀지 않았던가.

하지만 이제 와서 생각해보니 평범하게 사는 것이 힘들다고 여겨지는 이유는, 실제로 그것이 우연에 불과했기 때문이었다.

만약 평범하게 사는 것이 운명이라면 힘들 것이 무엇이 있겠는가?

어떤 일이 벌어져도 운명이라고 생각하고 단념하면 되는 것이 아닌가 말이다.

하지만 평범한 인생을 사는 것도 우연에 불과했다. 그 누구도 운명적으로 평범하게 살아가지는 않는다.

그렇다면 자신의 인생을 구성하고 있던 운명이라 생각되던 다른 것들은 실제로는 어떤 우연의 모습을 띠고 있었던 것일까 하고,

그는 그렇게 생각했다.

그는 기억했다,

인생에 있어 가장 기막힌 우연이었던 아버지를.

그는 지금 자신이 앉아 있는 곳에서 한두 시간 정도 떨어진 곳에서 태어나고 자랐다.

그곳조차 너무나 평범한 곳이었다. 그러나 그 평범한 가정 속에서 그는

부족한 것 하나 없이 자라났다고 회상할 수는 있었다.

그 가정을 유지하시고 또 직업상 공무(公務)에 평생을 바치신 아버지는, 그에게 있어서 가장 큰 기둥이라고 할 수 있는 존재였다. 어려서부터 그랬다. 아버지는 직장에 성실하셨고 가정에 충실하셨다. 유일한 단점은 약주를 조금 좋아하셨다는 것뿐이었지만, 술에 취하신 후 어떤 문제가 발생한 적은 단 한 번도 없었다. 그래서 단점이라고까지 불릴 만큼 심각하진 않았다.

어머니도 마찬가지였다. 인자함을 당신의 가장 큰 덕목이라고 생각하셨던 어머니는 적어도 그의 기억 속에서 단 한 번도 큰 소리를 지르신 적이 없었다. 언제나 그에게 부족한 것만을 채워주시려고만 하셨지, 당신이 그 이상을 바라신 적은 한 번도 없으셨다. 그런 어머니의 모습은 지금까지도 그대로였다.

서로 간에 같은 곳을 바라보는 그 두 분의 금슬이 나빴을 리 없었다. 그 부부간의 모습은 그의 눈에는 언제까지나 아름답게만 비춰졌다. 언젠가 자신이 가정을 꾸린다면 가장 이상적인 부모님의 그 모습을 따를 것이라고 몇 번이나 생각했을 정도로 아름다웠다.

그런 부모님은 그에게 있어 커다란 기둥이자 드넓은 그늘이었다. 그는 언제나 그 기둥에 등을 기대어 쉴 수 있었고, 언제나 그 그늘에 숨어 더위를 식힐 수도 있었다.

그 기둥은 언제나 포근했고, 그 그늘은 끝없이 시원했다.

기둥이었던 아버지는 어려운 일이 있을 때마다 "세상 사는 것이 다 그렇다."라는 말로 그를 감싸주었고, 그늘이었던 어머니는 억울한 일이 있을 때마다

"남들도 다 그렇게 산다."는 밀로 그를 품어주었다.

"사는 것이 다 그런" 평범한 세상과 "남들도 다 그렇게 사는" 평범한 세상에 누구보다도 평범한 모습으로 살아오신 그 두 분에게, 평범함이 발할 수 있었던 가장 밝은 빛이 있었다.

그랬기 때문에 그는 그토록 평범하셨던 아버지를 한 평생 자신의 목표로 삼고 살아왔는지도 몰랐다. 평범하지만 누군가에게 기둥과 그늘이 될 수 있는 그 모습은 그가 쫓아야 할 모습 그 자체처럼 보였던 것이다.

그래서 그는 남들의 이야기가 마음속에 자리 잡기 전부터, 그렇게 자신의 곁을 지켜주었던 부모님과의 만남을 운명이라고 생각했다.

그래서 그토록 이상적으로 평범했던 아버지에 의해 평범함의 힘과 운명을 굳게 믿어 오게 되었는지도 모른다고 생각했다.

그런 아버지를 그가 기막힌 우연이라고 표현한 이유는 바로 두 해 전 사건 때문이었다.

평소 즐기시던 약주가 과해지면 약간의 가슴통증을 호소하셨던 아버지는, 두 해 전 그날에도 업무를 파한 뒤 동료들과 한 잔 걸치시고 집에 들어오셨다. 어머니는 그 날도 음주로 인한 피곤함과 괴로움을 호소하시는 아버지의 침소를 살펴주시고는 남은 살림거리를 하시느라 분주하셨다 한다. 그리고는 아무 일도 없었다는 듯 두 분은 그대로 그날 밤 편안히 잠자리에 드셨다고 한다.

그런 아버지가 다음날 아침 싸늘한 주검으로 발견된 것은. 옆에서 함께 주무셨던 어머니는 물론, 홀로 떨어져 잠이 들었던 그에게도 큰 충격이었다.

주변의 이야기에 따르면 아버지는 호상(好喪)이었다.

고통 없이. 피해 없이. 꿈을 꾸듯. 현세를 떠난 그 죽음만큼 이상적인 것은 없다고 아버지가 가시는 길에 들른 사람들이 입을 모아 떠들어대었던 것이다.

하지만 그에겐 아버지의 죽음은 그 어떠한 것이라도 결코 좋을 수 없었다.

슬픔에 겨워있는 있는 자리에서 그런 얘기가 들려올 때마다 그는 그 말을 꺼내는 사람들의 뺨이라도 한 대씩 쳐올리고 싶었다. 하지만 그는 알아차리지도, 예상하지도 못한 시기에 자신을 지탱하던 대들보가 사라진 것에 대한 슬픔에 잠겨있을 뿐이었다.

인생을 통틀어 이때만큼 가장 크게 울었던 적도, 인생을 통틀어 이때만큼 가장 죽고 싶었던 적도 없었다.

더욱이 아버지의 상을 치루고 난 어머니의 표정은 그런 그를 더욱 아프게 했다. 역시 예상치 못한 죽음을 가만히 지키고만 계셨던 어머니의 얼굴은 더 이상 이 세상의 것이 아닌 것처럼 보였다.

그는 어머니를 아버지만큼 사랑하고 있었다. 그 누군가 물어온다면 자신 있게 그 두 분을 세상에서 가장 사랑한다고 외칠 수 있을 정도였다.

그런 어머니는 할 수 없었다.

그래서 그가 아버지가 맺고 있던 사회적인 실을 모두 잘라내었다.

사방에 얽혀있던 실을 한 올, 한 올 손바닥에 감아 타래를 만들고 나니, 생각보다 무거워서 눈물이 샘솟았다.

당신이 살았던 인생의 무게가 숫제 이 정도라는 것을 알고 나니 억장이 무너지고 뒤집어지는 것만 같았던 것이다.

허나 어머니는 할 수 있었다.

그래서 손수 아버지의 속세 적인 물건들을 불로 모두 태워버렸다.

팔방에 널려있던 것을 한 개, 한 개 화톳불에 던져 재로 바꾸어 버리니,

생각보다 가벼워서 눈물을 쏟으셨다.

당신이 살았던 인생의 무게가 고작 이 정도라는 것을 알고 나니 억장이

무너지고 뒤집어지는 것만 같았을 것이다.

그런 슬픈 어머니의 모습을 보고 존재를 느낄 때마다,

그는 알 수 없는 불안에 사로잡혔고, 숨을 쉴 수 없을 정도의 고통에

잠겨야 했다.

그 불안과 고통 속에서, 사랑했던 두 분 중, 한 분은 이 세상 사람이

아니고, 또 한 분이 저렇게 아파하는 것을 보니 그는 인생에 아무런

의미도 없어졌다는 생각마저 들었다.

그건 이제 기둥에 등을 기대어도 이전만큼은 포근하지 않을 것이었고,

그늘도 항상 그랬던 것처럼 시원하지는 않을 것이 분명해졌기

때문이었다.

그는 이토록 부모님에게 특별한 감정을 느끼는 자신뿐만 아니라,

그게 누구든 간에 소중하게 여기던 사람이 떠나가면 괴로울 수밖에

없으리라고 생각하며 슬픔을 달래려 했다.

하지만 상실에서 비롯된 고독은 결코 달래어지지 않았다.

그가 운명이라 생각하던 그 평범함의 길을 아무런 걱정 없이 걸어올 수

있었던 것도, 그 두 분의 존재가 있었기에 가능했었다. 그 두 분의 존재

때문에 그는 평범하게 살아가는 것에 그 어떤 고독함도 느끼지 못하고

살아갈 수 있었던 것이다.

그런 그에겐 언제까지고 부모님과 함께 평범하게 살 수 있다면 고독이란 것은 있을 수가 없었다. 그리고 그 전까지 고독했던 적이 없었기 때문에 그것을 쉬이 잊을 수 없는 것은 당연한 것이었다.

그리고 그는 그 죽음으로부터 운명을 믿지 않게 되어버린 것인지도 모른다고 생각했다.

그런 자신의 인생을 이어 나갈 수 있게 해주었고, 그런 자신의 인생에 고독을 잊게 해주셨던 분이 한 순간에 타계했다는 사실이 우연이 아닌 운명이라면.

과연 누가 그런 운명의 장난을 쳤다는 말인가.

정확히 그 이후부터 그의 인생은 고독해져 버렸다고,

그는 그렇게 기억했다.

그는 기억했다,

싸늘한 주검 이후 잠시나마 고독을 잊었던 상황을.

과거의 저편을 휘저어 마구잡이로 뻗어나가던 기억의 촉수가 닿아 떠올리게 된 장례식은, 아버지가 곁에 없다는 것을 사실로 만들었다. 그 기억을 다시 목도한 그는 지금도 슬픔이 뚜렷하게 느껴지는 것을 어쩔 수 없다.

하지만 그 당시의 슬픔은 더욱 거대했다. 더 이상 아버지의 움직임과 목소리를 느낄 수 없다는 것이 완연한 사실이 된 그 잔인한 현실이 그에게 슬픔을 넘어 아주 거대한 상실(喪失)의 덩어리가 되어 떨어졌었던 것이다.

그는 그 상실의 상황을 받아들이기가 힘에 부쳤다. 도저히 수긍할 수가 없었다.

그래서 어떻게든 그 자리를 메꿔야겠다고 결심했다. 그것을 메꾸지 않고서는 단 하루조차도 제대로 살 수 없을 것 같았다. 어떻게든 자신의 고독을 걷어내야만 한다는 생각만이 그의 머릿속을 지배하고 있었다.

그래서 그는 상중(喪中)으로부터 일상에 복귀할 때까지, 자신에게 애인(愛人)이 없다는 것에 착안했다. 즉, 세상에서 가장 아픈 마음을 지니고 있던 어머니를 제외하고 그에게는 곁에 둘 사람이 없다는 사실을 생각한 것이다.

그래서 그는 막연하게 곁에 둘 사람을 찾는데 집착하기 시작했다. 상을 마치고 일상으로의 복귀까지는 딱 일주일이 걸렸다. 그 직후 그는 스스로를 다시 습관화하고, 일부러 애인을 찾아 여기 저기 다녀보았다. 심지어 아무것도 할 일이 없는 날엔 사람들이 많이 몰리는 카페에 찾아가 혼자서 뜨거운 커피를 꿀떡 삼켜보기도 하였다. 하지만 결코 쉽지 않았다. 하물며 숫자를 얻어내는 것도 어려운 시기에 자신의 마음을 남에게 넘겨줄 사람을 찾는다는 것은 어쩌면 세상에서 가장 힘든 것일지도 몰랐다.

그렇게 마주한 힘든 시기의 그를 잡아준 것은 가슴에 묻어놓은 아버지와의 단란한 한때의 모습이었다. 하지만 그 근엄하고 자상하며 자신의 이상형이었던 아버지가 떠오를 때마다 상실감의 파도가 끊임없이 그를 덮쳐왔다. 그리고 그 파도는 고독이라는 잔물결로 부서져 그의 온몸을 적셔댔다.

그의 목표는 그 물결을 모조리 거둬내는 것이었다.

그러려면 새로운 사람이자, 자신의 곁에 둘 수 있는 사람이 하나
필요했다.

"사랑까지 하진 않더라도 곁에 둘 수 있는 애인(愛人)."

그에게 필요한 것은 그런 애인이었다.

그런 그의 노력이 결국 빛을 발했다. 그의 노력은 예전에 알고 지내던,
자신과 두 살 터울을 두고 있는 여자에게서 열매를 맺었다.

그녀는 사실 그가 생각하는 이상적인 애인의 기준에 크게 부합하는
여자는 아니었다.

하지만 상관없었다. 신경 쓰지 않았다.

그때의 상황에서 필요한 것은 곁에 둘 수 있는 애인의 존재였을 뿐이지
이상적인 여자가 아니었다. 그때의 상황이란, 길을 걷다가 만난 아무개
여자가 그를 붙잡고 뜬금없이 만남을 제의했대도 수락할 준비가 되어
있는 것이었다.

그런 상황 속에서 그는 한 번 실마리를 잡은 일을 일사천리로
진행시켰다. 짧은 연락과 짧은 만남 이후 진중하다고 부를 만한 교제의
상태로 돌입했던 것이다. 그렇게 그는 그녀와 꽤 많은 시간을 함께
보내며, 상실감에서 비롯되는 고독을 어느 정도 덮어내는 데 성공했다.

그러나 그녀를 만나는 동안에도 그에게서 바닥을 알 수 없는 불안과
숨을 쉴 수 없을 정도의 깊은 고통은 사라지지 않았다.

심지어 그 검붉은 불안과 검푸른 고통 때문에 잠을 쉽게 이룰 수가 없을
정도였다고,

그는 그렇게 기억했다.

그는 생각했다,

그녀와의 관계는 원체 불순했던 의도 탓인지 쉽사리 끝이 났다고.
처음엔 아무런 생각이 들지 않았다. 오히려 그는 교제의 끝에서
그녀와의 이별이 어디서 비롯된 것인지 생각해 볼 수 있는 침착성까지
발휘할 수 있었다. 비록 모든 것은 자신의 무관심에서 비롯된
것이었다는 결론만을 얻었을 뿐이지만.

인간을 찬장(饌欌)이라고 치자. 그러면 누구나 그 찬장을 가득 채우려고
할 것이다. 그래서 누구나 무언가를 가지려고 갖은 애를 쏟는다. 하지만
찬장을 가득 채운다는 것은 불가능하다. 결국 듬성듬성 비어있는 그
찬장이 보기 흉하다 여겨지면 하다못해 관상용 분재(盆栽)를 하나
가져다 놓을 수 있을 것이다.

그에게 그녀는 그 분재에 불과했다. 그러나 귀찮아져버린 나머지 뒤를
돌봐주지 않았다. 뒤를 돌보지 않자 결국 나무는 말라 죽고 말았던
것이다. 물이 부족했던 것일 수도 있었다.

그는 그렇게 생각하고는 자신에게 아쉬움은 없다고 여겼다. 우선 고작
관상용 나무 하나가 죽은 것이 무슨 문제가 되겠나 싶었다. 게다가
그녀와 보낸 일 년이 조금 넘는 시간이 아버지를 잃은 그 상실감을 어느
정도 덮었고, 그를 더 이상 고독하지 않은 상황으로 변하게 했다고
믿었기 때문이기도 했다.

하지만 그가 간과하고 있는 것이 있었다.

그는 물을 주지 않아 나무를 말려 죽였다. 그리고 그것을 인정했다.
허나 그 이후에 있을 또 다른 물에 대해서는 전혀 생각지 않고 있었다.
결국 나무든 뭐든 간에 인간의 인생에는 물이라는 것이 있었다.

그리고 그가 간과했던 것은 바로 그 물이었다.

나무를 말라 죽이게 했던 물은, 상실의 파도라는 또 다른 모습의 물이
되어 그를 덮쳐 왔다. 그 이후 잔물결이라는 이름의 고독도 다시금
그의 발을 찰싹대며 적셔왔다. 그는 그 사이에서 어마어마한 크기의
상실감이라는 이름의 감정을 다시 받아낼 수밖에 없었다.

그러자 끝없는 검푸른 불안과 죽을 정도로 검붉은 고통이 다시 그를
감싸왔다.

그때는, 자기만 친 것은 아니었지만, 그가 스스로에게 운명의 장난을
쳤던 것이다.

어쨌든 그녀와의 이별 일 주일 하고도 하루가 지난, "이 세상에서
고독이라는 느낌을 덮어낼 수 있는 것은 아무것도 없다."라고 되뇌던
그날 저녁.

그는 자신의 좁은 공간에서 혼자서 술잔을 기울이며 고독을 달래고
있었다.

술잔을 끊임없이 비워나가며 그는 고독을 덮어낼 수 있는 것은 없다고
생각하면서도, 그것을 잊기 위해 새로운 것을 시작해야 한다는
역설적인 생각에 사로잡혔다.

고독해져 버렸다는 생각이 그를 불안하고 고통스럽게 하여 견딜 수가
없었던 탓이다.

그는 욕망(慾望)을 욕망하기 시작했다.

하지만 무엇을 어떻게 욕망해야 할지는 모르겠다고,

그는 그렇게 생각했다.

04

————

그는 생각했다,

상황이 바뀌어도 인생은 바뀌지는 않았다고.

그녀를 잃은 이후 그의 상황은 좀 더 피폐하게 바뀌어 버렸다. 직장에서
며칠간 휴가를 얻어, 코가 아니라 귀가 삐뚤어질 정도로 술을 마셨기
때문이었다. 그런 나날이 며칠이나 지속되자 그는 제정신으로 돌아와
일상으로 복귀하는 것이 불가능하리라 생각될 정도로 피폐해져 버렸다.
하지만 그는 일상으로 복귀할 수 있었다. 그리고 인생은 바뀐 것 없이
그대로였다. 상황이 피폐하게 바뀌긴 했었지만, 일상을 마주하니
인생은 전혀 바뀌어 있지 않았다.

바뀌지 않는 인생은 새로운 꿈을 만들어내지도 않았다.

그러니 뚜렷한 꿈이 설 리 없었다. 꿈이 서지 않으니, 무엇을 해야
할지를 몰랐다.

무엇을 해야 할지를 모르니, 무엇을 할 수도 없었다.

결국 그가 할 수 있는 건, 고작 쳇바퀴 같은 일상을 다시 바쁘게 돌리는
것뿐이었다.

하지만 그의 마음속에는 전과는 달리 절대로 채울 수 없는 빈 공간이
생겨나 있었고, 항상 그 공허를 느낄 수밖에 없었다. 그래서 그는
희미한 욕망의 덩어리를 가슴 속에 지닌 채, 더욱 불안하고 고통스러운

상황에 돌입해야만 했다. 더욱이 무엇을 욕망할지를 모르겠으니 공허의 허무함이 심장을 옥죄는 것만 같아 살아 있는 것 자체가 불편할 정도로 전전긍긍해지기도 했다.

그러던 어느 날. 그는 직장에서 자신과 비슷한 직급의 동료(同僚)가 하는 이야기를 들었다. 점심식사 후, 커피와 담배를 곁들이며 나누는 가벼운 담소자리에서 이 화제가 떠오르자 이야기의 당사자를 제외한 모두는 즉시 무거운 분위기에 침잠되었다. 경제특수 따위로 자신이 투자한 금액에 몇 배나 되는 돈을 긁어모았다는 자만심에 가득 찬 화두가 마치 폭탄처럼 떨어졌기 때문이었다.

물론 그 정도로 극적인 금액은 아니었지만, 그 금액은 그를 포함한 그 자리에 있었던 사람들이 알고 있던 그 동료의 계급을 조금 더 높은 계급으로 승격되는 순간을 만들어 내었다.

특히 그는 그러한 계급 이동을 그토록 가까운 거리에서 본적이 그때가 처음이었다.

아니꼬웠다. 많은 돈을 벌었다곤 하지만, 그 동료는 언제까지나 남이었다. 그가 평생을 따라잡았고 또 발맞추어서 걸어가고자 했던 여타 사람들과 다를 바 없는 "남"이었다. 그렇게 생각하니 악취를 뿜던 아니꼬움은 괴로울 정도의 공허함으로 변모하려 했다.

그는 별 것 아닌 남에 불과한 동료가 귀족이 되는 것을 인정할 수 없었고, 또 귀족이 되도록 내버려 두어 상실감에서 비롯된 공허함을 느끼고 싶지도 않았다.

그러자 그는 그 동료를 따라잡고 싶어졌다. 남들만큼만 하고 싶은 시뻘건 욕망(慾望)이 다시 고개를 들었던 것이다. 또한 그녀를 잃은 후, 희미하게 느끼고 있던 욕망이 새로운 꿈이 되어 그의 앞에 떨어진 것이기도 했다. 즉, 새로이 해야 할 것이 생긴 것이었다.

그날. 집으로 돌아와 그가 가장 먼저 한 건 시뻘게진 눈으로 잔고를 확인하는 것이었다. 열심히 일하고 모았던 만큼 상당히 많은 액수의 돈이 있었다. 그 금액을 확인한 그는 여러 번 잴 것 없이 다음 날 증권사로 향하겠다고 마음먹었다.

실제로 증권회사로 향한 다음 날. 그는 깔끔한 인상의 중권중개인을 만났다. 이제 그의 잔고를 담당하게 된 그 중개인은 분명히 경고를 비롯한 여러 이야기를 투자에 앞서 전달해 주었다. 하지만 경고 따윈 다른 쪽 귀로 흘려보낼 만큼 너무나도 확고했던 그의 고집은 그 중개인으로 하여금 억지로라도 상품들을 끼워 맞춰 최상의 수익률을 낼 수 있는 방안을 모색하겠다는 약속을 하게 했다.

그때. 그는 몇 가지 실수를 범하고 있었다.

첫 번째는 중개인의 그 약속을 덜컥 믿어버렸다는 것이고. 두 번째는 좀 더 원초적인 것으로, 애초에 투자를 생각하지 말았어야 했다는 것이었다. 그리고 세 번째는 이미 들어간 이상, 그 수익의 범위를 한정했어야 했다는 것이었다.

하지만 그는 무조건 그 동료가 벌어들인 금액 이상을 벌어들이고 싶었다. 다른 이유는 없었다. 다만 그 금액에 비슷하게 맞추어, 그때 그 무거웠던 담소 이후 벌어진 격차를 메꾸고 싶었을 뿐이었다.

"그때. 그 동료가 피웠던 담배와 내가 피웠던 담배의 맛은 분명히 달랐을 것이다."

그는 동료의 담배와 같은 담배를 피워야 했을 뿐이었다. 그리고 그렇게 될 수 있으리라 믿어 의심치 않았다.

지금에 와서 그는 그렇게 믿었던 것을 다시금 후회하고 있었다.

자신이 겪고 있는 이 뼈를 깎는 패배의 고통의 원인이, 바로 그곳에
있기 때문이었다.

"남들만큼만 하자는 그 생각이 없었더라면 지금 이 상황은
존재하지조차 않았을 텐데."

그렇게 생각하니 그는 스스로가 원망스러워졌다.

심지어는 세상이 너무나도 원망스럽다고,

그는 그렇게 생각했다.

그는 원망했다,

말(言語)로 이루어진 것들을.

"남들만큼만 산다는 것."

이것은 말 그 자체로 보면 누구나 쉽게 여기게끔 만들어져 있었다.

누가 저런 단어의 배열에 그런 의미를 불어넣었는지. 그리하여 그에게
욕망의 숨을 쉬게 해주었는지는 알 수 없었다. 하지만 분명하게도 저
말은 그에게 쉽다는 의미를 느끼게 했다.

그러나 그는 지금 그 말에서 피로를 느낄 수 있었다.

그리고 그 피로라는 단어는 그를 불편하게 만들었다.

"하여튼 이놈의 말이라는 것이 문제다."

그는 누가 말이라는 것을 정해서 이런 의미와 느낌을 갖게끔 했는지는
모르지만 문제가 있다는 것은 확실하다고 생각했다. 심지어 느낌은
말이라는 것에 묶여 애초에 정해놓은 방향으로 흘러갈 수밖에 없는

섯이라고 생각되기도 했다.

그래서 그는 말 즉, 언어(言語)라는 것만 없어져도 좀 더 솔직하게 살 수
있을 것 같았다.

솔직해지면 지금보다 편해질 것 같았다. 그러면 지금 그가 느끼고 있는
그 짐의 무게가 덜어질 수 있을 지도 몰랐다.

언어라는 것 자체를,

그는 그렇게 원망했다.

그는 생각했다,

담배를 한 대 더 꺼내어 물며.

언어에 대한 원망이 찾아들자 그는 더 이상 아무것도 하고 싶지 않았다.
무엇을 하건 쓸데없으리라는 생각이 지배적이기 때문이었다. 그래서
담배에 불을 붙인 뒤 라이터를 소파 위에 아무렇게나 던져놓고 몸을
뉘였다. 그러니 참기 힘든 더위가 밀려왔다.

더위와 함께 몸을 뒤척이던 그 순간. 바닥과 닿은 발치에서 무언가가
바스락거렸다. 그가 아까 소파를 걷어찼을 때 떨어진 신문지였다.

또한 그가 증권사로 부리나케 향하기 전에 소파 위에 아무렇게나 집어
던졌던 그 신문지이기도 했다.

그는 담배를 입에 문 채, 스며드는 담배연기의 따끔함을 막기 위해
왼쪽 눈을 슬며시 감으며 힘없이 신문지를 집어 들었다. 너무 강하게
던져버린데다 이후 발길질에 의한 충격 때문인지 신문지는 여러 갈래로
흩어져 있었다. 그는 계속해서 담배를 태우며 그 신문지를 순서대로
조립해 나갔다. 왜 그런 행동을 하고 있는지는 자신도 몰랐지만

조심스럽게 그렇게 하고 있었다. 이윽고 구김마저 완전히 펼 수는 없었지만 신문은 원래의 형태를 갖춘 채 그의 손 위에 놓이게 되었다. 그는 습관적으로 손에 쥐어진 신문의 제 일면을 펼쳐 들었다. 그러자 눈에 익숙한 그 일면이 들어왔다. 오늘 날짜가 선명히 적혀 있었다. 그렇다는 것은 분명히 아침에도 이 일면의 기사를 보았다는 것이다.

"그때. 도대체 무엇 때문에 집중을 하지 않았었을까?"

뒤이어 그는 집중의 문제가 아니더라도 "당최 무엇에 그리도 쫓겨서 지금도 환히 보이는 이 기사를 무시하고 넘어갔을까?" 하는 생각을 저절로 머리에 떠올렸다.

그의 눈은 첫 번째 기사(記事)에 꽂혀 있었다.

증권거래소의 사진이 커다랗게 박혀있었다. 흔히 접할 수 있는 지저분한 거래소의 모습이었다. 종이 쪼가리가 실내 창공을 유영하고, 적색과 녹색의 글씨가 전광판을 빠르게 지나가고 있었다. 그곳에서 으레 귀에 들릴법한 사람들의 울부짖음도 들리는 듯 했다. 즉, 다양한 사람들의 탄식과 환호가 교차하는 흔한 증권가의 장면을 담은 사진이었다. 그 사진이 문제될 것은 없었다.

문제가 된 것은 사진의 오른쪽으로 늘어져있는 그 절망적인 줄글 기사였다. 결국 언어로 이루어진 것이 또 문제를 일으킨 것이다.

그 기사는 세계정세악화로 인해 증시가 폭락했다는 소식을 담고 있었다. 그는 평소에 잘 신경 쓰지 않았던 그 수많은 지수들이 바닥을 친다는 그 소식을 아침 식사를 하면서 읽고서도 처음에는 별 생각을 하지 않았다.

"아니 그랬었나 보다. 기사를 읽고도 태연하게 하루 일과를 마친 것을 보면."

그는 이 기사를 퇴근 후 간단하게 석식을 들면서 다시 읽었다. 무슨 생각으로 그 기사를 다시 읽었는지는 기억나지 않았다. 어쩌면 습관에 이끌렸던 것이리라. 어쨌든 그는 그 기사를 다시 읽었다. 지금도 손에 들려있는 이 신문. 이 기사를.

그때. 분명히 기사를 다시 읽어나가는 동안에, 그의 머리는 아침과 다르게 숫자에 대한 생각으로 가득 차 들어갔다.

기사를 완전히 읽고 난 뒤 그는 먹는 것을 포기했다. 먹는 것보다 숫자들이 더욱 중요하다고 판단했기 때문이었다. 튀어나가듯 전화기를 잡은 그는, 그때도 분명히 담배를 한 대 피워 물고 소파에 앉아, 증권 중개인에게 심히 떨리는 목소리로 급하게 전화를 걸었다. 그러나 마침 기다리고 있었다는 듯 전화를 받은 중개인의 목소리는 무슨 선고를 전해주려는 사람마냥 조금의 떨림조차 없었다.

그 중개인은 내일 아침에 전화를 주려고 했었다는 말로 포문을 열었다. 아마 그 선고의 순서가 내일로 미뤄진 것은 그가 자신에게 별로 중요하지 않은 사람이었기 때문일 것이다.

사실 그에게도 그 중개인이라는 사람 자체는 별로 중요하지는 않았다. 그저 그런 "남"에 불과했다. 하지만 자신의 숫자를 관리하고 있다는 관점에선 분명히 세상에서 가장 중요한 사람 중 한 명이라고 할 수 있었다.

그래서 앞뒤 젤 것 없이 그는 자신이 직접 찾아가겠다고 얘기했다. 거꾸로 중개인에게 선고를 한 것이다.

이윽고 소파를 박차고 나간 그의 머릿속엔 다른 생각은 들지 않았다.

다만, 숫자들과 증권사로 가는 길만을 떠올리며 빠르게 걸어갈
뿐이었다.
그 거리가 그토록 멀게 느껴진 적은 그때가 처음이었다고,
그는 그렇게 생각했다.

그는 보았다,
밀려들어오는 전화들에 상당히 바쁜 중개인의 모습을.
그 중개인은 주요 고객들과 상담 중인 것 같았다. 전화기가 볼에 붙어
떨어져 나갈 기미조차 없었다. 그런 만큼 자신도 엔간히 시달렸는지
단정했던 머리는 헝클어져 있었고, 목에서 떨어져 나가기 직전인
비대칭의 특이한 무늬의 타이 속에서도 중개인의 지친 얼굴이 비치는
것 같았다. 특히 그가 도착한 것을 곁눈질로 보고도 모른척하는
모양새가 도드라졌다. 더 이상 고객들에게 시달리고 싶지 않은 것이
분명했다.
어찌됐건 그는 선고를 마쳤기에 다짜고짜 중개인의 사무실로
밀고 들어갔다. 사방의 벽을 투명한 통유리로 만든 특이한 구조의
사무실이었지만 저번에 왔을 때 느꼈던 그 상쾌함은 느낄 수 없었다.
심지어 먼지가 날리는 대기 상태는 냉방이 작동하고 있었음에도
불구하고 텁텁함만 안겨줄 뿐이었다.
그런 와중에 한 가지 높은 점수를 주고 싶은 면은 중개인이
고객을 대하는 태도였다. 그는 많은 고객들을 보유하고 있던 인기
중개인이었으니, 고객 상담 면에서도 자기 나름의 방식이 있는 것이
분명했으리라.

중개인은 다분히 차분하고도 기계적인 모습이었다. 지금 돌이키니 그건 너무 많은 면면들을 대했기 때문에 얻을 수 있었던 특유의 무관심이었던 것 같았다. 정말이지 냉철하게 상황을 요약한 뒤 이후 전개 상황을 이야기한 중개인은, 한 치의 흐트러짐도 없이 앞선 전화를 끊고 나서 멀뚱히 서 있는 그에게 자리를 권했다. 그리고 지나가는 말로 차를 권했지만 그는 거절했다. 조금 뜸을 들인 뒤 중개인은 마음을 먹은 듯, 유리에 걸려있는 블라인드를 내리기 시작했다. 밖에서 스며들 수 있는 눈길을 차단하고, 안에서 새어 나갈 수 있는 소리를 막고자 그런 줄 알았는데 의외로 중개인의 목적은 담배였다. 분명히 실내는 금연이었는데 말이다.

중개인은 자신의 윗도리를 뒤져 담배를 찾아낸 뒤 그에게도 한 대 권한 뒤 불을 나눠 붙였다. 그때는 딱히 더위가 느껴지지 않았다.

커피 액이 진득하게 말라붙은 종이컵 하나에 재를 털면서 중개인은 천천히 입을 열었다.

「아시다시피. 현 상황이 전혀 좋지는 아니하지만, 추후 상황을 고려해야 확실한 상담이 가능하기 때문에 되도록 밝혀진 것만을 짧게 말씀 드리고자 합니다. 또 최대한 속이는 것 없이 솔직하게 말씀 드리고자 합니다. 먼저 솔직한 심정을 드러내자면 이 시간에 여기까지 찾아오신 것은 사실 놀랄 만한 일은 아니라고 생각합니다.」

중개인은 천천히 담배연기를 길게 내뿜었다.

「충격이셨겠지요. 그 마음 충분히 이해합니다만, 해결을 위해서는 일단 현재 상황부터 짧게 요약해야 할 것 같습니다. 시장에 너무 많은 금액이 몰린 것이 화근이었습니다. 투자가치가 높다고 판단되는 상품들이

늘어나니 자연스레 투자액이 몰린 것이지요. 이런 현상의 시작은
저희가 어쩔 수 없이 따라갈 수밖에 없는 상황에 의해섭니다. 가장
인기 있는 부분은 새로운 상품 쪽이었죠. 그 부분에 대해서는 저번에도
이야기를 드렸습니다만.」

그는 기억이 나지 않았다. 사실 별로 신경을 쓰지도 않았었다.
게다가 기억의 촉수를 이리저리 흔들어 봐도 가 닿는 곳이라곤
숫자들뿐이었다.

「이미 알고 계시리라 믿고 있습니다만, 이번에 한 대형 투자업체에서
대량의 금융상품을 개발한 뒤에 대형보험사에 보험을 의뢰했어요.
상당히 혁신적인 방법이었죠. 거기다 외채라는 장점도 있었고요.
여기까지 무슨 말인지 아시겠습니까?」

그가 보인 태도가 엉성했다고 느꼈는지, 담배를 끈 중개인은 자기
자리로 가 자세를 고쳐 앉으며 되물었다.

그럼에도 그가 돌려줄 수 있는 것은 충격에 의한 침묵뿐이었다.

「문제는 그 상품의 판매 방식입니다. 아무래도 자국민들에게 권한을
먼저 준 것 같아요. 여기서 권한이란 상품이 파기되었을 경우,
수령할 수 있는 보험금의 액수와 그 순번을 얘기합니다. 그 우선권이
자국민들에게 있었습니다. 자연스럽게도 이쪽에서 넘겨받은 상품들은
보험수혜 차등 순위의 상품들밖에 없었죠. 하지만 그 상품이 지니고
있던 가치가 워낙 높아서 가격이 마구 치솟고, 전망도 꽤 밝았습니다.」

중개인은 거기서 약간 뜸을 들였다.

「고객님께서 제게 부탁하셔서 구매한 상품이 바로 최하위 순위의
상품입니다. 워낙 시장에 수요가 많았기에 안정성이 높진 않지만

수익률은 높은 최하위 말고는 구매하기가 이려웠습니다. 그래서 일시적으로는 투자액을 손실하시게 되셨지만 산정되는 보험액으로 어느 정도 복구가 가능하기는 합니다. 하지만 그 금액과 일시를 정확하게 산출하는 것은 저희로써도 앞으로 발표될 공시를 기다리는 방법밖에는 없습니다. 그래서 내일 연락드리겠다고 한 것이구요.」

중개인은 여기서 다시 한 번 끊었다. 그의 반응을 보려고 일부러 그런 듯싶었다.

하지만 그는 아무 이야기도 꺼내고 싶지 않았다. 그는 여기에 이야기를 하러 온 것이 아니었다. 그가 원하는 것은 자신이 듣고 싶은 이야기를 듣는 것이었다.

「이런 상황 때문에 정확한 실제손해 금액에 대해서는 지금 당장 이야기 드리기가 힘들군요. 하지만 이것만큼은 알아두시길 바랍니다. 이 피해가 고객님께 한정된 것이 아니라는 걸 말이죠. 더 솔직하게 말씀드리자면, 현재 고객님의 잔고와 상품에 걸린 보험 수령액 자체가 거의 없다고 판단됩니다. 더하고 빼고 할 금액 자체가 남아있지를 않아요. 죄송합니다. 더는 드릴 말씀이 없군요. 다만 운이 좋지 않았다는 것 밖에는.」

그 말이 끝나고 그가 취한 행동이란 고작 중개인의 눈을 바라보는 것뿐이었다.

그때, 자신이 짓고 있던 표정이 어땠는지 자세히는 몰랐다. 그리고 그때, 자신이 지니고 있던 생각이 어땠는지도 잘 기억나지 않았다.

"위협을 하려고 한 것일까? 아니면 위로를 원했던 것일까?"

지금에서야 자연스레 이런 의문이 떠올라 상황을 돌이켜보니 아마도 위로 쪽으로 무게추가 쏠렸던 것 같았다.

또한 눈빛이 마음을 그대로 담아낼 수 있다면, 그때의 눈빛은 마치 마지막 동정이라도 원하는 애처로운 마음을 담고 있었던 것 같기도 했다.

이렇게 자신의 마음은 제대로 알 수 없었지만, 그는 상대(相對)인 중개인의 눈빛만큼은 확실히 기억하고 있었다. 딱히 관찰을 하려고 했던 것은 아니었다. 하지만 눈을 마주치는 순간 담겨있던 그 냉정함은 그에게 잊히지 않고 남을 수밖에 없는 것이었다.

이윽고 중개인은 뭔가를 더 이야기하고자 슬며시 그 냉정한 시선을 다른 곳으로 돌렸다.

「더 자세한 이야기는 내일 시간이 괜찮으시면 다시 드릴까 합니다. 현재 상황이 이렇다 해도 아주 비관하기에는 아직 이르거든요. 내일 시장이 열리고 공시가 뜨면 어떤 식으로 변할지 모르니까요. 이 바닥은 그런 곳이니까요. 아, 잠시 전화 좀 받아도 되겠습니까?」

그가 들은 것은 여기까지였다.

결국 듣고 싶었던 것은 듣지 못했다.

애당초 자신이 무엇을 듣고 싶었는지도 몰랐다고 그는 생각했다.

그는 시끄럽게 울려대는 전화기를 붙들고 똑같은 이야기를 똑같은 눈초리로 반복하는 중개인을 그 밀폐된 공간 안에 남겨두고 힘없이 걸어 나왔다.

어느 정도 걸어 나오니 보이던 것이 고객의 편안함을 위해 비치된 고급스러워 보이는 소파였다.

그것을 보자 더 이상 다리에 힘을 주고 서 있는 것이 불가능해졌다.

그 위로 육제가 쓰러지듯 무너졌고 동시에 마음이 추락하는 것을,

그는 그렇게 보았다.

05

그는 생각했다,

엉덩이 쪽에서 느껴지는 불편함의 원인을.

갑작스레 엉덩이 쪽에 무언가가 있는 것만 같은 불편함이 전해져왔다.

그래서 그는 회상을 끝내고 현실로 돌아와야 했다.

살짝 자세를 고치니 아까 던져놓았던 라이터가 엉덩이에 깔려 있는
것이 눈에 들어왔다. 그래서 불편했던 것이었다. 그래서 그는 다시
자세를 고쳤다. 그리고 그 엉덩이에서 빠져나온 그 라이터를 손에 쥐고
물끄러미 바라보았다.

정교하게 잘 만들어진 라이터였다. 플라스틱으로 만들어진 둥그렇지만
각진 장대의 모양을 하고 있는 몸체는 투명한 빨간색이었다.

투명했기에 안쪽에 무엇이 있는지가 훤히 보였다. 그 안쪽에는 액화
가스로 추정되는 액체가 찰랑 거리고 있었고, 그 액체 속에 담겨 있는
투명한 관을 따라 올라가면, 불이 나왔다 들어가는 출입구가 있었고, 그
뒤쪽으로는 부싯돌의 역할을 하는 듯한 둥그런 바퀴 형상의 무언가가
있었다.

그는 아무런 생각도 없이 아무렇게나 그 바퀴를 한 바퀴 돌려보았다.

'칙' 하는 소리와 함께 출입구 부근에서 불꽃이 일더니 이내 들어가
버리고 말았다. 이윽고 의도를 가지고 다시 한 번 힘을 주어 불을

댕겼다. 그러사 라이터는 인정적으로 불을 뿜었다. 그렇게 붙은 불은 그가 스위치를 누르고 있는 한 꺼지지 않고 그 자리에 그대로 있을 것이었다.

그는 뜨겁게 타고 있는 불을 가만히 바라보았다. 그러다 스위치를 놓았다. 틱 하는 소리와 함께 불은 입구 쪽으로 빨려 들어갔다.

방금까지 "있던" 불이 완전히 "없어져" 버렸다.

그는 여기서 갑자기 이상한 생각에 사로잡히기 시작했다.

"아까까지 붙어 있던 그 불은 내가 가지고 있었던 것일까?"

마침 그의 뇌리에 소유(所有)라는 단어가 떠올랐다.

"소유하다."의 명사형이기도 한 이 단어는 분명 "가지다"나 "가짐" 따위의 단어보다는 좀 더 기품 있는 표현으로 쓰인다고 할 수 있을 것이다.

그런 의미에서 그 의문을 좀 더 기품 있게 표현하자면,

"그 불은 내가 소유하고 있었던 것일까?" 정도가 될 수 있었다.

그러자 그는 "불이 붙었다는 것은, 주위의 공기와 내가 쥐고 있는 이 라이터라는 기계가 만들어낸 환상적인 조화에 의해 발생한 일종의 초자연적인 현상에 불과한 것은 아니었을까?"라는 의문부터 먼저 품었다.

뒤이어 "내가 쥔 라이터에 불이 붙었다면, 불이 붙은 그 현상마저도 내가 쥐고 있었던 것이 될 수 있을까?"라는 의문도 꼬리를 물었다.

그렇게 대답할 수 없는 의문들만이 그의 머릿속에서 계속 피어났다.

그는 우선 의문들을 간단하게 만들고자 했다. 논리적인 과정을 통과코자 한 것이다.

라이터를 쥐고 바퀴를 돌리는 행위(行爲)는 분명 그의 소유라고 할 수
있었다.

결국 불은 그가 소유하고 있던 하나의 행위에 의해 완성된 것이었다.

"그렇다면 그 완성된 것 또한 나의 소유가 될 수 있을까?"

그것은 잘 알 수가 없었다.

풀리지 않는 답답함이 밀려들자 그는 조금만 더 생각의 바퀴를
돌려보기로 했다.

그래서 그는 소유에 대한 생각은 "이 라이터가 누구에게
속해있는가?"로 넘어가야 한다고 판단했다. 그 판단은 행위와 같이
추상적인 것이 아닌 이 라이터라는 물건 그 자체를 놓고 봐야겠다는
것에서 비롯되었다.

그의 손에 있는 이 빨간색 일회용 라이터는 분명히 그가 대가를
지불하고 얻은 결과물(物)이었다. 그는 이 빨간색 라이터에 일정금액을
지불했고, 점원에게서 이 물건을 건네받았다. 그리고 아까도 그랬듯이,
분명히 언젠가 이 라이터를 담배를 피우기 위해서 사용도 했었다.

값을 치렀고. 넘겨받았고. 사용까지 했다. 그렇다면 이 라이터라는 물건
자체는 분명히 자신의 소유라고 할 수 있다.

하지만 왠지 모르게 그것만으로는 결여된 확신의 결과만이 탄생했다.

확신을 얻지 못한 그는 이번엔 라이터에서 눈을 떼고 주위를
살펴보았다.

그러자 정리가 되지 않아 너저분한 방이 한눈에 들어왔다.

그러다가 조금씩 시야가 세밀하게 좁혀져 들어갔다.

이내 그 자리에 위치하고 있는 물체(物體)들이 하나하나 눈에

들어온다고,

그는 그렇게 생각했다.

그는 보았다,

널려있는 물건들을.

저 쪽 구석 한편에 마련된 부엌엔 자그마한 싱크대가 있었다. 싱크대
주위에 매달린 보잘것없는 찬장에는, 보잘것없는 살림이 포개어져
들어가 있었다. 찬장 옆으로는 거뭇거뭇해지기 시작한 오래된 냉장고와
오븐을 포함한 여러 취사도구들이 있었다.

그리고 그 앞엔 자그마한 식탁이 있었다. 그가 이사했을 적에 어머니가
사주신 식탁이었다. 어머니는 저 식탁을 주문하면서 그를 향해 "사람이
됐으면 식사만큼은 상(床) 위에서 먹어야지."라는 주석(註釋)을 다는
것을 잊지 않았다. 그렇지만 그 주석은 그에게 있어 그리 중요한 것이
되지는 않았다. 그리고 그 식탁 곁에는 네 개나 되는 의자가 있었다.
혼자 살고 있는 집에 의자가 왜 네 개나 필요한지는 모르겠지만, 어쨌든
거기에 있었다.

시선을 조금 당기자 자그마한 수납장이 눈에 들어왔다. 자그마한
수납장 위에 올라있는 텔레비전은 얼마 전에 구입한 물건으로 이 보잘
것 없는 방에서 그나마 봐줄만한 것이었다. 아직 어머니가 저것을
구경하진 않았지만, 보고나서 분명히 위치를 가지고 트집을 잡을
것만을 제외하면 그 누구도 불만을 가지기 힘들만큼 좋은 제품이었다.
그리고 아까도 보았던 평범한 탁자와 소파가 앞에 있었고, 그 둘을 뒤로
하면 마지막인 벽에 마주치게 되어 있었다.

우측에 방이 하나 있기는 했지만 거대한 침대 하나를 제외하면 별로 있는 것이 없었고, 현재 시야에 들어오는 것은 아니었으므로 그는 자신이 지니고 있는 세간이 딱 이 정도일 것이라고 생각했다.

자신의 물건들을 지긋이 바라보고 나자 그는 다시 생각에 빠졌다.

"무엇 때문에 저것들을 돌아보고 있었던가?"

그는 스스로에게 질문하며 담배 한 개비를 다시 피워 물었다. 매캐해진 공기에 매캐함이 더해졌다. 그러자 갇혀있던 대기 속의 더위가 그를 급습했다. 더위가 느껴지면 현실로 돌아올 수 있었다. 그리고 그 현실 속에서 라이터를 탁자 위에 놓는 순간, 다시 소유에 대한 생각이 그를 사로잡았다.

이번엔 자신이 지금도 소유하고 있는 것이 무엇인가를 생각하며 주위를 다시 한 번,

그는 그렇게 보았다.

그는 생각했다,

자신이 저 세간들 뿐 아니라, 꽤 많은 자리의 숫자를 소유하고 있었다고.

불과 오늘 아침까지만 해도 아니, 불과 몇 시간 전만 하더라도 그는 분명히 꽤 많은 자리의 숫자를 가지고 있었다.

그런 생각이 들자 그는 괜스레 슬퍼졌다. 그 "있었다"는 생각은 과거형이기 때문이었다.

그 과거의 숫자들은, 관점에 따라 다르겠지만 적어도 그에게는 굉장한 것이었다. 조금씩 쌓여가는 숫자들이 적힌 싯누런 종이를 보고

있자면 기분이 샛노랗게 뿌듯해지는 자신의 모습을 여러 번 목격할 수
있었다는 것이 굉장함의 증거였다. 지친 그의 삶에 행복의 한 줄기 빛을
주는 그 숫자는 언제나 그의 머릿속에서 환희의 춤을 추고 있었다.

그렇기에 누군가의 입김에 의해 날아가 버린 그 숫자의 잔인함 또한
그는 알고 있었다. 그리고 그 숫자의 상실을 지독하게도 차갑게 낭독한
그 중개인의 냉정함이 그에게 전해져온 것을 생각하면 그 차가운
잔인함에 치가 떨릴 정도였다.

아무리 치가 떨려봐야 이제 그 숫자는 없었다. 그 숫자는 더 이상 그의
것이 아니었다.

자신의 소유가 아닌 것에 생각이 미치자, 다시 그 중개인의 냉정한
무관심으로 점철된 얼굴이 떠오르면서 그는 주체할 수 없는 분노에
사로잡혔다. 입에선 자연스레 욕지기가 터져 나왔다.

분노는 결코 꺼지지 않고 평생 갈 듯이 계속해서 타올랐다.

그는 분노의 범위를 제한하고 싶었지만 제멋대로인 그의 감정은 주위로
옮아 붙어갔다.

"당최 저기 있는 저 물건들은 무엇을 위해 존재했고, 지금도 존재하고
있는 것인가?"

"여기서 이렇게 분노하고 있는 나의 심정을 알아주기나 하고서 저기에
있는 것일까?"

만약 저것들이 숨을 쉬며 살아나서 그에게 말이라도 붙인다면, 그
즉시 그는 어떻게든 얼굴을 찾아내어 크게 한 방 때려 붙였을 것이라고
생각했다. 그리고 또 하나 분명하다고 생각되는 것은 저것들조차 만약
살아 있었다면 분명히 그에게 무관심했을 것이라는 것이었다.

“분명히 그랬을 것이다.”

그를 아무것도 없는 인간으로 치부하고 무관심의 눈길을 쏟아냈을 것임이 틀림없었다.

그러자 자신에게 무관심할 것이 분명한 저 물건들에 대한 애정(愛情)이 사라지고 있다고,

그는 그렇게 생각했다.

그는 고민했다,

“저것들을 버려버릴까.” 하는 결심에 대해.

애정이 사라지고 있는데, 지니고 있어야 할 이유가 없었다.

하지만 그는 저것들이 애초에 자신의 소유였는지 그리고 지금은 자신의 소유인지를 확신할 수 없었다.

이 소파, 이 탁자, 저 부엌, 저 텔레비전.

“이것들이 과연 나의 것이었고, 지금도 나의 것이기는 한 것일까?”

“어쩌면 그 숫자들과 함께 멀리 날아가 버린 것은 아닐까?”

그는 눈앞에 보이는 그 물건들을 소유할 권리가 자신에게서 사라진 것은 아닐까 자문했다.

그러나 이내 그런 질문을 하는 자신이 미쳐가고 있는 중이라는 생각이 들었다. 그리고 이 모든 광기의 근원은 그 숫자(數字)들이라고 여겼다.

더 이상 소유하지 못하게 된 숫자 자체가 모든 문제의 근원이었다.

하지만 그것을 소유하고 있었어도 미치지 않았던 것은 아니었다.

결국 그는 “숫자라는 것이 무엇인가?”라고 물었고,

“보이든 보이지 않든, 소유하든 상실하든, 끊임없이 고통을 주는

것이다" 하고 답했다.

그러자 실존하지 않는 숫자에 고통받는 자신이 한심하게 느껴졌다.

"눈에 보이지도 않는 숫자라는 것 때문에 미쳐가다니."

그는 어찌 보면 인생이란 숫자와 같이 간단한 것이 아닐까 싶기도 했다.

그래서 이렇게 생각해 볼 수 있었다.

"인간이란 간단한 존재니까. 숫자의 존재도 허망하게 나의 손아귀에서 사라져버려 자유롭게 대기 속으로 흩어졌듯이, 나란 인간의 존재도 마찬가지로 코에서 뿜어져 나오는 마지막 따뜻한 숨결을 끝으로 사라져버려 대기 속에서 자유롭게 되는 것은 아닐까?"

일면 타당하다고 생각한 그는 "어쩌면 사라진다는 것은 자유로워지는 것일지도 모른다."라고 제멋대로 결론을 내려버렸다.

허나 그는 스스로 내린 결론 덕분에 더욱 비참해졌다. 그리고 자신이 미쳐가고 있다고 더욱 확신했다.

하지만 그럴수록 어떤 것이든 가능하다는 생각 또한 고개를 들었다.

"비참하고 미쳐있는데 어떤 것이든 가능하지 않겠는가?"

만약 숫자에 관한 모든 것을 완전히 사라지게 하는 것이 즉, 지워내는 것이 가능하다면. 자유로워지는 것도 가능할지도 모른다는 생각도 들었다.

그는 이때 어렴풋이 숫자를 지워버리기로 결심했다.

숫자에게서 자유로워지고 싶었다. 가능할 것만 같았다.

이제 자유로워지기 위해 어떻게 해야 할지를,

그는 그렇게 고민했다.

그는 느꼈다,

한기(寒氣)가 가득하다고.

아까보다 더 지독한 추위였다. 몸이 저절로 떨릴 정도였다. 그는
자신의 소유가 아닐지도 모르고 또 끔찍하기도 한 저 차디찬 물건들에
둘러싸여 앉아있다는 그 사실만으로도 얼어붙기엔 충분할 것이라고
생각했다.

한기보다 더 심한 것은 고독이었다. 무엇 때문에 고독한 것인지는
모르겠지만, 걷잡을 수 없이 커져가고만 있는 고독은 그를 잡아먹을 수
있을 정도로 아가리를 쩍 벌린 채 가까이 다가와 있었다.

그는 갑자기 찾아온 고독에 착잡한 마음을 가눌 수가 없었다.
심지어 주위에 아무것도 없다는 생각이 들었다. 있는 것이라고는 결국
지워지면 자유롭게 사라지고 말 것들에 불과한 저 수많은 물건들뿐이기
때문이었다.

그러자 그는 부지불식간(不知不識間)에 오늘 하루라는 존재 자체를
지워버리고 싶었다.

아니. 잃고 싶었다. 차라리 없어졌으면 싶었다. 마치 존재하지 않았던
것처럼. 마치 소유했던 적이 없었던 것처럼.

그는 그때 어렴풋이 세상 모든 것들을 잊을 수 있게 할 만한, 거대한
충격이 불시에 자신을 넢쳐 왔으면 하고 바라고 있었는지도 몰랐다.

그는 두 팔을 겨드랑이에 넣고, 팔짱 낀 자세로 소파에 눌러 앉았다.
그리곤 다시 한 번 주위를 둘러보았다. 이제 그의 눈에 들어온 것은
온통 자신의 것인지가 의심스러운 존재들이었다. 그 존재들 속에 앉아
있자니 찾아온 것은 그를 죽여 버릴 수 있을 정도의 고독뿐이었다.

그러자 불현듯 어떤 충격이 그를 덮쳐줬으면 하는 바람에 확신이
덧칠되었다. 그리고 그 충격이 통째로 모든 것을 잊게 해줄 수 있으면
싶었다.

기억(記憶)이라는 것이 있기 때문에 지금 같은 괴로움이 느껴지는
것이라고 생각하니 그는 그 기억도 사라지게 하고 싶었다.

그는 증오(憎惡)의 한 가운데에 앉아 담배를 벗 삼고 오늘을 잊기 위한
생각을 시작했다.

그것은 일종의 방법론이었다. 이런저런 방법들을 생각 속에서 꺼내어
눈앞으로 옮겨냈다. 만약 펜이 있었다면 써내려가기까지 했을 것이다.

그러다 그중에 가장 효과적인 방법은 일정한 충격을 가하는 것이라는
다소 엉뚱한 결론에 다다랐다. 어느 정도의 물리적인 충격이
기억상실증을 낳는다는 일화를 어디선가 본 기억이 얼핏 들었던
것이다.

"그 충격의 크기나 정도는 어느 정도까지여야 기억 상실이 가능할까?"

"만약 잘못되어 평생을 불구로 살게 된다면?"

솔직히 그것도 나쁜 선택은 아닌 듯했다.

어차피 이 모든 것은 그냥 떠올랐다 사라지는 방법론에 불과하고,
어디까지나 가정이니. "듯하다"라는 것이 전부였다.

그래서 그는 "자산(資産)을 잃고 난 다음날, 오히려 더 많은 것을
잃는다."라는 문구에

"그것도 어쩌면 그런대로 괜찮은 '듯하다'고 할 만하지 않은가?"라는
의미를 붙였다.

그래도 그의 머릿속에도 아직 약간의 이성(理性)만큼은 남아있었다.

이런 상황에서도 합리성(合理性)을 따지고 앉아 있는 걸 보면 분명히
이성은 아직 그를 배신하지 않았다.

그 이성에서 비롯된 합리성은 충격요법은 미친 짓이라는 결론을 내려
주었다.

자칫 잘못하면 죽을 수도 있었다. 제 아무리 비루한 인생이 기다리고
있을지라도 죽고 싶지는 않았다. 적어도 일말의 희망(希望)이라는 것은
남아있지 않는가.

"정말로 일말의 희망이 남아있기는 한가?"

거기까지 생각했을 때. 거의 다 타들어간 담배가 손끝에 와 닿자,
뜨거움에 놀라 일시적으로 생각을 멈춘 그의 얼굴에는 어이없다는
듯 미소가 떠올랐다. 어차피 실행하지도 않을 계획을 가지고
혼자서 이러쿵저러쿵 고민만 하고 있었던 자신의 모습이 순간
객관적(客觀的)으로 보였기 때문이었다.

결국 다른 방안을 강구하며 다시 찾아온 추위를,

그는 그렇게 느꼈다.

그는 생각했다,

전혀 할 수 없을 것 같지는 않다고.

생각을 이어나가던 그는 평생 동안은 무리겠으나 잠시 동안, 적어도
내일 아침까진 잊을 수 있는 방법이 딱 하나 있다고 결론지었다.

그래서 그는 자리에서 일어나 바닥에 떨어진 바지를 주워 입었다.

그리곤 집을 돌아다니며 어딘가 있을 지갑을 찾아 다녔다. 그러다가
지갑을 바지 뒷주머니에서 발견했다. 무심결에 지갑을 열어 보았다.

시폐 아홉 장이 전부였다.

"그래, 딱 이 정도겠지."라는 생각이 들었다. 그러자 더욱 고독해졌다. 문을 열고 나간 밖은 정상적으로 더웠다. 더위를 헤치고 발걸음을 옮긴 그는 근처에 있는 가게로 향했다.

그리곤 꽤 많은 양의 술을 계산대에 올려놓았다. 그 결과 그는 자신의 얼굴을 의아하게 바라보는 주인아주머니는 눈초리를 받아야 했다. 딱히 별 말을 하지 않아도 많은 것을 읽어 낼 수 있는 그 눈초리를 말이다. 병에 담긴 그 술들을 그는 싱숭생숭한 마음으로 바라보았다. 이제 그가 지닌 세간이 더욱 줄어들었다는 착잡함은 있었지만, 이 술의 가치가 자신에게 도움이 될 거라는 확신으로 그 착잡함을 덮어냈다.

집 안으로 돌아온 그는 술을 모조리 그러모아 소파 앞 탁자 위에 쏟아놓았다. 그리고 흘긋 시계를 쳐다보니 시간은 이미 열한시 정각을 십칠분이나 넘어가 있었다.

그는 어차피 흘러갈 시간 따위는 신경 쓰지 않고 안주할 거리는 일절 제외한 채.

그 쓰디쓴 액체를 쉬지 않고 입안에 털어 넣고 쏟아 넣었다. 목구멍을 타고 넘어가는 그 독한 액체가 이내 취기를 뽐기 시작했다. 그는 모든 방울들이 안으로 들어오는 것을 모조리 느끼며, 제발 정말이지 제발 모든 것을 잊을 수 있기를 청했다. 이 모든 하루를, 가능하다면 자신의 전부를 잊고 싶었다. 마치 내일 일어나면 이 하루가 거짓말인 것처럼, 존재하지 않았던 것처럼 될 수만 있다면, 정말로 그렇게 될 수만 있다면. 그는 자신이 들이키고 있는 양의 서너 배가 넘는 술도 삼킬 각오가 되어있었다.

그러는 동안 서서히 눈앞이 아득해지고 주위가 어둠에 침잠되었다.

어둠 속으로 쓰러지며 주위엔 아무런 빛도 빛나지 않는다고,

그는 그렇게 생각했다.

1일

06

―――――

그는 생각했다,

하얀색이라고.

분명히 눈부신 하얀 것이 따갑게 그의 눈가에 쏟아지고 있었다.

억지로 부빈 눈길에 창밖에 높이 뜬 해가 따갑게 쏟아지니 짜증부터

났다. 저 부서지는 하얀 햇살만 없었다면 조금 더 잘 수 있었으리라

생각하니 짜증은 곧 울화가 되어 치밀었다.

그는 그 치미는 울화 속에서도 자신이 햇살의 새하얀 냄새를 맡았다고

생각했다.

그리고 코에 걸리는 그 냄새 때문에 그는 누운 상태에서 생각에

빠져들어갔다.

주변엔 도저히 말로는 증명할 수 없는 것들이 있다. 그럴 때 도움의

손길은 느낌이라는 곳으로 향한다. 느낌에

의존(依存)하기 위해서 그렇게 하는 것이 아니라, 본능(本能)과

습관(習慣)이 자신도 모르는 사이에 그곳으로 이끌어 가는 것이다.

그렇기에 그는 모든 인간들이 자신이 보고, 듣고, 맡는 모든 것들을

정확하게 증명하지는 못하지만 그 존재를 본능적으로 느낄 수는 있다고

생각했다.

예를 들어, 할 일 없는 오후. 평화로이 내리쬐는 햇볕엔 그 특유의

냄새가 있다.

그것을 증명(證明)하기란 결단코 불가능하다.

하지만 누구나 창문을 통해 실내로 은밀히 스며드는 그 햇볕과,

바깥에 드러누워 있을 때 온 몸으로 받아들이는 강렬한 햇볕은,

냄새가 다르다는 것을 알고 있다.

또 인간은 그 냄새가 그 당시 기분이나 개인의 기호에 따라서 달라질 수
있다는 것도 알고 있다.

이를테면 어떤 이에게는 햇볕의 냄새가 향기(香氣)로 다가올 것이고,

어떤 이에게는 악취(惡臭)로 뿜어질 수 있는 것처럼 말이다.

하지만 중요한 것은 햇볕에게 냄새가 존재한다는 것이다.

또한 이슬을 머금은 잔디의 그 싱싱한 냄새도 분명히 존재한다.

그리고 높게 쌓인 담에 붙은 그 담쟁이에겐 물기를 머금은 그 촉촉한
냄새가 존재한다.

그뿐 아니라 거리마다 깔린 검정색 아스팔트가 햇볕에 알맞게 구워졌을
때 올라오는 그 냄새도 분명히 존재한다.

누구나 그 냄새의 존재를 알 수 있고, 그 존재를 알고 있다.

하지만 그 누구도 그 존재를 증명(證明)해낼 수는 없다.

그는 색채(色彩)도 마찬가지라고 생각했다.

코로 들이마시는 그 향(香)들에는 분명히 색채가 있다.

어떤 것은 시퍼런 냄새가 나고 어떤 것은 샛노란 냄새가 난다.

또 어떤 퀴퀴한 냄새에는 거무튀튀한 그 색감이 있다.

하지만 누구도 그것을 증명할 수 없다.

이처럼 누구나 알고 있지만 증명하기 힘든 것이 바로 느낌이다.

존재한다는 것은 분명히 알고 있시만 질대로 증명해낼 수 없는 것.

그것이 느낌이다. 그러하듯 느낌은 분명히 존재한다.

사람들이 말로 증명할 수 없는 것은 그것뿐만이 아니다.

사람들은 빨간 것과 시뻘건 것의 차이를 알지 못한다.

제 아무리 밝은 눈으로 보고 있다하더라도 그 느낌. 즉, 색감(色感)

정도는 알아 챌 수 있지만 말로써 증명하려고 하면 아무리 애를 써도

해낼 수가 없는 것이다.

빨간색에 대해서 정확히 이야기할 수 있는 사람은 아마 없을 것이다.

눈으로 들어오는 그 빛의 스펙트럼으로 그것이 "빨갛다"라는 것은

누구나 알 수 있지만, 그것의 본질이 무엇인지 표현할 수 있는 사람은

없다는 말이다.

고작해야 어떤 사물을 가리키며 "저것이 빨간 것이다."라고 말할

수밖에는.

느낌은 분명히 존재하지만 언어로 증명할 수 없고.

언어는 확실히 존재하지만 느낌을 증명할 수 없다.

그는 세상에는 단지 느낌으로만 알 수 있는 것들이 더 많을지도

모른다고 생각했다.

언어로 증명할 수 있는 것은 제한되는데, 무엇인지 절대로 증명 해낼 수

없는 느낌은 무한히 늘어날 수 있기 때문이었다.

느낌이 존재한다는 것을 온몸으로 받아들이며,

그는 그렇게 생각했다.

그는 느꼈다,

증명할 수 없는 극심한 고통을.

누운 채로 자신도 모르게 몸을 조금 움찔하자 지난밤을 함께 지새웠던 특이한 자세가 고통을 터트렸다. 그리고 생각은 거기서 끝이었다. 생각을 마치자 그는 거슬리는 햇살의 저 눅눅한 냄새를 지우기 위해선 일어나는 것이 최우선이라고 판단했다. 그래서 주위에 의지할 것을 찾아 힘이 들어간 팔을 대고, 천천히 몸을 일으키는 순간 말도 안 될 정도로 큰 고통이 그에게 몰려왔다. 머리를 들고 일어나는 것조차 힘들 지경이었다.

숙취가 분명했다. 누군가 날이 시퍼런 칼 한 자루를 정수리에 꽂아놓은 느낌이었다. 완연한 따갑다는 느낌이 머리를 거쳐 온몸으로 퍼져나갔다. 게다가 얼마나 뉘였는지 모를 머리통이 위쪽 공기와 만나자 귀가 멍해지며 주위가 통째로 아득해지기도 했다.

그는 이럴 때 취해야 할 첫 번째 행동은 냉수를 들이키는 것이라고 생각했다. 그래서 조심스레 발을 들어 움직이기 시작한 그는 이내 냉장고 앞에 우두커니 섰다.

그 보잘것없는 냉장고를 쳐다보고 있자니 뭔가 억울한 심정이 들었다. 그 심정을 지우기 위해 그는 일부러 거칠게 손잡이를 잡아 당겨 냉수를 꺼내 들었다. 그러고는 플라스틱 통에 담겨 찰랑거리는 소리를 내고 있는 그 차가운 무색무취(無色無臭)의 액체를 억지로 들이키기 시작했다. 목구멍을 타고 넘어온 청량함이 중추신경을 따라 흐르고, 이내 서서히 말초신경으로 퍼져나갔다. 이윽고 물을 완전히 삼키자 아까까지 걸려있던 목의 이물감마저 사라지는 느낌이었다.

냉수가 정신을 들게 하자 그의 눈에 서서히 주변 풍경이 비치기 시작했다. 뿌옇게 흐려진 시야에 가장 먼저 시계가 들어왔다. 얼핏 봐도 출근 시각이 지나 있었다. 각도만으로도 충분히 알 수가 있었다. 위로받고 싶은 심정에 가장 먼저 끼어든 것이 출근이라는 사실에 그는 짜증이 재발했다. 심지어 자신의 고통보다도 출근을 더 중요하게 여기고 있는 스스로가 한심하기도 했다. 그래서 그는 당장 직장으로 전화를 걸었다.

곧 상대의 목소리가 수화기를 타고 흘러 그의 고막을 때려왔다. 같은 사무실에서 일을 하는 여인의 목소리였다. 그는 예전엔 매일 같이 들었던 그녀의 목소리를 믿을 만한 구석이 있다고 여겼으나 지금은 왠지 모르게 설핏 어색한 느낌이 들었다. 그런 그녀에게 고해성사하듯 자신의 상황을 솔직하게 털어놓는 것이 별로 내키지 않았다. 그래서 그냥 몸이 아파 오늘 하루 쉬고 싶다는 이야기를 던지고서 전화를 끊어버렸다.

그런 식으로 상황이 어느 정도 정리되자 텅 비어버린 시간만이 주위에 남은 듯했다.

그래서 그는 할 것 없이 우두커니 서 있었다.

그때. 어제와 같이 머릿속을 뿌옇게 하고 이내 눈앞까지 흐려지는 증상이 그를 엄습했다.

이번엔 약간의 어지러움까지 동반한 그 증상은 그의 몸을 고꾸라트리려 했다.

육체와 정신이 동시에 아득해지려는 찰나, 어제와 같이 그에게 약간의 이성이 돌아오면서 몸에 힘을 주고 머리를 세차게 흔들어 증상을 떨쳐내려고 노력할 수 있었다.

그렇게 증상이 물러나자 추위를 느끼며 그는 곧 두 발로 곤두선 상태로 돌아올 수 있었다.

다시 사위가 고요하니 이번엔 시간이 멈춘 것만 같았다. 그러나 곧 흔들었던 머리가 더욱 극심한 두통이 되어 그를 괴롭히기 시작했다.

두통이 생기자, 갑자기 어제의 기억이 다시 자라나 그를 무겁게 짓눌러왔다. 정말로 다시는 떠올리고 싶지 않았던 그 기억이.

"기억은 도대체 어떻게 재생(再生)되고, 회생(回生)되는 것일까?"

그는 그토록 많은 술을 들이키고도 아직까지 어제의 잔상이 남아있는 것으로 미루어, 단기기억상실론은 그저 허상에 불과할 뿐이라는 결론을 내렸다.

어쨌든 돌아온 기억에 둘러 싸여 있자니 그는 간데없이 고독해져 왔다.

온몸이 뚫릴 듯한 고독이었다.

그러는 사이 두통은 더욱 타오르고 있었다. 양옆을 집중 겨냥하여 파고 들어오던 날카로운 고통은 이내 앞뒤로 진로를 틀어 내리치고 있었다.

머리 둘레는 온통 욱신거렸고, 정수리는 여전히 따가운 느낌이었다.

아무런 조치 없이 그 고통들을 그대로 둔다면 하루 동안 아무것도 할 수 없음이 분명해 보였다.

다행히 이럴 때 그는 자신이 어떻게 해야 할지를 정확하게 알고 있었다.

체질상 술을 즐기는 편이 될 수는 없었지만 어쩔 수 없이 가져야 했던 숱한 술자리에서 얻어낸 경험지식이 있었기 때문이었다.

그는 즉시 몸을 움직여 집안을 뒤지기 시작했다. 하지만 그가 뜻한 바는 쉬이 이뤄내지 못했다. 우선 상체를 숙이는 것 자체가 너무 힘들었고, 또 아무리 숙이고 다녀도 자신이 찾고자 하는 것은 어디에도 보이지 않기 때문이있다.

그래서 그는 갑자기 밖으로 나갈 채비를 서둘렀다.

여전히 피부 속에 한기가 남아있었다. 이제는 몸속에도 한기가 돌고 있는 듯했다. 그는 한기를 방어하기 위한 강구책으로 더울 것이 분명한 날씨에도 불구하고 약간 두텁게 껴입고 나가기로 하고 주섬주섬 옷을 챙겨 입었다.

그리곤 자신의 행색을 한 번 돌아보지도 않은 채

등 뒤에서 닫히는 커다란 문소리의 거슬림을,

그는 그렇게 느꼈다.

그는 움직였다,

약국을 향해서.

이렇게 숙취가 괴롭힐 때는 그것을 해소할 수 있는 약을 먹은 뒤, 편안하게 한 잠 자고 나면 괜찮아진다는 것이 바로 그의 경험지식이었다. 그리고 그럴 때 항상 복용하는 약은 이미 정해져 있었다. 그는 집안에서 발견하지 못한 그 약을 구입하기 위해 밖으로 나온 것이었다.

분명한 목적과 함께 밖으로 나왔으나 그리 유쾌한 외출은 아니었다.

바깥에 나오니 그의 눈에 비치는 건 특징 없이 똑같은 모습으로 서 있을 뿐인 건물들과, 너무 강렬하여 날이 시퍼렇게 선 채 눈두덩으로 내리쬐는 여름태양뿐이기 때문이었다.

네모난 건물에 한 번. 강렬한 햇빛에 두 번.

그는 눈살을 베이고 찔리며 억지로 발걸음을 옮겨갔다.

찌푸린 그의 눈살에 비친 모든 건물들은 오직 색(色)만이 제각기 달라 보였다.

어떤 것은 붉은 장밋빛 벽돌로 지어져 내리쬐는 햇볕에 알맞게 구워지는 듯 보였고, 어떤 것은 잿빛의 회색토로 너무나도 깔끔하게 깎여 있어 마치 손을 대면 베여버릴 듯 보였다.

그렇게 색만이 다를 뿐인 그 건물들의 외관은 그의 눈에 모조리 네모나게만 인식되었다. 그처럼 똑같은 모양이 어쩌면 그로 하여금 특징이 없다고 여기게 했는지도 몰랐다.

나아가 그것들은 그에게 크기에 상관없이 제멋대로 꽂아 넣은 책장을 떠올리게 했다.

그 책들 사이를 계속해서 걸어가며, 그는 건물들이 원래 이런 줄은 알고 있었지만 확실히도 이전과는 전혀 다른 느낌이 있다는 생각을 지울 수가 없었다.

확실히 이상한 느낌이 있었다. 물론 그것을 증명할 길은 없었다. 다만 모든 건물들이 천편일률적으로 똑같아 보이는 것이 이상하다고는 할 수 있을 것 같았다. 만약 그가 예전부터 그것들이 똑같이 생겼다는 것을 알아차리고 있었다면, "지금 이토록 이상하게 여겨지진 않았을 것이다."라는 생각이 들었기 때문이었다.

하지만 지금은 분명히 꼭 닮아 있었다. 그 형태(形態)도. 그 특징(特徵)도. 오로지 다른 것은 색(色)뿐이었다. 그렇다고 해서 그 색이 그 건물들이 완전히 달라보이게 하지는 않았다.

비슷한 건물들과 강렬한 햇빛. 그는 그 두 가지 때문에 서서히 길이 헷갈려오기 시작했다.

"이 녹색 느낌의 길로 가면 되는 것인가?"

"아니면 저 붉은 느낌의 길인가?"

빌어먹을 새하얀 햇빛은 눈도 제대로 뜨지 못하게 방해하고 있었다.
오로지 색감에만 의존하여 시행착오가 늘어나자 그는 슬며시 오기가
발동했다. 그래서 어떻게든 기억을 되살려 약국으로 향하는 그
구불구불한 길을 찾아보려 노력했다.

하지만 허사였다. 외려 잘못 든 길에 있는 통유리에 비친 햇빛 때문에
아지랑이만 몇 개 눈앞에 아른거리게 되었다.

그래서 그는 현재 자신이 서 있는 위치가 어디인지만이라도 알기위해
애썼다. 하지만 자신이 서 있는 이 길이 분명히 눈에 익기는 해도, 주변
경관마저 너무나도 비슷하게 생겨먹어 도저히 여기가 어디쯤인지조차
알 수가 없었다.

그러다 문득, 이대로 길을 잃는 것이 아닐까 생각하니 겁이 나기도
했다.

"길 하나 찾는데 겁까지 내다니."라는 생각이 든 그는 자신의 쇠약해진
모습이 한심했다.

그러는 와중에도 그는 계속해서 걷고 있었다. 그러자 그를 감싼 주위
풍경의 냄새가 조금씩 변하고 들려오는 소리의 색깔들이 바뀌기
시작했다.

그리고 이내 거짓말처럼 약국 앞에 도착해있는 자신을 발견할 수
있었다.

그는 스스로 알아채기도 전에 도착한 약국의 유리문을 멀뚱히
바라보았다.

그리고 알 수 없다는 듯이 고개를 기울이며,

그는 그렇게 움직였다.

그는 느꼈다,

불투명하게 소름끼치는 소리(音)를.

약국의 문을 열고 그는 몸을 밀어 넣었다. 그렇게 한 발짝 들어서자
울려대는 소리 하나가 귀에 거슬렸다. 불투명했다. 그것은 손님의
입장을 용이하게 인지하기 위하여 설치한 것으로 보이는 종이 울리면서
내는 소리였다. 하지만 남의 귀에 거슬릴 것이라는 것은 한 치도
생각조차 하지 않은 것이 이기적으로 생각되자 곧 소름이 끼쳤다.
그는 그 소리를 뒤로하고 곧장 계산대 앞으로 다가섰다. 다른 소리를
덮어 그것을 잊어내고 싶어 일부러 더욱 서둘렀다.
그런 그의 모습을 본 비슷한 나이 대의 익숙한 얼굴을 지닌 한 여인이
얼굴에 큼지막한 미소를 담고 인사를 건네 왔다.
그는 그 인사를 받는 둥 마는 둥 하며 오로지 자신이 필요한 약품을
설명하는 데만 서둘러 집중을 퍼부었다.
그가 찾는 약은 그녀의 오른쪽에 있었다. 그래서 약사는 조금 높은
선반 위에 있는 그것을 꺼내기 위해 몸을 쭉 뻗음과 동시에 그에게 말을
걸어왔다.
어제 밤에 과음을 했지 않느냐. 날씨가 너무 덥지 않느냐. 올해는 사상
최고로 더울 거라는데 걱정이라는 둥.
이름 모를 새가 지저귀는 것 같은 소리를 닮은 그녀의 목소리가
상투적인 표현들을 포함하여 말을 붙이는 모습은 그에게 철저히

계산적으로 여겨질 뿐이었다. 그런 식으로 이야기를 붙이면 손님이 편안한 마음으로 다시 찾을 수 있게 된다는 것이 그녀의 계산된 철학이었음이 분명해 보였기 때문이었다. 그 철학 역시 그에게는 불투명하고도 소름이 끼치는 것에 지나지 않았다. 그 계산된 철학에 그는 동의할 수 없었다.

"이 여인은 당최 나에 대해 무엇을 알고 있기에, 이리도 살가운 척을 하는 것일까?"

차라리 무정하고 높낮이 없는 대화였다면, 그는 되받아쳐줄 마음이 일었을 것이다.

하지만 그녀의 말투는 꼭 그를 동정하고 있는 것만 같았다.

결국 그녀의 목소리가 그에게 가져온 것은 지저분한 역겨움뿐이었다.

그때. 갑자기 머릿속이 뿌옇게 흐려져 왔다.

그 증상이었다. 이윽고 눈앞까지 재빨리 흐려지기 시작했다.

이번 것은 전보다 더 심했다.

눈앞이 흐려지는 속도가 걷잡을 수 없이 빨랐고, 이내 온몸이 짙은 안개 속에 갇혀버리는 현상의 속도 역시 엄청났다.

게다가 이번 증상은 어지러움까지 동반했다. 확실히 그는 현기증을 느끼고 있었다.

정신이 아득해지고 현기증이 일더니 곧 몸을 바로 잡기가 힘들어졌다. 휘청거리는 발걸음이 진동을 타고 흐느적거리는 몸놀림으로 번져갔다.

유일하게 구별할 수 있는 것은 물체의 희미한 형상이었다.

그래서 약사의 하얀색 가운이 그의 앞으로 서서히 다가오는 것이 보이기는 했다.

하지만 이외의 다른 부분은 그에게 속하지 않은 듯, 전혀 제어되지 않고
다르게 반응했다.

오히려 아무 반응을 할 수 없었다는 표현이 더 적절한 것 같았다.

그는 그렇게 서서 아무도 모르는 그 증상과의 사투를 이어나갔다.

알 수 없는 증상이 자신을 지배하는 것을,

그는 그렇게 느꼈다.

07

———

그는 느꼈다,

자신을 깨우는 소리를.

정확히 알 수 없는 둔탁한 소리와 함께, 단숨에 증상에서 벗어난 그는
아직 울림이 남은 눈앞의 계산대를 내려다보았다. 거기엔 그가 원하던
약 한 통이 올려져 있었다. 그리고 조금 더 위로 눈길을 끌어올리자
큼지막한 미소를 담고 있는 약사의 얼굴이 떠올라 있었다.

그러면서 약사가 아까와 비슷한 목소리로 무언가를 이야기하는데
이번엔 그 느낌이 사뭇 달랐다.

우선 철학이 없어진 것 같았다. 뒤이어 그가 감지한 것은 고독에 가까운
구석이 있었다.

순간 그는 그녀가 그리도 정겹게 이야기를 붙였던 것이
"철학 때문이 아니라 고독하기 때문은 아니었을까?"라는 생각이
들었다.

그가 "사람들은 자신이 지닌 고독을 어떻게든 숨기려고 하니까."라는
뒤이은 생각을 할 수 있었던 것은 자신도 역시 얼마 전까지 고독에
사로잡혀 있었고, 지금도 고독에 사로잡혀 있기 때문이었다.

그리고 그는 그 고독의 경험으로부터 얻은 "고독에 사로잡히면 인간은
한없이 다정해질 때가 있다."는 생각 한 줄을 그녀에게 적용시킨

것이다.

허나 그는 방 안에서 자신을 사로잡던 그 지독한 고독과 비슷한 그녀의 밝은 목소리 속의 지독한 고독이 자아내는 한기 때문에 온몸이 떨려오는 것을 막을 수 없을 지경이었다.

그는 실제로 몸을 조금씩 떨며 이어지는 약사의 말에 귀를 기울였다.

약사가 이야기한 것은 금액(金額)이었다.

당연했다. 그녀는 약값으로 얼마간의 금액을 그에게 요구해왔다.

그것을 듣자마자 그는 기계적으로 지갑으로 손을 가져갔다.

의식한 뒤의 행동이라기 보단 무의식적인 움직임이 그를 이끌었다.

마치 습관처럼 지갑이 이내 그의 손에 쥐어져있었다.

그래서 지갑을 열고 그 안을 들여다보았다.

그러자 무어라 표현할 수 없는 기분이 그를 엄습했다.

지갑 안의 풍경은, 그가 알고 있던 보통의 것과 별반 다를 바 없었다.

그 안에는 돈(錢)이 들어있었다.

적어도 그는 그것이 돈이라는 것만큼은 알고 있었다.

하지만 이상한 건, 그것이 돈이라는 그 사실이 아니었다.

그는 지갑 안의 모든 돈을 꺼내어 손에 쥐었다.

하지만, 당최 이것들이 어떤 것인지에 대한 확신이 없었다.

그것은 절대 표현할 수 없는 느낌이었다. 제아무리 느낌이 증명할 수 없는 존재라고 해도, 거친 표현이나마 가능한데 반해 이 느낌은 그 엄두조차 낼 수 없는 기이한 것이었다.

그는 그 돈들 중 한 장을 눈으로 유심히 살펴보았다.

그가 알고 있던 그 돈이 확실했다.

"하지만 이게 무엇인가?"

완전히 새로운 것을 접하는. 태어나서 처음 보는 것 같은. 막연한 것이

아니라 아예 모를.

그런 느낌들이 그를 덮쳐왔다.

그는 그 돈에 쓰여 있는 것이 숫자(數字)라는 것은 알고 있었다.

하지만 이 숫자들이 나타내는 바가 무엇인지에 대한 감(感)을 잡지

못했다.

"도대체 이 숫자들은 무엇을 나타내고 있는가?"

"그리고 그 옆에 있는 그 풍채 좋은 인물은 무엇 때문에 저렇게 미소

짓고 있는 것인가?"

이건 의문의 느낌이라기 보단, 미지(未知)의 느낌이었다.

분명히 익숙한 구석이 있는 것이 새롭게 여겨지는 느낌은 태어나서

처음 가져본 것이었다.

무엇보다도 자기 손 안에 있는 것의 의미가 완전히 희미해진 것 같은

느낌은 그가 세상에 존재하리라고 상상조차 해보지 않은 것이었다.

그는 우두커니 서서 멍하니 돈을 내려다보았다.

그리고 조금이라도 기억을 되살려보고자 뚫어지게 돈을 바라보고만

있었다.

하지만. 이 돈의 가치(價値). 이 숫자들의 의미(意味).

이런 것들이 지금 그에게 떠오르지 않았다.

"이것들만 기억해내면 이 느낌도 곧 사라질 것이다."

그는 이런 확신을 가지고 계속해서 돈을 응시했다.

하지만 돌아오는 것은 아무것도 없었다.

분명 이것으로 셈을 치러야 하는데, 치를 수 없을 것 같은 느낌이었다.

"이것을 주면, 저 약을 얻을 수 있는 것일까?"

그런 확신은 어디에도 없었다.

한 가지 확신이 드는 건 저 여자가 이 돈을 원하고 있다는 것뿐이었다.

두말할 나위 없었다. 그는 그 사실에 대해서는 의심하지 않고 있었다.

일단 "이것을 저 여자에게 준다"는 것이 그가 취해야 할 행동이었다.

하지만 도무지 자신의 손에 있는 이 돈들이 얼마나 되는지 그리고

약사가 요구해온 금액은 얼마나 되는지 알 수가 없었다.

아무리 생각해도 알 수가 없었다.

그러던 와중에 약사가 입을 떼어 살갑게 금액을 재차 요구해왔다.

"저것은 또 무슨 소리인가?"

이제는 어쩔 수가 없어졌다.

그에게는 "어떻게든 이것을 저 여자에게 주어야 한다"는 생각뿐이었다.

눈대중으로 가장 크기가 큰 특유의 색을 지닌 지폐를 약사에게

내밀기로 결심하고 실행에 옮겼다.

그러자 그것을 받아든 약사는 눈웃음을 지으며 계산대 밑으로 손을

넣었다.

그리곤 다시 그에게 무언가를 건네주는 것이었다.

그는 얼떨결에 그것을 받아들었다.

"이것들은 또 무엇인가?"

이제 그의 눈에 들어온 것은 다른 색의 종이 몇 장과 둥그런

쇳덩어리뿐이었다.

아무 의미가 없는 물건. 그의 손에 그런 것이 들어온 것만 같았다.

혼란이 짙게 느껴졌다.

그 혼란 속에 곧게 선 그는 방금 건네받은 것을 물끄러미 쳐다보았다.

그것들의 모양, 색, 냄새 등은 알 수 있으나 그것들이 무엇인지를
몰랐다.

그것들을 "돈"이라고 부른다는 것만은 알고 있었다.

하지만 그 이외의 것들은 전혀 기억나지 않았다.

그는 자신의 행동에 부자연스러움이 있음을 감지해냈다.

그의 눈에 비친, 약사의 눈초리가 제자리에 서서 이러고 있는 자신의
모습을 결코 평범하지 않게 보고 있는 것만 같았기 때문이었다.

그는 만약 행동에 일종의 강령이 있다면, 지금 자신이 취해야할 행동은
이것을 그만두는 것이라고 생각했다.

적어도 그것에 대한 확신만큼은 있었다.

그래서 받은 것을 주머니에 쑤셔 넣고는 약을 낚아채어 그는 황급히
밖으로 걸어 나왔다.

바깥으로 나오니 호흡이 제대로 되지 않는 것만 같았다.

주위에 존재하는 모든 것들이 그를 향해 연거푸 소리를 질러댔다.

한 낮의 고요함은 간 데 없고 시끄러운 일상생활의 모습만이 유유히
흐르고 있었다.

그는 그런 풍경을 접하자 깜짝 놀랐다.

무언가 확연히 달라진 것이다.

그 모습들은 지독하게 익숙한 것이지만 동시에 놀랍도록 새로운
것이기도 했다.

흘러가는 것 중 익숙한 것이 더 어색해지기 시작하는 것을,

그는 그렇게 느꼈다.

그는 생각했다,

두통이 돌아왔다고.

그 고통을 잠재우기 위해 그 자리에서 바로 약을 복용할 수도 있었지만 그는 집으로 돌아가는 것을 택했다. 조금 더 생각해야 할 부분도 있었고 무엇보다 빨리 그곳을 벗어나고 싶었기 때문이었다. 그래서 아까처럼 습관적으로 발을 옮기기 시작했다.

그는 계속해서 나아갔다. 그리고 주위는 변한 것이 없었다. 건물들은 여전히 다를 게 없었고, 햇살도 여전히 강렬했다.

특징 없는 건물의 숲속을 내리쬐는 태양을 받으며 걷자니, 그는 문득 담배가 그리워졌다. 목구멍으로 그 칼칼한 것을 넘기는 상상이 덧대어지자 그리움은 더욱 강렬해졌다. 그래서 주머니에 손을 넣어보았지만, 잡혀야 할 무언가가 잡히지 않자 또 짜증이 밀려왔다.

담배를 두고 온 것이었다.

그가 정신이 든 곳은 거기서였다.

약국에서 그곳까지 어떻게 걸어온 것인지 도대체 알 수 없지만, 그는 어제 왔었던 것이 분명한 가게 앞에 다다라 있었다. 그는 그 사실을 의아하게 여겼지만 이내 그곳에서 담배를 살 수 있음을 알고 망설임 없이 들어갔다. 그리고 평소 피우던 담배를 이야기하고, 가만히 서 있는 게 그가 행한 것의 전부였다.

모든 것이 평소와 다를 게 없었다. 습관(習慣)이었다.

하나 다른 것이 있다면, 어제 저녁까지만 해도 대화가 가능했던 계산대

뒤의 아주머니가 이상한 소리를 해대고 있다는 것이었다.

한 마디에 끝난 그 이상한 소리 이후, 그는 자신을 빤히 쳐다보고 있는 아주머니의 눈길을 마주할 수 있었다.

"왜 나를 저렇게 쳐다보고 있는 것일까?"

그는 이내 깨달았다. 아까와 마찬가지였다. 그녀가 필요로 하고 있는 것은 돈이었다.

"하지만 도대체, 얼마를 주어야 한단 말인가?"

그는 우선 주머니에 쑤셔 들어가 있던 돈을 모조리 꺼내어 한 손에 쥐었다.

그중 쇳덩어리 하나가 바닥에 떨어져 차가운 소리를 내며 동그랗게 구르다가 멈춰 섰다.

그는 몸을 숙여 그것을 주우면서 아까와 마찬가지로 돈을 내기로 결심했다.

그가 아주머니에게 내민 것은 가장 커다란 지폐였다. 아주머니 역시 그 돈을 반기는 것 같았다. 그러나 손을 뻗어 그 돈을 집으려던 찰나, 표정이 바뀐 아주머니가 또 무슨 이야기를 걸어왔다.

"저것이 도대체 무슨 소리일까?"

그의 귀에 들려오는 것은 이상한 말소리에 불과했다.

그가 멈칫하고 있는 사이 말을 마친 아주머니의 손길이 그의 손 쪽으로 다가왔다.

그리고선 다른 종류의 돈을 잡고 그에게서 뺏으려는 듯 낚아채갔다.

「여기 잔돈 있잖아요.」

그녀는 그 짧은 한 마디와 함께 계산을 마치고 그의 손에 담배 한 갑과,

쇳덩어리 몇 개를 얹어주었다.

그 짧은 순간에 혼란의 구렁텅이로 발을 헛디뎠다고,

그는 그렇게 생각했다.

그는 생각했다,

계속해서 걸음을 걷고 있다고.

왼쪽 발을 먼저 딛고, 반대쪽 발을 그 앞으로 내딛는 그 걸음자체가 하나의 습관처럼 여겨졌다. 그렇게 습관처럼 회색(灰色)빛의 안개로 물든 것 같은 길을 걷다보니, 어느새 그는 집 앞에 도착해 있는 자신을 발견했다.

거기서 그는 자신이 살고 있는 자그마한 빌라의 두 번째 층을 슬며시 올려다보았다. 방으로 들어가기 위해선 진짜 회색의 계단을 몇 차례나 올라야 했다. 그는 한숨을 내쉬고는 다시 습관처럼 계단을 디뎌나갔다.

그리곤 멈춰선 발걸음 앞의 문을 열고 안으로 들어섰다.

아무 것도 없었다.

모든 것이 그대로였고, 아무런 일도 일어나지 않았다.

그리고 앞으로도 아무 일도 벌어지지 않을 것 같았다.

그는 방안을 천천히 훑어보았다. 전날 보았던 물건들이 변화도 없이 제자리에 놓여있었다.

"저것들은 움직이고 싶지도 않을까?"

그는 괜스레 치미는 짜증으로 투덜대며 더욱 안쪽으로 들어갔다. 그와 동시에 뒤에선 문이 바람과 함께 닫혔다.

닫히는 문이 내는 거대한 소음과 함께 공간이 순식간에 밀폐되자 그를 찾은 것은 걷잡을 수 없는 고독의 시간이었나.

마치 이것만이 유일하게 존재하는 것인 듯, 넓고도 넓은 세상 위에 홀로
버려진 것 같은 그 고독의 시간은 자연스럽게 그의 외면을 휘감아 대고
있었다.

곧 몸속에서도 고독의 물결이 요동치며 곳곳으로 퍼져나가기 시작했다.

그러자 내장이 그 고독에 반응하며 미세한 움직임을 시작하더니,
이윽고 심장이 완전히 포위된 것 같이 괴로워지기 시작했다. 호흡마저
완연히 가빠졌다.

서서히 그러나 분명히 고독(孤獨)은 고통(苦痛)으로 승화하고 있었다.

그는 영문도 모른 채 느껴지는 고독의 고통에 왼쪽 가슴을 움켜쥐고
천천히 소파로 다가갔다.

사실 이번에 느낀 고독은 이전과 별반 다를 것이 없었다. 전혀 생경하지
않았다.

다만 한 가지 신기하게 여겨진 것은, 이 고독이라는 감정이 잠시 사라져
있었던 것처럼 여겨졌지만 실제로는 그렇지 않았다는 것이었다.

이전까지 그는 솔직하게 고독이라는 것이 진정으로 존재하는
것인지조차도 확신할 수 없었다. 다만 언제나 자신의 발을 온통 적시던
잔물결 같이 여겨지긴 했다.

하지만 지금 분명히 느껴지고 있는 이 축축한 감정에 대한 올바른
표현이 고독이라면. 그는 고독이라는 틀에서 결코 벗어난 적이 없는 것
같이 느끼고 있었다.

그러자 그 틀에서 벗어나고 싶은 마음이 간절해졌다. 만약 고독이
고통을 수반하는 것이 확실하다면 그것까지 느끼고 있었으니까.

더 이상 고통받고 싶지 않았다.

그는 고독과 고통을 안은 채 비틀비틀 소파로 다가가 앉았다. 앉으며 떨어지는 발 언저리엔 유리병 몇 개가 굴러다니고 있었다. 이제 보니 뚜껑이 까여지지 않고 그대로인 것도 있었다. 그는 그것을 보고 있자니 갑자기 무언가가 차오르고, 괜스레 더 고독해져선 구토를 해야 할 것만 같았다.

그래서 그는 더 이상 아무 것도 보지 않고, 아무 것도 생각하지 않기로 결심했다. 이 상황에서 무언가 한다는 건 사태를 악화시키는 지름길처럼 여겨졌기 때문이었다. 그리고 아무것도 하지 않는 것은 결심하기도 실행하기도 쉬운 일이었다. 초점 없는 눈만 만들 수 있다면 누구나 가능하니까.

천천히 자기 자신이 비워져 간다고,

그는 그렇게 생각했다.

그는 생각했다,

비어버린 자신이 움직였다고.

그의 몸은 자신도 모르는 사이, 자리에서 일어나 습관처럼 냉장고 앞에 닿아있었다. 그리곤 손에 쥐어진 약을 입에 털어 넣고 습관처럼 물과 함께 삼켜버렸다. 이 모든 행동은 몸에 박힌 습관이 조종한 것이라, 그는 자신이 그렇게 움직이고 있다는 것조차 인식하지 못하고 있었다. 그렇게 그를 움직였던 습관은 다시 소파로 돌아와 앉은 뒤, 담배까지 한 대 빼어 물게 했다. 그는 기왕 입에 물린, 담배 한 대를 습관처럼 느릿하게 끝까지 다 피우고 싶었다. 그래서 습관처럼 서서히 자세를

낮추기 시작했다. 그 동작은 어딘가 부자연스러웠지만 그는 개의치
않고 습관처럼 드러눕기 시작했다. 이내 한 손에 담배 한 개비를 꽂은
상태로 밀려오는 더위와 함께 그는 습관처럼 소파에 기대어 누운
형태가 되었다.

그는 여태까지의 모든 움직임이 자신이 생각을 하고 있지 않았기
때문에 가능했다고 확신했다. 자신이 아무것도 보지도, 생각하지도
않겠다고 여김과 동시에 작동을 멈춘 의식 때문에 무의식이 조종할
수 있는 습관(習慣)과 아무것도 하고 싶지 않은 권태(倦怠)가 찾아올
수 있었던 것이다. 그는 만약 생각이나 의식이 그 사이에 끼어들어
있었다면, 습관이 작동하지 않았을 것이고 지금과 같은 결과를 낳았을
리도 없었으리라 생각했다.

나아가 그는 어렴풋이 생각과 행동이 연관이 없을지도 모른다고
생각했다.

"생각과 행동이 과연 연관이 있을까?"

그는 지금도 이런저런 생각을 하고 있는 자신의 모습을 발견했다.

그렇지만 행동으로 발전해 있지는 않았다.

그러면서 그는 그 둘의 상관관계가 상당히 재미있는 것이라고
생각했다.

그는 담배를 피운다. 하지만 그가 담배를 피우고 있다는 생각에
의해서는 아니다. 그냥 담배가 입 근처로 왔고, 입술에 닿았고, 힘껏
빨아들여 속으로 넣었다가, 남은 찌꺼기를 입으로 다시 배출했다. 그는
그 움직임을 마치 습관처럼 반복하는 것뿐이었다.

이런 움직임들이 모여 행위가 되고, 그런 행위들이 반복되는 동안에도

그는 담배에 대한 생각을 한 번도 하지 않았다.

그러는 사이 담배가 꼬투리를 드러냈고, 다시 모든 것이 귀찮아진 그는 담뱃불이 하나도 남지 않게 정성스레 비벼 끄고 자세를 약간 틀었다.

아까보다 더 편한 자세였다. 그러나 그는 그 자세에 대한 생각을 한 번도 하지 않았고, 당연히 다음 행동에 대한 생각도 하고 있지 않았다.

그래서 잠들리라는 생각도 하고 있지 않았다.

하지만 습관처럼 서서히 잠에 빠져들어 간다고,

그는 그렇게 생각했다.

08

———

그는 느꼈다,

코언저리가 찡하게 저려 오는 것을.

잠에서 깨어 고개를 살짝 드니, 코가 소파에 깊숙이 박힌 채로
누워있었다. 잠을 자는 동안 뒤척였던 모양이었다.

뒤이어 그는 머리를 천천히 들어보았다. 근육이 움직이니, 저림이
따라 움직였다. 코끝에서 일어난 그 저림은 곧 얼굴 전체로 퍼지더니,
이내 묵직한 고통에 불을 붙였다. 이번엔 분명히 욱신거리는 느낌의
고통이었다. 자는 자세에 문제가 있었던 게 확실한 것 같았다.

그는 상체를 일으켜 하체를 소파에 맞게 앉았다. 그리고 두 손을 양
눈에 대고 누르는 자세를 취했다. 팔꿈치는 무릎에 얹었다. 이내 천천히
압력의 강도를 높여갔다. 조금씩 돌리기도 해보았다. 덕분에 얼굴 쪽의
고통은 조금씩 완화되고 있는 느낌이었다. 손을 들어 다음엔 머리통을
주무르기 시작했다. 관자놀이 조금 윗부분에 손바닥의 끝 부분을 대고
문질러 보기도 했다.

잠에서 깨자마자 느껴진 고통을 잠재우기 위한 이런 일련의 행동들은
그의 머릿속에서 생각이라는 통로를 거치지 않고 이루어진 것들이었다.

하지만 그는 그런 상황을 알아채지 못한 채 여전히 습관처럼 그
행동들을 반복했다. 그러자 다행히 다른 고통들은 그 행동에 의해

조금씩 사라져갔다.

허나, 두통은 조금 다른 문제인 것 같았다. 쉬이 사라지지 않고 그 자리에 그대로 머물러 그를 괴롭히고 있기 때문이었다. 그래서 그는 입을 크게 벌렸다가 오므렸다가를 반복하며 고개를 천천히 들어 보았다. 움직이면 두통이 조금이나마 가시지 않을까 싶어 행한 것이었지만 사실, 무의식중에 벌어지는 습관적인 움직임에 불과했다. 그렇게 고개를 드는 도중에, 그의 눈에 비친 사위는 고요한 어둠으로 물들어 가고 있었다.

아직 완벽한 암흑(暗黑)은 아니었다.

빛과 어둠이 비율을 조절하며 적절하게 색의 온도차를 형성하고 있는 중이었다.

이제 조금만 있으면, 어둠이란 추위 속으로 완벽히 잠기고 말 것 같았다.

그는 어둠이 찾아오면 다시 고독해지고 말 것이라는 것을 직감적으로 눈치 챘다.

그래서 어둠 속에 있지 않아 느끼지 못했던 고독 속에 빠지지 않으려면 무슨 행동이라도 취해야 할 것 같다고 생각했다.

"고독해지면 다시 고통스러워질 테니까."

그는 일단 고개를 들어 벽에 매달린 고독한 시계를 쳐다보았다.

시간이라도 알고 나서 어떻게 할지 고민하려고 했기 때문이었다.

하지만 그때 알 수 있었던 것은.

고작 저 시계가 걸려있는 위치가 상당히 고독해 보였다는 것뿐이었다.

그리고 동시에 "저것은 몇 시(時)인 걸까?"라는 의문이 머릿속에서 피어났다.

하지만. 알고자 했던 시간을 알 수가 없었다.

그의 눈에 비친 시계는 원형이었고, 묵직한 시침과 새침데기 같은 분침

혼자서 바삐 움직이는 초침으로 이루어져 있었다.

그가 그러한 시계의 모습을 알 수 없었던 것은 아니었다.

그 침들이 이루고 있는 각도와 그 사이에 들어가 있는 눈금들의 모습은

여전히 익숙했다.

익숙하지 않은 것은 그 눈금들 사이에 적혀있는 저 큼지막한

문자(文字)들이었다.

"저 문자들이 의미하는 것이 과연 무엇이란 말인가?"

"저것들을 어떻게 읽어야 하며, 저것들을 어떻게 받아들여야 한다는

말인가?"

그 문자들은 마치 태어나서 처음으로 마주하는 것처럼 생경했다.

그는 저렇게 생긴 문자들을 본 기억이 흐릿했다.

"아니. 기억에는 존재한다."

저렇게 생긴 문자들은 분명히 그에게 익숙한 존재들이었다.

작대기처럼 길게 뻗은 모양의 문자들과, 동그라미처럼 둥그런 모양의

문자들과.

둥그런 것 위로 작대기가 뻗어 있고, 둥그런 것 밑으로 작대기를 매달고

있는 문자들.

또 완벽한 동그라미가 그려지지 않는 모양인 문자의 모습도 그에게는

익숙해야만 하는 것들이었다.

하지만 그에게 남아있는 것은 익숙함뿐이었다.

나머지는 전혀 느껴보지 못했던 것들뿐이라고,

그는 그렇게 느꼈다.

그는 생각했다,

그 문자들에게서 느껴지는 위화감(違和感)이 절대 모양에서 비롯된

것은 아니라고.

심지어 그는 확신할 수도 있었다.

동시에 그는 그 문자들을 분명하게 알 수 없다는 것도 확신할 수

있었다.

"익숙하지만 생경한 느낌."

그는 우선 시계의 문자들에서 느껴지는 그 생경함에서 비롯된 위화감의

원인을 찾아야 한다고 결심하고선 깊은 생각에 잠겼다.

이내 그는 해독(解讀)이라는 것이 되지 않기 때문이라는 해답을 얻어낼

수 있었다.

"저것이 정말 내가 어제도 아무렇지도 않게 해독(解讀)하고 살아왔던

것들이란 말인가?"

어제 읽을 수 있었던 문자들을 오늘 읽을 수 없을 리 없었다.

그런 일이 단 하루만에 벌어질 수 있다는 가능성은 둘째치고라도,

읽어낼 수 없는 이유로 어째서 위화감이 느껴지느냐 하는 것이 더욱

궁금했다.

"지금 느껴지는 이 위화감을 왜 이전에는 느끼지 못하고 살아왔을까?"

그는 여태껏 자신을 평범한 사람이라고 생각하고 살아왔다.

하지만 지금 일어나고 있는 일은 평범한 일이 아니었다. 심지어

이상했다. 지금 이 상황이 너무나도 이상했다.

그러는 사이에 땅거미는 저편으로 숨기 위해 끊임없이 발걸음을 옮기고 있었다.

그렇게 사위가 어둑해짐과 동시에 그의 머릿속도 어두워져갔다. 모든 것이 어둠에 묻혀가자, 그는 지금 벌어지고 있는 이 상황을 설명할 수 있는 말은 세상에 존재하지 않을 것만 같이 여겨졌다.

이런 저런 생각이 자신을 괴롭히자, 그는 그것을 떨쳐 버리기 위해 자리에서 일어났다. 이상함을 느끼고 있는 이 상황이 짜증나기 시작했던 것이다. 게다가 계속해서 생각을 이어나가던 두뇌가 과부하에 걸려 분노를 일으키려고 하고 있었다. 그가 느꼈던 괴로움과 짜증 모두 두뇌가 생각을 시작했다는 증거였다.

그는 몸을 일으키면 더 이상 생각을 하지 않아도 된다고 여겼다.

그래서 일으키게 된 몸은 자기 전에 먹은 약기운이 아직 남아 있는 듯 약간 휘청거리면서, 동시에 아직까진 술이 완벽하게 해독(解毒)되지 않았다고 이야기하고 있었다. 두통도 조금 남아있었으며, 그 크기도 아침과 비슷한 듯했다.

그는 이럴 때는 다시 한 번 약을 먹어야 한다는 결론을 내렸다.

"내일, 무엇이라도 하려면 지금 할 수 있는 것을 다 해서라도 나아야 한다."

이러한 굳은 신념(信念)을 품게 된 그는 소파 밑에 제멋대로 떨어져 있던 사각형의 약 상자를 집어 들었다. 그것은 오늘 아침에 보았던, 건물들과 비슷한 모양새였다.

그렇게 생각하며 그는 계속해서 움직였다. 우선 냉장고 앞으로 걸어갔다. 어설프게 문을 열고 냉수를 꺼내어, 약 상자와 함께 식탁 위에 올려놓았다. 그런 뒤, 식탁 곁에 있는 의자에 차분히 앉았다.

그는 우선 대기에 떠있는 우중중한 기분을 털어내고자 큰 심호흡을 여러 차례 거듭했다.

하지만 아무것도 바뀌지 않았다. 오히려 두통이 더 심해지는 느낌이었다.

그래서 그냥 약이나 먹자는 생각이 든 그는 서둘러 약상자를 집어 들었다.

그때. 문득 의문이 들었다.

"도대체 이 약은 몇 정을 먹어야 이 병을 낫게 할 수 있을까?"라는.

그는 자기도 모르는 사이에 자신의 상태를 병(病)으로 진단하고 있었다.

자신의 경험으로 미루어 쉬이 낫지 않았기 때문이기도 하지만,

무엇보다도 스스로가 병에 걸렸다고 느끼고 있었기 때문이었다.

병에 걸렸다고 생각하니 겁이 났다.

자신의 상황이 결코 좋은 것이 아닌데, 병에 걸렸다면 문자 그대로 최악이나 다름없었다.

그는 약의 정확한 복용량을 알면 병을 고칠 수 있다고 생각했다. 어째서 그런 멍청한 생각이 들었는지는 자신조차도 모르고 있었다. 어쨌든 그는 그 생각에 사로잡힌 채 약 상자의 겉면에 빼곡히 쓰인 글자를 읽으려고 했다.

그것을 읽으면 병이 나을지도 모른다고,

그는 그렇게 생각했다.

그는 느꼈다.

다시금 자신에게 찾아오는 것을.

그건 머릿속이 하얘지고 눈앞이 흐려지는 증상이었다.

앉아있었으니 망정이지 만약 서 있었다면 완전히 쓰러지고 말았을
것이다.

그는 갑작스럽게 찾아오는 이 증상에 우선 당황했다.

증상 자체는 이전 것과 비슷했다.

눈앞이 흐려지긴 하지만, 형체는 분별할 수 있었고 완전히 그 속에
갇히지는 않았다.

하지만 머릿속이 흐려지는 것은 분명히 문제가 있었다.

그 순간만큼은 아무런 생각을 할 수 없었다.

할 수 없는 건 생각뿐만이 아니었다.

행동으로 나타나던 그 징 박힌 습관마저 이때만큼은 효력이 없는 것
같았다.

한마디로 아무것도 할 수 없는 상태였다. 마비라고 할 수 있을 것도
같았다.

어떠한 생각이나 어떠한 행동을 취하는 것이 불가능했다.

그 증상이 발현할 때만큼은 그저 가만히 있는 것 말고는 할 수 있는 게
아무것도 없었다.

한 가지 다행인 점은 이 증상은 꽤 짧다는 것이었다.

만약 그 시간이 길어졌다면 그는 주체하지 못할 답답함에 갇혀
억지로라도 무슨 행동을 취했을 것이라고 생각했다.

그리고 그 행동의 결과가 폭력적이리라는 것은 그도 잘 알고 있었다.

그렇게라도 하지 않으면 아무런 변화가 있을 것 같지 않다고,

그는 그렇게 느꼈다.

그는 생각했다,

증상의 끝에서 빠져나왔다고.

끝을 아는 것도 중요하지만 빠져나왔다는 것을 아는 것은 더 중요했다.

그 순간 생각이 다시 시작될 수 있었기 때문이다.

하지만 그때. 생각보다도 먼저 그에게 가득 찬 것은 감각이었다.

이제 공식이 되어버린 한기(寒氣)는 외려 평범한 느낌이었지만, 손에서

뭔가가 빠져나갔다는 허전함이 그를 당황케 하고 있었다.

"무엇이 빠져나간 것일까?"

그는 의자를 약간 뒤로 젖혀 바닥을 내려다보았다. 그리곤 그곳에

떨어져 있는 약상자가 그 공허함의 주인공임을 알았다.

그는 동시에 주위에 빛도 비어있다는 것을 알아차렸다. 그가 본 것은

어둠 속에서의 희미한 형체에 불과했던 것이다. 그래서 그는 일어나

불을 켰다. 전구는 여러 번 울렁거리는 소리를 내더니 이내 자신이

토해내야 할 것을 뱉어냈다. 곧 주위가 밝아졌다. 그러니 주변의 사물의

형태도 더욱 또렷하게 보였다.

모든 것은 역시나 제자리에 있었다. 그러자 그는 또 다시 추위를

느꼈다. 어김없이 고독도 함께 느낄 수 있었다.

다시 자리로 돌아와 앉은 그는 다시 찾아온 것들을 잊기 위해서라도

약상자를 들고 설명서를 읽어 보기로 했다. 물론 계속해서 남아있던

두통을 잠재우기 위해서이기도 했다.

글씨가 약상자의 길쭉한 면 한 쪽을 거의 가득히 채우고 있었다. 그만큼 글씨의 크기는 작았다. 빼곡히 적힌 그 글씨를 보고 있자니 현기증이 일 것만 같았다. 이 어지러운 것을 다 읽는다는 건 불가능해 보였다. 심지어 이것을 다 읽는다손 치더라도 그가 얻을 수 있는 건 그리 많지 않아 보였다. 그래서 그는 필요로 하는 정보만을 얻어내기로 마음먹고 찬찬히 약상자를 들여다보았다.

하지만 그는 다시 한 번 고개를 드는 위화감에 아연실색할 수밖에 없었다.

"이것들이 전부 무엇이란 말인가?"

그곳에 존재하는 것들이 그의 눈에는 마치 검은 점들의 집합 같아 보였다.

이래서는 그가 원하는 정보는 절대로 찾아낼 수 없을 것 같았다.

그는 다시 한 번 글자 그 자체에 집중했다.

그것들이 "글자"라는 것 정도는 그도 알고 있었다.

하지만 그것들이 뜻하는 바가 무엇인지 알 수 없었다.

그의 머릿속에서 계속해서 괴로움을 주도하고 있는 궁금증은 바로 그 "뜻"이었다.

이 모든 글자들은. 글자들의 생김새와 색깔들은.

그에게는 더할 나위 없이 명확하게 보였다.

하지만 그것들이 나타내고 있는 것이 무엇인지.

또 어떠한 의미를 지니고 있는지는 알 수 없었다.

마치 이런 느낌이었다.

그것이 글이고 읽어내어서 해독해야 할 주체라는 것은 알겠지만

어떤 글인지 그리고 어떻게 읽어내어 해독해야 하는지를 알아내는
무언가를 "읽는다"는 능력 자체가 깡그리 사라진 느낌.

글자라는 것이 시신경을 통해 뇌로 전달되는 것까지는 그에게도 느낌이
있었다.

문제는 그 이후였다.

머릿속에 닿는 것이 아무것도 없었다. 마치 뇌에서 분석이 되지 않는 것
같았다.

저 글자들이 분명히 무언가를 의미하고 있을 것이라는 기억은 어렴풋이
남아있었다.

그건 그 속에 담겨있는 의미가 분명히 존재하리라는 기억이었다.

"시(詩)적인 표현이 아닐지라도, 저것이 문자(文字)인 이상 최소한의
의미라도 담고 있지 않겠는가?"

그는 소리가 어쩌면 상황을 해결할 수도 있겠다는 생각을 했다.

적막한 주위를 자신의 의지가 스며들어 있는 목소리로 채워놓는다면
무언가가 돌아오지 않겠나 싶었기 때문이었다.

그래서 그는 그것들을 소리 나는 대로 읽어보고자 했다.

하지만 노력해서 글자들을 소리 내려고 하여도,

단 한마디도 읽어내지 못하는 자신을 발견할 수밖에 없었다.

"읽는다는 것" 자체가 되지 않았다.

읽는 것이 아니 되니 입 밖으로 소리를 내는 것도 불가능했다.

그가 뱉어낸 것은 기껏해야 "아" 나 "어" 같은 명확하지 않은 빈
소리들뿐이었다.

그는 그 사실에 상당한 놀라움을 느끼고 있었다.

혼란스러웠다. 놀라움에서 형태를 바꾸어 징말 끝을 모르고
혼란스러웠다.

어떠할 바를 모를 느낌이었다.

상상을 하지 못한 느낌이었다.

애초에 상상조차 못했었기 때문에 더욱 혼란스러웠을 수도 있다.

"오늘이라는 이 시간이 가져다 준 시련은 왜 이리도 혹독한가."

그는 현 상황을 포함한 모든 것이 개탄스러울 지경이었다.

이번엔 약상자를 눈에 최대한 가까이 갖다 댔다. 그렇게라도 하면
뭔가가 달라질 것 같았기 때문이었다.

하지만 점과 선으로 서로 연결되어 제멋대로의 모양인 그 모난
글자들의 그 어떠한 부분도 그는 알아챌 수가 없었다.

단 한 글자조차 그에게는 새로운 느낌이었다.

이런 것을 많이 봤다는 익숙한 기억이나 느낌은 있는데 그 이상이
없었다.

이제는 남아있는 그 익숙한 느낌이 더욱 어색해지기 시작했다고,
그는 그렇게 생각했다.

그는 생각했다,

주위가 서늘해질 정도로 두렵다고.

문득 "글을 읽어낼 수가 없다."고 생각하니 그에게 두려움이 찾아왔다.

현재 상황에서 비롯된 오묘한 그 느낌을 완벽하게 표현해낼
자신(自信)은 없었지만, 무언가를 상실한 자기의 상황에서 비롯된 그
느낌에 가장 어울리는 표현은 두려움인 것 같았다.

그 "상실"이라는 표현이 과연 적절한지도 모르겠지만, 그는 우선
이렇게 생각했다.

"나는 글을 읽는 방법을 상실했다."고.

그렇게 생각하니 두려움의 감정이 "문득"에서 "잔뜩"으로
발전해버렸다.

"과연 그 방법(方法)이 돌아오기는 할까."

"아니 그 전에. 어떻게 이런 일이 가능할 수 있단 말인가?"

어제. 아니, 불과 몇 시간 전까지만 하더라도, 아무런 문제가 없었는데.
손바닥 뒤집는 것만큼, 이리도 쉽게, 그 어떤 것 하나도 읽어낼 수 없게
됐다는 것이 말이나 되는 소리인가.

그것은 분명히 상실이었다.

동시에 그의 손에선 약상자가 상실되어 있었다. 이번엔 바닥이 아니라
탁자 위에 아슬아슬하게 걸쳐있었다. 그는 슬며시 그 약상자를
바라보았다. 그래봐야 아무것도 바뀌는 것은 없었다.

이미 그는 상실(喪失)의 상태가 되어버렸던 것이다.

그는 그렇게 스스로를 상실의 중간에 있다고 판단하고 있었다. 하지만
그 상실의 원인이나 정체가 무엇인지 정확하게 표현해낼 자신은
없었다.

다만, 그가 확실하게 느끼고 있는 것은 자신이 지금 그 중간(中間)에
있다는 것이었다.

"나는 상실의 중간에 있다."고,

그는 그렇게 생각했다.

09

그는 느꼈다,

깨질 듯이 머리가 아픈 것을.

숙취가 아직 낫지 않아 고통스러운데, 더욱 고통스러운 문제가

발생하여 두통이 더욱 심화되어 버렸다.

그보다 더 큰 문제는, 그 문제가 정확히 무엇인지를 모르고 있다는

것이었다.

그의 머리는 그 모든 것을 담아내느라 터져 나갈 지경이었고, 그것이

더욱 거대한 두통으로 발화된 것 같았다.

그러는 사이 혼란스러운 느낌이 조금씩 옅어져 갔다. 대신에 광기라고

표현할 수 있는 감정의 구렁텅이 쪽으로 발을 들이밀고 있는 것 같았다.

그것은 분명한 광기(狂氣)였다.

이쯤 되니 생각을 한다는 자체가 무의미해졌다.

"광기 속에서 무슨 생각이 의미를 지닐 수 있겠는가?"라는 생각이

들었기 때문이었다.

그러자 아무것도 하고 싶지 않았다. 생각 하고 싶지도 않았고, 움직이고

싶지도 않았다.

그냥 그 자리에 멍하니 앉아있고 싶을 뿐이었다. 그래서 그는 자신이

멍하게 있다는 것조차 자각하지 못한 채, 자리에 앉아 시간만을 보내고

있었다. 물론 그는 시간이 흘러가고 있다는 것도 자각할 수 없었다.

그런 그를 깨운 것은 느낌이었다. 문제가 생기고서 여태 좋은 느낌이라고는 그 낌새조차 찾을 수 없었는데, 이번 것은 조금 반가웠다. 머리가 지끈거리는 고통이 사라진 느낌이 바로 그것이었다. 여전히 남아있기는 하나, 분명히 그 진도는 상당히 희미해져 있었다. 어쩌면 무념(無念)이 일궈낸 성과라고 불러도 좋을 것 같았다.

그는 그제야 이런 의문을 머릿속에 품을 수 있었다.

"어쩌면 고통이나 상실 같은 것들은 내가 그렇다고 의식(意識)하고 있기 때문에 벌어진 일은 아니었을까?"

"그렇다고 의식하고 있었기 때문에, 그 일에 관한 인과관계를 생각하고 있었기 때문에, 모든 상황이 가능한 것처럼 느껴지는 것은 아니었을까?"

그는 이 모든 사단의 근원은 어쩌면 자신이 생각하고 있기 때문인지도 모른다고 생각했다.

그러니 그 모든 사단에 대한 해답은 "아무런 생각을 하지 않는다."

일지도 모른다고 생각할 수 있었다.

그래서 그는 아무것도 생각하지 않기로 했다.

그렇게 생각을 비워내니, 차차 모든 것이 조금씩 더 편안해지는 것만 같았다.

심지어 자신을 휘감고 있던 한기조차도 조금은 줄어든 것 같았다.

사위에서 따스함이 몰려와 한기를 조금씩 몰아내고 있다고,

그는 그렇게 느꼈다.

그는 느꼈다,

갑자기 배가 고파오는 것을.

무념이 평안을 불러오니 뜬금없이 허기가 그를 찾았다. 그 허기는 곧 오늘 하루 동안 그 어떤 것도 자신의 입으로 들어오지 않았다는 기억을 불러 일으켰다. 그러자 참을 수 없을 정도로 그를 괴롭히기 시작했다. 그는 대식가는 아니었지만 굶는 것을 즐기는 편도 아니었다. 오히려 적어도 평소에 먹는 세 끼는 항상 챙겨먹는 것을 습관처럼 굳혀 놓았었다. 그랬던 그가 아무것도 먹지 않았다고 기억하니, 아귀(餓鬼)가 들어온 것처럼 미친 듯이 배가 고파오기 시작했다.

이번엔 생각이 끝나니 행동이 피어났다.

그는 당장 움직여 냉장고를 열고 먹을 수 있을 만한 음식들을 모조리 꺼내 식탁 위에 올려놓았다. 꺼내놓고 나니 꽤 많은 양의 음식들이 줄지어 식탁을 점령했다. 소소한 밑반찬부터 언제 먹었는지 기억나지도 않는 고기조각까지, 그 모습과 냄새가 천차만별이었다. 다만 그 음식들에게 같은 점이 있다면 방금 전까지 냉장고에 있었기 때문에 상당히 차가울 것이라는 것과 곧 그의 입으로 들어갈 것이라는 것뿐이었다.

그는 자리에 앉아서 게걸스럽게 음식을 먹어대기 시작했다.

맛이 중요한 것은 아니었다. 그는 원래 가리는 것 없이 잘 먹었다. 그렇게 굳어졌던 습관이 지금 이리도 고마울 수 없었다. 마치 맛을 느끼는 것은 사치로 생각하듯 그는 허기를 다스려 줄 수만 있다면 어떤 것이든지 입 안으로 넣을 태세를 갖춘 채, 쉬지 않고 음식들을 입안으로 우겨넣었다.

그것은 의식하고서 행하는 행동이라기 보단 하나의 습관으로 보는 것이
옳았다. 아까까지 느껴지던 허기를 사라지게 하려고 그저 기계적으로
음식을 입으로 옮겨가고 있는 것에 불과한 것이기 때문이었다.

음식을 씹고, 삼키는 과정조차 마치 하나의 습관 같았다.

그러는 사이 음식이 하나둘씩 바닥을 드러내기 시작했다.

그가 그 빈자리를 인식한 건 오목한 접시에 담겨있던 국물을 훌훌
들이마시고 난 뒤였다.

그의 눈에 몇 개나 되는 빈 접시가 들어왔다.

"이렇게나 먹어댔나?"

그의 뇌리에 이 자문(自問)이 들어오는 순간. 그의 허기는 순식간에 그
모습을 감춰버렸다.

그 자리를 대신한 것은 포만감이었다.

그는 배가 불렀다. 실제로 배가 부른 것인지 아니면 배가 부르다고
생각해서 그런지는 명확하지 않았지만 어쨌든 더 이상 먹을 수
없으리란 것은 확실했다.

정말로 배가 불렀다. 적어도 스스로가 의식하고 있는 자신의 상태는
그러했다.

그리고 음식을 먹을 때 내던 쩝쩝거리는 소리조차 완전히 사라지자,
포만감과 동시에 정적이 그를 찾았다.

그는 그 정적 속에서 가볍게 트림을 한 번 했다.

그러자 몸속에 내재되어 있던 모든 감정이 일시에 용솟음친다고,

그는 그렇게 느꼈다.

그는 생각했다,

이놈의 담배를 도대체 몇 대나 피워 문 것일까 하고.

자리에서 일어나 소파로 다가간 그의 입에는 어느새 담배가 한 대 피워 물려져 있었다.

가만히 생각해보면 그의 몸이 담배를 원하는 것은 아닌 것 같았다.

다만 식후(食後)에는 항상 담배를 입에 무는 습관이 몸에 배어있긴 했다. 지금 그가 피우고 있는 이 담배도 어쩌면 그 습관이 만들어낸 결과인지도 몰랐다.

어쨌든 담배를 피우면 더위가 느껴졌다. 더위가 느껴지면 현실을 마주할 수 있었다.

그는 그 무더운 현실 속에서 방금 느꼈던 포만감에 대한 생각을 했다.

그 피어난 생각 속에서 그는 우선 "포만감이라는 것이 습관에 지나지 않은 것이냐?" 하는 것부터 알아보고자 했다.

식후에 담배를 피우는 습관과 포만감이라는 느낌이 결합하여, 자연스레 그러한 생각이 피어난 것이다.

그는 그것에 대해 알려면 우선 기억을 조금 거슬러 올라가야 한다고 생각했다.

포만감(飽滿感)이라는 것이 방금 전의 식사뿐만이 아니라, 이전(以前)에도 음식을 다 먹었다는 사실을 인지하고 나서야 느껴졌던 것인가, 아닌가를 먼저 알아야 하기 때문이었다.

곰곰이 생각해보니 그렇진 않은 것 같았다. 그는 예전에 음식을 먹고 있는 와중에도 분명히 포만감이라는 것을 느꼈었다는 것을 기억해낼 수 있었다. 예를 들면 먹고 있는 도중에 음식을 앞에 두고도 "아, 더 이상은 못 먹겠는데." 하며 숟가락을 내려놓은 적이 한두 번이 아니었던 것처럼 말이다.

이제 그는 만약 예전에 숟가락을 놓았던 경험에서 비롯된 것이 "진정한" 포만감이라면, 방금 전에 자신의 상황은 어떻게 설명해야 좋을까하는 고민을 시작했다.

스스로 기억하고 자문하고 자답하면서 그 고민에 대한 실마리를 잡아내기를 그는 원하고 있었다. 실(絲)의 한 쪽 끝을 잡아당기면 모든 것이 풀리는 털실뭉치처럼 지금 그가 골머리를 썩고 있는 고민이 그런 식으로 풀리기를 원하고 있었던 것이다. 하지만 고민의 털실뭉치는 마치 잘 짜인 견고한 성과 같이 그에게 손을 댈 수 있는 여지조차 남기지 않았다.

그러자 방금까지 고민하던 그 포만감이 순식간에 털실뭉치에 묻힌 채 잊혀 버리고 말았다.

그러니 자신이 무엇을 고민하고 있었는지도 순식간에 잊어버리게 되었다.

이제 무엇을 떠올리고 있었는지도 모르게 된 그는 희미한 기억 속에서 제자리걸음만을 계속 반복하고 있었다.

그러다 곧 지쳐 쓰러지고 말리라는 희미한 예상과 함께,

그는 그렇게 생각했다.

그는 생각했다,

이미 조금 지쳐있었다고.

거대한 고민에서 비롯된 기억의 혼란이 다시금 모든 것을 뒤덮었다. 그

혼란은 미친 듯한 피곤함을 배어냈다. 그러니 지칠 수밖에 없었다. 뒤이어 그 혼란은 그에게 식사를 마친 뒤 느꼈던 포만감을 포함하여, 오늘 하루 동안 자신에게 찾아왔던 모든 느낌들이 스스로 의식한 것이 아니라 빠지지 않는 냄새처럼 몸에 밴 습관 때문에 가능했던 것만 같다는 기억을 들게 만들었다.

자신의 느낌을 스스로가 통제하지 못하고 그냥 느껴진 것처럼 말이다. 그래서 그는 순간 "느낌이란 '나의 것'이 아닌가?" 하는 엉뚱한 생각을 품었다.

그러는 사이, 그의 손에서 거의 다 타들어간 담배가 마지막 숨결을 내뿜고 있었다. 그는 뜨거움에 아차 싶으며, 담배를 끄기 위해 재떨이로 손을 가져갔다.

그때. 재떨이가 선명히 눈으로 들어왔다.

"나의 재떨이."

그 재떨이가 눈에 들어옴과 동시에 뇌리 속엔 갑작스레 "나의"라는 단어가 내려앉았다.

그가 방금 품었던 느낌에 대한 "나의 것"이라는 엉뚱한 생각과, 재떨이를 보고서 피어올린 "나의 것"이라는 생각이 완벽히 결합하니 자연스럽게 그 단어가 떠오른 것이다.

그 순간. 그는 환희 한 조각을 보았다.

상실만을 반복했던 오늘, 드디어 "나의 것"이 생겼기 때문이었다.

그는 그 재떨이가 오늘 하루 종일 그 자리에서 한 발짝도 움직이지 않았을 것이라 생각했다. 아마 그 어떤 미세한 움직임도 없었을 것이고 또한 어떠한 형태의 변화도 없었을 것이라고도 생각했다. 그것은 분명

가만히 있었을 것이다.

그 어떠한 변화조차 없이 가만히 있던 그 재떨이가 사라지지 않은 채.

여전히 자신의 "소유"임이 분명해지자, 그는 환희로 가득 차올랐다.

나아가 저 보잘것없는 적갈색의 점토 재떨이가, 마치 목에 감겨 있던 긴장된 끈 하나가 풀리는 것과 같은 상쾌한 황홀함을 그에게 선사하고 있었다.

그는 퍼뜩 이 황홀함의 순간이 어쩌면 모든 상실을 제자리로 되돌릴 수 있는 찰나일지도 모른다고 생각했다. 그래서 그 찰나를 놓치지 않고자 급히 담배를 비벼 끄고, 주위의 물건들을 찬찬히 살펴보기 시작했다.

주위의 물건들도 역시나 그 자리에 그대로 있었다.

조금 전의 외출 후에 그와 똑같은 광경을 보았던 기억이 되살아나, 지금의 광경과 서로 결합했다. 그리고 그 광경 속에서 그는 그때나 지금이나 물건들은 하등의 변화 없이 덩그러니 그 자리에 가만히 있었다는 결론을 내릴 수 있었다.

나아가 그는 그때, 외출 후 물건들을 보았을 때, 자신이 어떤 감정에 사로잡혀 있었던가에 대한 기억을 떠올려보고자 했다.

그는 스스로에게 질문을 던져, 지나간 감정들을 떠올리려 시도했지만 실패했다.

하지만 더 이상 "이전"의 "낡은 감정"은 중요하게 여겨지지 않았다.

서서히 "지금" 저 물건들에게서 느껴지는 완전히 "새로운 감정"이 중요하게 여겨지고 있기 때문이었다.

그는 자신을 감싸 안은 그 새로운 느낌 속에서, 모든 물건들을 하나하나, 차근차근 마치 그 형태와 색상을 음미하듯 훑어 내려갔다.

그러다 그는 어제는 저 물건들에 대한 소유권이 희미했었고, 그 때문에
저 물건들이 혐오스럽게 느껴졌다는 것을 기억해냈다.

하지만 지금은 더할 나위 없이 저 물건들이 자신의 소유라는 게 명백한
것 같았다.

"나의 소유(所有)."

그런 생각이 찾아들자 그는 어찌할 바 모를 환희에 사로잡혀 계속해서
자신의 물건들을 번갈아가며 쳐다보았다. 그리고 할 수 있다면
가까이 다가가서 입맞춤이라도 해주고 싶다는 생각이 들었다. 저
물건들이 "자신의 소유"라는 생각이 그의 머릿속에 굳건히 자리 잡았기
때문이었다. 그러자 이제는 저것들이 살아 있다면 분명히 좋은 친구가
될 수 있으리라는 생각까지 드는 것이었다.

자신의 "소유"임이 분명해진 저 물건들이 더할 나위 없이
"사랑스러워"진 것이다.

그때. 그는 저 물건들에 대한 자신의 느낌이 그 모습을 달리하고 있음을
알아챘다.

그러자 자신이 어떻게 "생각"하느냐에 따라 느낌도 따라 바뀌는지도
모른다는 생각이 그에게 찾아들었다.

뒤이어 그 "생각"은 어떤 물체를 통해 달라질지도 모른다는 생각도
품을 수 있었다.

이번 경우가 딱 그랬던 것이다.

그를 고독 속에 빠뜨렸던 저 상실한 물건들의 "소유권에 대한 생각"을
뒤집어 준 것은 하찮고 보잘것없는 저 평범한 "재떨이"였다.

그런 식으로 "생각"이 달라지니, 어제까지는 "혐오스러웠던" 그

재떨이를 포함한 모든 물건들이 더할 나위 없이 "사랑스러운" 그 "느낌"으로 바뀌어 온몸에 가득해지지 않았나 하는 확신을 그는 가질 수 있었다.

거기서 그는 일단 특정한 "생각"은 특정한 "계기"를 필요로 한다는 결론을 도출해냈다. 그 계기란 어떤 물건이나 상황이었다. 어떤 것이든 상관없었다.

나아가 그는, 그 "생각"이 "계기"와 "느낌"을 이어주는 다리 역할을 한다는 결론도 함께 내릴 수 있었다.

"생각"이, "느낌"과 "계기" 사이에 파고들어, 둘을 이어줌으로써 추상적이고 피상적이며 언어로 증명할 수 없는 감정 변화의 폭풍을 일으킨다는 것이 그가 파악한 실체였던 것이다.

그리고 느낌이 바뀌니 처음 보았던 계기에 대한 상황자체가 돌변했다. 별 것도 아니었고 심지어 혐오스럽기까지 했던 "재떨이"가 더할 나위 없이 사랑스러워지고, 자신의 소유임이 분명해졌듯이 말이다.

사실 그것이 진실인지 아닌지는 크게 중요하지 않았다.

왜냐하면 적어도 자신은 지금 그렇게 믿을 수 있기 때문이라고,

그는 그렇게 생각했다.

그는 생각했다,

계획(計劃) 하나를.

어느새 그의 입엔 새로운 담배 한 개비가 물려 있었다. 그러자 더위가 물밀 듯 밀려왔다.

연기와 더위 속에서 세운 계획이란, 자신이 겪고 있는 '상실'이

'생각'이라는 징검다리를 타고 넘어 '계기'에 대한 '느낌'의 변화로
성립된 것이 분명해졌으니, 이 도식(圖式)을 거꾸로 적용하여 계기를
매개체로 이용한 뒤 생각으로 전이(轉移)시켜 변화를 이끌어내면
뒤이어 느낌 역시 변화될 테니 최종적으로 상실이 '소유'로 바뀔 수 있지
않을까 하는 가정(假定)을 실험하자는 것이었다.

쉽게 이야기해서, '자신의 소유가 아닌 것'처럼 여겨지던 '재떨이'가
'나의 것'이라는 생각의 변화를 통해 '사랑스러운'느낌을 뒤집어쓰고,
다시 자신의 것이 되었듯이, 자신이 상실한 다른 것들을 계기삼아
생각을 변화시키고 느낌을 새롭게 할 수 있다면 다시 자신의 소유가 될
수 있지 않겠는가 하는 것을 실험하자는 것이었다.

생각하면 생각할수록, 그 계획은 그럴싸했다.

그래서 그는 그 실험을 위해, 특정한 계기를 정하는 것부터
실행해보기로 마음먹었다.

그 어떤 것이든 좋았다. 물건이든 상황이든.

그는 마침 시선이 멎어있었던, 방금 전에 담배에 불을 붙였던
라이터로부터 시작해 보기로 했다.

그렇게 설정된 저 "계기"를 증폭시켜 생성된 새로운 "생각"을 통해,
새로운 "느낌"을 느껴야 한다는 것이 다음 단계였다.

그는 그 단계가 가장 어렵고, 시간도 많이 걸릴 것이라는 것을 어렴풋이
알고 있었다.

그래서 그는 경건하게 라이터를 뚫어지게 쳐다보았다.

이제는 라이터에 관한 "생각"의 방향(方向)을 잡아야 했다.

그 라이터에 대한 새로운 생각이 새로운 느낌으로의 전이를 가능케 할

것이기 때문에 생각의 방향이 중요한 것은 당연했다.

그래서 그는 이 라이터를 "나의 것"이라고 생각해보기로 했다.

지금 눈에 보이는 이 라이터는 두말할 나위 없이 그의 소유가 분명했다.

그를 제외한 다른 누구도 이 물건에 대한 소유권을 주장할 수는 없었다.

"왜냐하면 이건 나의 것이니까."

첫 발걸음을 내딛었을 뿐이지만 분명히 성과가 있었다.

자신의 소유라는 생각이 확실히 들어서자 그 라이터에 대해 분명한

애정(愛情)을 느낄 수 있기 때문이었다. 분명히 계기를 통한 생각이

느낌으로 전이되어 있었다.

하지만 그 느낌은 고작 라이터 하나로 고정되지 않았다. 그래서 더 많은

"계기"들이 필요하다고 생각한 그는 시선을 약간 더 벌렸다.

그러자 라이터가 놓여있는 탁자(卓子)가 눈에 들어왔다. 그리고 그

탁자도 분명하게 자신의 소유라는 똑같은 생각을 적용하고자 했다.

그러니 그 탁자에게서 느껴지는 무한한 애정(愛情)이 뒤를 이었다.

또한 그의 눈 속으로 그 탁자 위에 놓여있는 자질구레한 물건들도

들어왔다.

"이 물건들도 역시 아주 분명하게 나의 것이다."

"나의 것을 사랑한다는 것은 당연하지 않은가."

그는 그렇게 서서히 모든 것을 사랑하기 시작했다.

이번에 그는 자신이 앉아있는 소파에 대해 생각했다.

그것은 칙칙한 회색빛에, 한 번만 걷어차면 곧 부서지게 생겼지만,

어쨌든 그는 그 위에 자랑스럽게 앉아있었다.

"내 것이 아닌데 엉덩이를 붙이고 있을 이유가 없다."

그런 생각이 들자, 이 소파 역시 자신의 소유임이 분명하다는 확신과
그 모든 것들이 사랑스럽다는 느낌이 그의 머릿속에 확연히 자리를
잡았다.

그런 식으로 서서히 하나 둘.

자신의 소유가 늘어간다고,

그는 그렇게 생각했다.

그는 생각했다,

이제는 이 발전된 소유의 저변을 완전히 굳혀야겠다고.

그래서 그는 오늘 있었던 일들을 전체적으로 돌이켜보고자 했다.

더 이상 자신의 소유가 아닌 것들. 이미 상실해 버렸던 것들. 곧

되찾아야만 하는 것들을.

허나 그것들을 무엇이라고 명명(命名)하기란 결코 쉽지 않았다.

"숫자와 문자인가?"

그는 적어도 자신이 해독해내지 못한 것들이 숫자와 문자라는 것만큼은

알고 있었다.

"수(數)에 대한 개념(概念)과 문자(文字)에 대한 개념인가?"

아마도 맞는 것 같았다. 개념이라는 단어가 정확히 무엇을 뜻하고

있는지는 모르겠지만, 왠지 그 쪽이 친숙하게 느껴졌다.

그러자 그는 자신이 그 개념들을 이해하지 못했다고 생각했다.

"그렇다면 이해하는 능력에 문제가 생긴 것인가?"

이 한 줄의 의문이 떠오르자, 그가 제어할 수 있다고 여기던 생각은 좀

더 어려운 쪽으로 그 촉수를 뻗어갔다.

그 생각의 촉수는 이제 자신이 상실했던 것이 개념(槪念)이라면, "그 개념들을 과연 나의 소유라고 할 수 있는가?" 라는 질문으로 넘어가 버린 것이다.

맞는 것 같았다. 만약 그것들을 소유하고 있지 않았다면, 상실할 수조차 없었으리라는 생각이 들었기 때문이었다.

그래서 그는 그 개념조차 자신의 소유에 지나지 않는다고 생각해보기로 했다. 그렇게 하여 또 다시 무한한 애정을 느끼고자 함이었다.

하지만 그것은 쉽지 않았다. 실체조차 없는 그 개념들에 대한 애정을 어떻게 느껴야 할지를 몰랐기 때문이었다.

거기서 갑자기 찾아온 정신적 피로에 그는 앞으로 숙이고 있던 몸을 살짝 뒤로 젖혔다.

그러자 나름 푹신한 소파가 출렁거리며 그의 등을 편안하게 감싸는 것이 느껴졌다. 앞으로 숙이고 있던 자세 때문에, 고통을 품고 있었던 등허리 부분이 조금 편안해진 느낌이었다.

그래서 아주 살짝 고개를 들어 손쉽게 시선을 변경할 수 있었다.

그때. 그의 눈이 향한 곳은 시계(時計)였다.

의식한 행동은 아니었다. 다만 우연히 그곳으로 눈길이 갔다.

"11시 17분."

시간을 읽어냈다. 숫자가 읽혔다.

"이해(理解)가 된다. 의미(意味)를 알 수 있다."

사위가 어둠에 잠겨있는 것으로 미루어보아 그는 지금이 저녁 11시 17분일 것이라는 것에 대한 확신도 가질 수 있었다.

그러자 이제 그는 환희의 덩어리가 몸속에서 터져 그득히 차오르는 것을 느낄 수 있었다.

"아침에 약국에서 돈을 봤을 때 그리고 집에서 시계를 봤을 때 느꼈던 그 막막한 느낌은 어떠했는가?"

그가 지금 느끼고 있는 이 환희에 완벽히 상반되는 느낌이었지 않은가.

그는 거기서 멈추지 않고 자리에서 일어나 바지 주머니에 들어 있던 돈들을 모조리 꺼내보았다.

"지폐(紙幣)와 동전(銅錢)."

"알겠다. 이것이 무엇인지 알겠다. 이것이 지닌 가치와 의미도 알겠다."

어째서인지는 모르겠으나 그는 완벽하게 돌아왔다고 생각했다.

그는 자신이 원래의 상태로 돌아오고 있음을 인지했기에 환희로 가득 차올랐다. 그러니 더 이상 밝아질 수 없는 주위가 환해지고 있는 것처럼 느껴졌다.

보이지 않던 것들이 보이고, 들리지 않던 것들도 들리는 것 같았다.

그가 계획을 거치지도 않고 다시 돌아올 수 있었던 이유는 앞선 실험을 통해 이미 진심으로 모든 것들에 애정을 느끼고 있었기 때문이었다.

자신도 모르는 사이에 스스로 변화했기에 주위의 모든 것들도 변화할 수 있던 것이었다.

결국 변화란 그토록 간단한 것이었다. 생각을 바꾸면 느낌을 바꿀 수 있었고 전체적인 상황의 변화 역시 동행했다.

인생을 바꾸는 것은 결코 어려운 일이 아니었다.

하지만 그는 그 사실을 깨닫지 못하고 있었다.

그것을 깨닫지는 못했지만 그는 변화에서 터져 나오는 참을 수 없는 환희에 몸이 쩌릿해오는 것을 느끼며 담배를 한 대 더 피워 물었다.

그러니 담배연기가 목청을 때리고 곧 짜릿하게 폐로 와 닿았다. 이어,

연기는 환희와 함께 바깥으로 다시 뿜어져 나갔다.

그러면서 이리도 간단하게 모든 문제가 해결(解決)되었다고 확신했다.

그와 동시에 그는 인간이란 이토록 간단한 존재라고 생각했다.

그리고 자신도 그 간단한 존재인 인간이기에

이제 다시 돌아갈 수 있게 되었다고,

그는 그렇게 생각했다.

그는 생각했다,

또 생각을 하고 있다고.

어쩌면 생각하고자 마음먹었기에, 생각하고 있는 것인지도 몰랐다.

어쨌건 그의 생각은 여전히 소유에 관한 곳에 닿아 있었다. 게다가

이번에 생각의 촉수는 이전보다 좀 더 원초적인 부분으로 접근하고

있었다.

만약에 실제로 자신이 숫자와 문자에 대한 개념을 "잊었다가 되찾은

것"이라면.

"과연 그것이 어떻게 가능했던 것일까?"

"개념이라는 그 추상적인 것 자체를 진정 내가 소유하고 있었다는

말인가?"

"그렇기에 그것을 잊어버린다는 것이 가능했던 것일까?"

라는 질문들에 대한 고민을 하고 있었던 것이다.

쉬이 떠오르지 않는 해답 때문에, 답답함이 차오르자 그는 조금 넓게

생각해보고자 했다.

만약 자신이 실제로 특정한 상황에 처해, 개념을 상실했다가
되찾았다고 친다면,

"내가 다시 그 상황에 처하게 되면, 그때에는 잊어버릴 수 있는 것이
무엇이 있을까?"

"내가 소유하고 있는 추상적인 것들은 과연 어떤 것들이 있을까?"
라는 쪽으로 생각의 방향을 틀어본 것이다.

우선 그는 자신의 경험에 따라 "숫자와 문자에 대한 개념"이 있을
것이라고 생각했다.

하지만 그는 의아할 수밖에 없었다.

"숫자와 문자에 대한 개념들은 태어나면서부터 내게 들러붙어있던
것들이 아닌가?"

라는 생각이 그의 머릿속을 깨물었기 때문이었다.

허나, 결론부터 이야기하자면, 그 개념들은 그가 어디선가
습득(習得)하여 알게 된 것들이었다.

결코 태어나면서부터 가지고 있었던 것들이 아니었다.

분명히 누군가에게서 "얻어온" 지식(知識)이었다. 어느새 그의
머릿속에서 개념이라는 단어가 지식이라는 단어로 변해 있었다.

그리고 그는 "그렇다면 내가 소유하고 있는 모든 지식들은
누군가에게서 얻어온 것이구나."라는 생각에 확신이 덧칠 되는 것을
확실히 볼 수 있었다.

그러자 그는 만약에 누군가에게서 "얻어오지" 않았다면, 그 모든
개념들이나 지식들을 소유할 수 있는 기회조차도 얻지 못하고 죽었을
것이라는 생각이 들었다. 그러자 그것을 소유할 수 있다는 그 기회

자체가 상당히 감사한 것인지도 모른다는 생각도 뒤를 이었다.

그렇지만 이제는 그 지식들조차도 그가 지켜내야 할 의무가 있는 소유인 것처럼 생각되었으므로 약간의 부담감이 엄습하기도 했다.

그는 조금만 더 생각과 기억의 바퀴를 돌려보기로 했다.

그리고 이젠 "내가 방금 느꼈던 포만감은 어떠한가? 이것도 과연 내가 소유하고 있던 것일까?"라는 생각을 하고 있었다.

그리고 그것 역시 아마도 맞을 것이라는 생각이 들었다.

하지만 포만감이라는 감정(感情)은 개념(概念)이나 지식(知識)과는 조금 달랐다.

개념이나 지식과는 달리 감정은 태어나면서부터 소유했던 것처럼 여겨지기 때문이었다.

그렇게 생각하니 그는 자신을 둘러싼 모든 것이 조금 더 명확해지는 것 같았다.

"개념, 지식 그리고 감정."

이것들은 내재되어 태어나느냐 아니면 태어나서 습득하느냐라는 약간의 차이는 있지만, 분명한 것은 "지금의 자신에게" 내재되어있는 순수한 그의 소유였다.

분명히 자신의 것이었다. 그는 이제야 그 사실을 알게 되었고, 이제는 그것들을 굳게 믿고 있었다. 그러자 환희의 미소가 다시금 그의 얼굴에 떠올랐다.

나아가 이 상황에서 만족감(滿足感)까지 느껴졌다. 그 만족감은 무언가를 잃었다가 되찾았을 때의 상쾌함과도 다르지 않았다.

그는 자신이 소유한 능력으로 아직 꺼지지 않은 담배를 입으로 가져가

길게 빨아들였다.

그리고 이전에 뿜어낸 연기들이 아직 헤엄치고 있는 창공 속으로

연기가 다시 뿜어져 나가는 것을 눈으로 쫓으며,

"다시 돌아왔다."고,

그는 그렇게 생각했다.

10

그는 생각했다,

자라나는 생각에는 끝이 없다고.

하지만 그는 거기서 자라나는 생각을 잘라냈어야 했다.

창공을 유영하며 배회하다 곧 주위에 흩뿌려지고 마는 그 희뿌연
담배연기처럼 모든 생각을 흩뜨렸어야 했다. 만약 비현실적인 허여멀건
한 수호신 같은 존재가 곁에서 그의 머릿속을 들여다보고 있었다면
분명히 그를 제지하는 몸짓을 해주었을 것이다. 하지만 이 세상에
그따위 것은 없었다.

결국 자라나게 된 그 생각이 싯누런 색의 다른 모습의 혼란(昏亂)을
보여줄 것이라는 것을 전혀 예상하지 못한 채, 그는 다시 근원적인
부분에 관해 생각을 이어나갔다.

어리석게도 그는 자신에게 있었던 문제가 무엇인지 알았고 그 해결법을
알아내어 실제로 모든 것을 풀어냈으니, 어째서 문제가 생겼는가 하는
원인을 탐구하는 것이 지극히 자연스러운 경로라고 여기고 있었다.

그 경로를 따르는 것은 차라리 하나의 습관이었다. 의식(意識)이 아닌
저 깊고 시커먼 무의식(無意識)의 심연의 바닥에서나 볼 수 있을 법한
습관이었다. 그것의 존재를 생각지도 느끼지도 못할 정도로 깊은 곳에
있는 그 습관.

무의식의 습관과 결합한 생각의 촉수는 감수분열을 하듯 그 움직임을
이리저리로 뻗어대기 시작했다.

그 속에서 그는 자신이 오늘 하루 동안 겪은 일을 모두 기억하는 것을
우선 과제로 삼았다. 모든 것을 거꾸로 기억해내보기로 한 것이다.

방금 전. 그는 자신이 식사를 했다고 기억했다.

그보다 더 전엔 약 상자에 쓰인 글을 읽어낼 수 없는 경험을 했던 것이
기억났다.

모든 것을 되찾은 지금이야 아무렇지도 않지만, 그 순간은 천지가
개벽하는 딱 그 꼴이었던 것도 기억이 났다.

그보다 더 깊숙한 이전에 그는 기이한 자세로 잠을 자고 있었다. 잠에서
깨어난 그때를 기억하니 다시금 코끝이 시큰거리며 저미는 느낌이
들기도 했다.

그리고 잠이 들기 직전엔 약국을 다녀왔었다. 도중에 담배를 사오기도
했다.

"오늘 내가 바깥에서 보았던 길들은 모두 어떠했던가."

색상은 제각각이었지만, 단 한 명의 건축가가 설계한 듯이 모조리
네모반듯하게 지어져 있던 그 특색 없던 건물들. 그리고 멈출 기미조차
보이지 않던 무자비한 햇빛.

"나를 둘러 싼 주위의 모든 존재하는 것들이 나를 방해하고 있지
않았나?"

하지만 지금은 분명히 달랐다.

명확히 떠오르는 기억속의 그 길들은 이제 각자의 특징을 보유한 길로
변했고, 심지어 모든 건물조차도 각자의 특색을 지니고 있던 것으로

뒤바뀌어 있었다. 그 동네는 사실 그가 자주 마실 나가던 곳이었던 만큼 그에게는 꽤 친숙한 곳이었다. 그는 이제 그토록 익숙한 길들과 건물들에 대한 아침에 들었던 반감에의 죄책감마저 느끼고 있었다. 어쨌든 그 길의 끝에서 그는 수(數)를 읽을 수 없는 기묘한 경험을 했다. 이것 역시 되돌렸으니 지금은 아무렇지도 않았다.

하지만 돌이켜 보건대 그 당시에 그의 기분이란 글을 잊었을 때와 비슷하다기보다는, 그보다 훨씬 더 혼란스러웠다고 할 수 있을 것 같았다. 그리고 그때.

큼직한 미소와 함께 떠오른 약사의 그 눅눅한 고독을,

그는 그렇게 생각했다.

그는 생각했다,

그녀는 분명히 고독한 사람이라고.

"그녀가 고독하지 않다면 그러한 눈웃음과 그러한 말투는 가능하지 않았을 것이다."

그는 제멋대로 그렇게 결론짓고는 그 결론에 제멋대로 흥미를 느꼈다. 그래서 그것에 약간의 상상을 가미하여 가설(假說)을 세워보기도 했다. "그녀는 아마도 결혼을 하지 않았고 만약 했다손 치더라도 지금은 혼자 살고 있거나 아니면 결혼생활에 문제가 있을 가능성이 높을 것이다." 만약에 그 가설이 틀렸더라도 분명히 무슨 문제가 있음이 분명하리라는 확신을 쉽게 버릴 수가 없었다.

그가 그 확신을 가지게 된 이유는 그녀가 고독해보였기 때문이었다.

"내가 끝 간 데 없이 고독했던 것처럼."

그는 이제 엉뚱한 의문을 품어대기 시작했나.

"그전에 그녀는 몇 살이나 되었을까? 눈 주위에 약하게 잡혀있는 주름의 눈웃음을 떠올리면 분명 끔찍하게 젊은 나이는 아닐 것이다. 한번 예상을 해보자면 대략 삼십대 초반에서 중반 즈음. 아마 그 즈음이 가장 적당할 것이다."

거기서 그는 살짝 가슴이 떨려오는 것을 느꼈다.

"고독을 지니고 있는 삼십대의 여성이라."

그런 생각이 들자 그는 아침에 자신이 그녀에게 더 잘할 수도 있었을 것이라는 아쉬움을 느꼈다. 그리고 그녀가 마음껏 발산하고 있던 그 고독을 그가 얼마만큼 잊게 해주는 것도 가능했으리라 고도 생각했다. 하지만 이미 그것은 흘러간 과거(過去)였다. 어떤 수를 써도 되돌릴 수 없었다. 그것이 바로 과거이다. 시간의 공식이란 바로 그런 것이다. 그러나 시간(時間)에 대한 생각이 떠오르자 그는 "정말로 시간이 되돌릴 수 없는 것인가?"라는 의문을 품었다.

분명히 시간을 물리(物理)적으로 되돌리는 것은 불가하다고 보았다. 하지만 시간을 상황(狀況)적으로 되돌리는 것은 가능하다고 여겼다. 그는 아까 생각했듯이 그녀의 고독을 어느 정도 달래줄 자신이 있었다. 그리고 자신이 지니고 있는 고독을 함께 나누어 그녀의 것과 자신의 것을 가리고 싶었다.

허나, 그것이 가능해지려면 상황을 되돌려 다시금 그녀를 만나야만 했다. 그녀를 만나려면 어떻게 해야 할지는 이미 정해진 방법이 있었다. 지금은 시간이 늦었으니 그녀도 특정한 건물 속에 자신의 몸을 뉘였을 것이 분명했다.

그렇다면 내일 다시 약국으로 가서 그녀를 만나면 된다. 그것이 시간을
상황적으로 되돌려 자신이 원하는 시간을 만들어내는 방법이었다.

"그리고 그녀의 고독을 달래주고, 고독을 덮어주자."

어쩌면 그는 자신이 소유할 수 있는 것이 하나 더 늘어나게 될지도
모른다고 생각했다.

그쯤 되고 나니 그는 성(性)적인 흥분이 올라오고 있는 걸 느꼈다.
더할 나위 없이 짜릿한 상상이었다. 그 짜릿함은 정수리에서 시작하여
발끝까지 저리게 했다. 그는 이런 흥분이 바로 생각이 줄 수 있는
최대의 선물이 아닐까 싶기도 했다. 우중충한 포장지와 같은 생각의
꺼풀을 한 번 벗겨내면 그 안에는 상상이라는 알록달록한 인류 최대의
선물이 존재하고 있다는 걸 그는 거기서 깨달았다.

생각의 추는 그 상상의 흥분으로 인해 그 움직임을 결코 멈추지 않았다.

흥분을 실은 그 추는 오히려 더욱 가속하며 폭주하기 시작했다.

그는 흥분을 실은 몸짓으로 담배를 한 대 더 피워 물었다. 내장을
가득 채운 환희가 희뿌연 연기와 함께 뱉어져 나와 이리저리 흩어지고
있었다.

그러는 와중에 그의 상상의 촉수는 시간을 초월하여 과거를 넘어
미래에 닿아있었다.

그는 그녀를 가지고야 말 것이라는 촉수의 발랄함을 멈추지 못했다.

그때도 그는 자신이 지니고 있었던 것에 대한 생각을 멈추지 못했다.

그것은 멍청한 생각이라고,

그는 그렇게 생각했다.

그는 생각했다.

멍청한 기억은 멍청한 생각에서 비롯된다고.

연기가 입술에서 흘러 나왔다.

담배의 알싸함이 흩어져 스며들자 대기는 금세 맵게 물들었다. 그리고
그 알싸한 매움이 그의 피부에 들러붙어 보이지 않는 울음을 울게
하였다.

생각이 머리에서 터져 나왔다.

생각의 멍청함이 흩어져 스며들자 기억은 금세 슬피 물들었다. 그리고
그 멍청한 슬픔이 그의 가슴에 뿌리박아 들리지 않는 울음을 울게
하였다.

슬픈 기억을 품게 한 그 울음은 자신이 저지른 멍청한 행동을 떠올리게
했다.

그때. 그는 짜릿한 흥분을 향해 생각의 수면(水面)에 띄워놓았던
기억이라는 배를 난파시키고 싶었다. 고독한 약사에 대한 흥분으로
순항하고 있던 중에, 그는 자신이 약국에서 했던 멍청한 행동이
떠올랐던 것이다.

우선 약을 주문하고 홀로 멍하니 서 있었던 것이 기억났다. 그리고
그 행동의 끝에서 겪었던 숫자를 읽을 수 없던 경험이 머릿속에 차
들어가고 있었다.

그 순간부터 생각나는 것은 오로지 숫자였다.

자신이 읽을 수 없었던 숫자.

다시 읽을 수 있었던 숫자.

그리고 자신이 잃었던 숫자.

그의 몸이 분노로 인해 떨려왔다. 가슴에 받친 뜨거운 것과 함께 한없이 떨리고 있었다.

그러는 동안에도 머릿속은 숫자들로 더욱 빽빽해져가고 있었다.

지나치게 불안정해진 동공엔, 다시 되찾은 숫자의 의미와 자신이 잃었던 숫자의 모습이 결합된 과거의 비극이 뚜렷이 떠오르고 있었다. 상황적으로 시간을 돌리지 말았어야 했다. 하지만 이미 한 번 떠오른 기억들은 마치 타들어가는 불길이 뱉어낸 재와 같이 이리 저리 튀며 생각의 숲속을 날아다녔다. 정말이지 난리도 아니었다.

그는 그때나마 모든 것을 멈췄어야 했다.

아무것도 하지 말고, 생각을 멈추고, 그 자리에서 두 눈을 꼭 감았어야 했다. 그랬다면 머릿속을 날던 재는 가만히 가라앉았을 것이다.

하지만 그는 눈을 뜬 채로 고개를 움직였다. 그러다 그의 눈에 다시 걸린 것이 있었다. 지저분하게 정돈된 신문(新聞)이었다. 그는 떨리는 손가락으로 그것을 거칠게 집어 들었다. 그리고 거기서 보지 말았어야 했던 것을 보고야 말았다. 그제야 모든 것이 뚜렷해졌다.

방금 전. 모든 것을 되찾았을 때 느낀 것과는 차원이 달랐다.

사진(寫眞)이 눈으로 들어오자 그의 마음은 완전히 구겨졌다. 그러자 물리적으로도 상황적으로도 되돌리고 싶지 않은 시간이 눈과 머리를 지배했다. 순간 그의 마음속에 응어리 졌던 무언가가 신호와 함께 탁 하고 풀리면서, 지나간 시간들이 꼬리에 꼬리를 물고 그의 눈앞과 머릿속을 스쳐지나갔다.

기사(記事). 중개인(仲介人). 숫자(數字). 그리고 소파.

그는 시간을 되돌려 상상으로 그녀를 기억했다.

또한 시간을 되감아 잃어버린 숫자를 기억했다.

그 기억들은 그를 다시 병들게 했고 나아가 고통스럽게 했다.

그는 다시금 기억의 늪으로 빠져들어 가고 있었다.

발버둥 칠수록 더 깊은 과거의 기억으로 생각이 흘러들어가고 있었다.

그는 그렇게 상처를 입은 모습으로 다시 돌아와 버리고 말았다.

자신은 노예(奴隷)에 불과했다고,

그는 그렇게 생각했다.

그는 느꼈다,

벌건 눈가에서 투명한 울음이 벽을 타고 내려오고 있는 것을.

그 길이 만들어낸 슬픔의 깊이는 다시 올려볼 수 없을 정도로 깊었다.

"기억으로 기쁘면 뭣 하는가. 다른 기억으로 슬퍼질 것을."

그의 머릿속에는 이 한마디가 끝없이 맴돌았다.

추웠다. 정말 미칠 듯이 추웠다.

스스로를 안아주듯이 꽉 낀 팔짱에 힘을 더 주었다. 추위를 표현하는
수만 가지 말이 있다 해도 그를 감싼 그것에 맞는 말은 없을 것 같았다.

그러나 익숙했다. 전에 느꼈던 그 추위와 같았기 때문이다. 덕분에
머리도 다시 아파왔다.

"다시 병이 도진 것인가?"

조금 더 시간이 흐르자 참을 수 없을 정도로 깨질 듯이 아팠다. 병이
도진 것이 분명했다.

"병은 문제와 함께 사라졌다고 믿고 있었는데."

기억으로 인한 고통이 병을 이끌어내었고.

병이 증폭시킨 인식이 문제를 이끌어냈고.

문제를 통한 생각이 기억을 이끌어내었다.

결국 기억의 제자리걸음은 그를 지치게 했을 뿐 결코 나아가게 두지 않았던 것이다. 그는 변한 것은 아무것도 없다고 생각했다. 그리고 확신했다. 억지로 빠져나온 어둠을 돌아봤는데 실제로는 그 자리에 그대로 있었던 것이다.

고독했다. 정말 미칠 듯이 고독했다.

스스로를 안아주듯이 꽉 낀 팔짱에 힘을 더 주었다. 이럴 때에는 제발 그 누구라도 옆에 있어줬으면 싶었다. 인간이 아니어도 좋았다. 어떤 것이라도. 제발 그 어떤 것이라도 그의 곁에 있어주었으면 싶었다.

그는 미칠 듯한 추위와 고독에 몸부림을 쳤다.

그러다 그의 발에 걸리는 것이 있었다.

술병이었다. 텅 비어버린 것도 있었지만, 그의 눈에 또렷이 들어온 것은 아직 열리지 않아 밀봉된 것이었다.

그는 앞 뒤 잴 것 없이 그 병을 집어 들었다.

그리고 따가운 액체가 목을 타고 넘어가는 것을,

그는 그렇게 느꼈다.

그는 생각했다,

그것은 통제할 수 없는 움직임이라고.

그의 움직임은 뚜껑을 거칠게 열어 내용물을 자신에게로 쏟아 부었다. 목구멍이 심하게 따뜻해졌고, 침입에 반응한 온 몸이 저항을 시작하는 것만 같았다.

그럼에도 그는 움직임을 멈추지 않았다. 멈출 수가 없었다.

움직임이 격렬해질수록 그의 생각은 멎어가고 있었다.

그렇기에 그는 더 이상 자신의 병과 문제 그리고 고통을 떠올리지
못했다.

다만 지금 자신이 가지고 있던 모든 기억들이. 정말이지 그 모든
기억들이.

다시 사라지기만을 간절히 바라고 있었다.

몇 병째인지도 모를 따가움이 자신의 목구멍을 태우는 것이 고스란히
느껴졌다.

그때. 그의 머릿속이 뿌옇게 되더니 이내 눈앞에 안개가 낀 듯한
흐릿함이 짙어져왔다.

그 증상과 함께 그는 다시 숫자와 문자에 대한 것들이 자신에게서
떨어져 나가고 있음을 알 수 있었다.

망각을 담고 있던 병이 그의 손에서 떨어져 차가운 마찰음과 함께
바닥에 굴렀다.

그는 모든 움직임과 생각을 멈춘 채.

불빛을 뱉어내던 전구와는 반대로 어둠의 토사물을 토해내며 천천히
몸을 뉘였다.

쓰러지면서도 세상에는 어둠 말고는 아무것도 없다고,

그는 그렇게 생각했다.

2일

11

그는 움직였다.

얇게 퍼지는 빛에 눈을 찔리고.

창의 좁은 틈을 통해 들어온 한 줌의 햇볕이 정확하게 그의 눈두덩을
찔렀다. 예기치 못한 날카로운 공격을 받은 그는 덕분에 움찔거리며
몸을 뒤척여 일으킬 수밖에 없었다.

몸을 세우곤 가장 먼저 물부터 마셨다. 그 다음엔 담배를 피워 물었다.
그러자 더위가 훅하니 덮쳐왔다. 이윽고 그는 담배연기를 뿜으며,
방안을 배회하기 시작했다. 동시에 초점 없는 눈길을 이곳저곳으로
찔러댔다. 그러는 동안 무언가 눈가에 맺히긴 했지만, 머리에 맺히진
않았다. 단 한 조각의 생각도 들지 않았던 것이다. 그러자니 자신이
보고 있는 것이, 자신이 걷고 있는 것이, 모두 진짜인가 하는 의심이
들었다.

그런 의심이 온몸에 가득해지자, 그는 문득 자신이 정말로 잠에서 깬
것인지도 의심이 되어 확신할 수가 없었다. 이건 잠이 든 것도 아니고,
잠이 깬 것도 아니었다. 그저 몸을 일으켰을 뿐이라고 여겨졌다.

거기서 그는 새로운 의문 하나를 피워낼 수 있었다.

"도대체 '잠을 자는 것'이란 무엇이고, '잠을 깨는 것'이란
무엇인가?"라는.

그는 그 "잠"이라는 것이 실재(實在)하는지가 궁금했다.

분명히 잠을 잤고 잠을 깼다. 허나 잠을 잤던 것도 잠을 깼던 것도. 전혀 기억나지 않았다. 그러자 그는 기억에 없는데 어떻게 그것이 실재한다고 이야기할 수 있을까 싶었다.

그래서 뒤이어 "어쩌면 잠이란 허상에 지나지 않는 것은 아닐까?" 하고 생각할 수 있었다.

그러니 심지어 모든 것이 다 허상인 듯했다.

잠을 자고, 깨어나는 것. 몸을 일으킨 뒤, 물을 마신 것. 담배를 피운 것. 방 안을 걸어 다닌 것. 걸으면서 눈길을 던진 것.

그 모든 것이 그가 의도한 것이 아닌 징 박힌 습관이 저절로 움직이게 한 허상 같았다. 그러자 자신은 그 허상 같은 습관에 사로잡힌 것에 불과하게 여겨졌다.

결국 그는 "잠"이 습관의 희미한 색을 띠고 있을 뿐이라고 결론 내렸다. 사실 잠이 실재하는 것인지 허상인 것인지는 그에게 아무래도 상관없었다.

그는 특별히 신경 쓰이지 않았기에, 상관없다고 여길 수 있었다. 하지만 사실 상관없다고 여기는 것도 확실치 않았다.

그가 확실치 않다고 한 것은 자신의 행동에 대한 의식이 없는데도, 몸이 제멋대로 움직인다는 것은 신경 쓰고 있기 때문이었다.

그것은 심지어 무섭게 느껴지기도 했다.

거기서 그는 다시금 자신이 미쳐가고 있다고 생각했다. 머릿속에서 피어나는 생각의 갈피조차 제 마음대로 조정할 수가 없었기 때문이었다.

그러자 당연하다는 듯 혼란이 찾아왔다. 혼란이 찾아들면 아무것도 할
수가 없다는 것쯤은 그도 알고 있었다.

다만 혼란 속에서 슬며시 찾아온 고독을 느끼며 습관처럼 담배를 비벼
끌 수는 있었다.

남은 연기가 대기의 빈 공간에 스며들었다. 그는 그 연기를 물끄러미
쳐다보았다. 분명 그 연기를 보고는 있었지만, 아무런 생각이 들지
않았다. 생각이 없으니 대기를 가득 메워 가는 저 연기를 바라보고 있는
것이 과연 자신이 실제로 보고 있는 것인지가 의심스러웠다.

또다시 의심으로 가득해지자 그는 일어나서부터 지금까지, 자신이
무언가를 했다는 기억 자체에 새로운 의심을 품었다. 분명히 무언가를
했다고 여길 수는 있었다. 하지만 정확하게 무엇을 했는지에 대한
흐릿한 잔상(殘像)만이 머릿속에서 떠돌고 있을 뿐이었다.

그런 그가 새로운 생각을 시작한 건 소파에 앉고 나서 부터였다. 생각과
함께 되돌아온 기억 속에 그려진 첫 장면은 "나는 소파에 앉아있다."는
것이었다. 소파에 앉은 그는 다시 자신이 언제 잠에서 깼는지가
궁금하다고 생각했다. 하지만 그게 언제인지 알 수가 없었다.

"잠에서 깼다는 것은 과연 무엇인가?"

"그것도 내가 지니고 있는 지식 중 하나인 것인가?"

"만약 그렇다면 그것은 언제, 어디서, 누구에게서 얻어온 것인가?"
이 따위 생각이 마구잡이로 피어나자 그는 또다시 혼란스러웠다.
그러나 유일하게 확실한 것은, 아무것도 모르겠다는 것뿐이었다.
아무것도 확실치 않은 혼란 속에서,

그는 그렇게 움직였다.

그는 느꼈다.

계속해서 끔뻑거리는 눈의 움직임을.

그의 시야에 무엇인가가 들어오기는 했지만, 망막을 통과하여 홍채를
거쳐 수정체 즈음에서 꾸준히 사라져버렸다.

소리도 마찬가지였다. 그의 귓바퀴에 도달한 모든 소리의 파동은 한
바퀴 제비를 넘은 뒤 안쪽으로 빨려 들어가 고막에 닿기는 하였으나 그
울렁임이 갈수록 작아져만 갔다.

아무것도 보이지도, 들리지도 않는 상태에서 그는 완벽한 무의식의
시간 속에 몸을 적실 수 있었다. 그러자 그의 몸은 무의식이 잉태한
습관에게 완전히 정복당하고 말았다.

그 습관은 이번엔 단 하나의 움직임도 만들지 않고 그를 가만히
앉아있게 했다. 그는 차라리 그것이 평화롭다고 생각하고 있었다.

그렇게 지속되던 그의 평화는 알 수 없는 불규칙한 소리 때문에
갑작스레 끊기고 말았다.

모든 소리들이 튕겨져 나가는 가운데 울려 퍼진 그 거슬리는 소리는
마치 새하얀 캔버스에 끼어든 어울리지 않는 색(色) 같았다.

그 소리의 지저분한 색이 그는 마음에 들지 않았다.

다행히 소리는 그리 멀지 않은 곳에서 울려대고 있었다. 그가
앉아있는 곳으로부터 고작 몇 걸음 안이었다. 그래서 그는 저 소리를
잠재워야겠다는 일념으로 자리에서 일어났다.

그것은 전화였다. 그는 듣기 싫은 울음을 토해내는 그 전화의 존재가
상당히 거슬렸다.

그래서 습관적인 동작으로 무미건조하게 그는 전화를 받았다.

"상대방이 목소리를 냈다."

처음 든 생각은 상대방이 목소리를 냈다는 것이었다. 그리고 그건 뭉뚱그려진 소리였다.

다음으로 그는 상대방이 말을 하고 있다고 생각했다. 그는 전화가 말을 교환하기 위함임을 알고 있었기에 그것이 말소리라는 것은 알 수 있었다.

하지만 그는 당장 그 말의 의미보다는, 그 전화를 걸어온 것이 누구인가가 더 궁금했다.

"과연 이 사람은 누구기에, 이 시간에 전화를 걸어 말을 내뱉고 있는 것인가?"라는 생각이 들었기 때문이었다.

이제 더 이상 시간 따위는 알 수도 없고 알고 싶지도 않았지만, 그 목소리의 주인공만큼은 상당히 궁금했다. 그래서 그는 자신의 고막을 때려오는 목소리에 집중을 쏟았다.

그 목소리는 전체적으로 꽤 낮았다. 하지만 저 짙은 바닥에서 옅게 깔리다가, 가끔씩 위로 솟구치는 것 같기도 했다.

위로 폭발하듯 솟구치는 그 느낌 때문에, 전체적으로 낮음에도 불구하고 상당히 신경에 거슬렸다. 안정적인 느낌이 한 구석도 없었다. 그 와중에도 그는 그 거슬리는 목소리를 분석하느라 여념이 없었다. 그리곤 목소리에 살이 쪘다는 다소 엉뚱한 특징을 발견했다. 그러나 확실히 이 목소리를 어디선가 들어봤다는 생각을 지울 수가 없었다.

"살찌고 낮으며 튀어 올라가는 이 목소리."

하지만 생각을 거듭하면, 기억은 멀어져만 간다고,

그는 그렇게 느꼈다.

그는 생각했다,

멀어져가던 기억의 심연(深淵)에서 뭔가를 건져냈다고.

하지만 그렇게 건져낸 것이, 이 목소리의 주인공에 대한 단서인 줄은

몰랐다. 도대체 어떻게 그것이 건져 올려진, 것인지는 스스로도 알 수가

없었다.

어쨌든 그 단서는 전화 너머의 상대가 그가 일하고 있는 부서의

상사(上司)라는 것을 알려주었다. 뒤이어 그의 기억 속에 그 상사란

열성적으로 일하는 자기 인생의 주인공이자, 궁금하지도 않은

자신에 대한 이야기를 술만 마시면 주위에 퍼더버리는 이상한 버릇의

소유자였다는 것도 떠올랐다. 그런 상사의 목소리에 대한 기억은

돌이켜 보아도 그리 유쾌하지 않았다.

그는 상대가 누군지 알았으니, 이젠 그 이야기의 의중(意中)을 파악할

차례라고 생각했다.

분명히 상사의 목소리는 끊임없이 계속해서 넘어와 그의 귀에 닿고

있었다.

하지만 상사의 말소리가 담고 있는 의미는 넘어오지 않았고 닿지도

않았다.

그는 거대한 벽과 같은 것이 상대(相對)와 자신(自身)의 사이에 서

있다고 느꼈다.

그리고 그 벽을 넘어 의미가 전해지지 않는다는 것은, 분명히 자신에게

또 다른 문제가 발생했다는 것을 내포하고 있었다.

그는 영문도 모른 채 다시금 실의(失意)를 느낄 수밖에 없었다. 제대로

되는 것이 단 하나도 없는 것 같았다.

이윽고 아까보다 조금 더 높아진 목소리가 그의 귀를 때려왔다. 그는

그토록 미묘한 소리의 높낮이를 명확히 구별할 수 있는 이유가 자신이

말의 의미를 알지 못하기 때문일 것이라고 생각했다. 그에게 그것은

마치 기다란 장대와 자그마한 이쑤시개의 차이처럼 뚜렷이 보일

정도였다.

눈앞에 그런 것들이 실제로 아른거린다고,

그는 그렇게 생각했다.

그는 생각했다,

침묵만이 가득하다고.

분명 여전히 통화 중이긴 했다. 하지만 그도, 그 상사도, 한 동안

아무 소리도 내지 않았다. 시간을 알 수 없으니 그는 얼마나 그렇게

있었는지조차도 알 수 없었다.

그래서 그는 어떤 소리라도 뱉어야겠다고 결심했다. 특별한 이유는

없었다. 다만 상대방이 들려준 소리만큼은 되돌려 줘야겠다는

생각이 들었고, 아무것도 없는 그 침묵이 살짝 고독해지려는 참이기

때문이었다.

그래서 살짝 고민한 끝에 그는 "네."라는 일반적인 대답으로

응대(應對)해보고자 했다.

「네.」

입을 열어 어렵사리 한 마디를 던졌다. 그러자 마치 기다리고 있었다는

듯, 상사의 목소리가 수화기를 계속해서 넘어왔다.

이번에 그가 느낀 특이점은 목소리의 속도(速度)였다. 그 상사는 이게 진짜 말이 맞을까 싶을 정도의 빠른 속도로 소리를 생성해댔다. 높은 곳에서 급격히 떨어지는 폭포의 물소리처럼 수 천 갈래로 튀는 듯한 그 목소리의 속도는 그에게 굉장히 거슬렸다.

그는 혹 그 거슬림이 전화기가 귀에 너무 가까이 있기 때문이라고 여겨보고는 조금 멀리 떨어뜨려놓아 보았다. 그럼에도 불구하고 상대방은 지치지도 않은 채 더 빠르고, 더 높은 소리를 지껄여대고 있었다. 그런 만큼 소리의 속도가 조금씩 더 빨라지고 있었기에 거리가 있는데도 외려 선명하게 잘 들려왔다.

그토록 모든 소리가 잘 들렸지만, 그는 단 한 마디 말의 의미조차 알 수 없었다. 다만 귀가 아파올 뿐이었다.

그래서 더 이상 이래서는 안 된다고 생각한 그는 아까처럼 "네."라는 대답만을 반복해서 돌려주었다. 역시나 아무런 이유는 없었다.

그렇게 기계적인 대답을 하는 와중에 그는 "이 상사는 내가 하는 말을 알아듣고 있을까? 적어도 나는 '네.' 정도는 말할 수 있는데 말이다." 하는 생각을 품었다.

그러던 도중 그 목소리가 끊겼다. 허나 여전히 통화 중이었다. 다만 어두운 곳으로 돌아간 것뿐이었다. 끝이 없는 침묵은 어둡다.

그는 이번엔 어둠 속에서 마냥 기다려보기로 했다. 대답을 돌려주었음에도 불구하고 다시금 침묵이 찾아온 것은 그의 행동이 틀렸다는 것을 의미할지도 모른다고 생각했기 때문이었다.

하지만 이번에도 그는 틀렸다. 전화가 이내 끊겨 버린 것이다.

그는 가볍게 한숨을 내쉬며 전화기를 아무렇게나 던져버렸다.

그리고는 결코 끊어지지 않을 피로가 자신을 덮친다고,

그는 그렇게 생각했다.

그는 움직였다,

자세를 고치며.

피로에 지친 그는 다리를 뻗어 소파에 엉덩이를 걸친 뒤 몸 전체를 길게
뻗었다. 그 자세가 편할 것이라는 생각이 들었기 때문이다. 하지만
편하다는 느낌은 별로 없었다.

어쨌든 그 자세로 그는 아까의 전화 통화에 대해서 생각을 해보려고
했다. 하지만 막상 다가오는 생각이라곤 전화가 끝나고 나니 주위가
다시 어두운 침묵에 젖어있다는 것뿐이었다.

그 침묵 속에서 다가오는 건 고독 말고는 없었다. 그는 이제 그 느낌에
서서히 지쳐가고 있었다. 끝없는 고독 속에선 공허한 권태가 자라나기
때문이었다. 그는 그 권태가 진저리 처질 정도로 싫었다.

그 권태를 없애려면 다른 생각의 줄기가 필요하다고 그는 확신했다.

그래서 그는 상실에 대한 쪽으로 생각 줄기의 방향을 잡았다.

이번에 잡은 줄기는 상실이 재발(再發)한 것에 대해서는 의심의 여지가
없다는 것이었다.

그는 잠시 고개를 들어 시계를 쳐다보아, 시간을 읽을 수 없다는 것을
재확인하고 상실에 대한 확신을 실었다.

이윽고 그는 새로이 터져버린 상실의 정체에 대한 고민을 시작했다.

그는 이미 언어를 상실해 버렸다. 그래서 상대의 말을 한 마디도

알아들을 수 없었다는 것은 별로 심각하게 여겨지지 않았다.

하지만 아까 상사와의 대화에서 아무것도 느낄 수 없었다는 것은
심각하게 여겨졌다.

물론, 통화 도중 그는 여러 가지를 알 수 있었다. 상대방의 목소리가
지니고 있는 높낮이나 빠르기 같은 특징들을.

하지만 그것은 오로지 그만의 감정. 즉, 자신이 만들어서 느낀
것뿐이었다.

상대방에 대해서 그는 아무것도 느끼지 못했다.

그것이 그리 큰 차이를 만든다고 생각하지는 않지만 그래도 뭔가
이상했다.

확실히 평소와는 다른 구석이 있었다.

그 생각을 지우지 못한 채 눈을 크게 뜨며,

그는 그렇게 움직였다.

12

그는 생각했다,

"평소와 다른 것이 그리 큰일인가?" 하고.

어차피 그는 병에 걸려 있었고 또 상실에 사로잡혀 있었다. 그런
상태인데 평소와 같다면 오히려 그것이 더 이상한 것 같았다.

하지만 쉬이 단념이 되지 않았다.

그는 평소와 다르다는 것을 대수롭지 않게 여겨보다가도, 의아해지는
현상이 반복되자 답답해서 미쳐버릴 것 같았다. 그래서 몸을 움직여서
답답함을 떨쳐내볼까 싶었지만, 이내 마음이 내키지가 않아 그만두기도
여러 번 반복했다.

그는 현재 앉아있는 자세가 편하다고 여길 수 없었지만, 거기서
움직이는 것이 자신을 더욱 불편하게 만들 것 같은 기분이 들었다.
그것에 대한 확신은 있었다. 그래서 그는 한 번의 움직임이나 생각 없이
가만히 있었다.

그 와중에 그가 가진 또 하나의 확신은 자신에게서 기억들이 점점
희미해지고 있다는 것이었다. 심지어 방금 전 통화도 이미 희미해지고
있는 중이었다.

그 사이 그의 자세는 가부좌를 튼 형태로 바뀌어 있었다. 그가 그
자세를 의식한 것은 발목 부근에서 가벼운 통증이 일었기 때문이다.

그 통증이 자신을 깨워냈다고,

그는 그렇게 생각했다.

그는 움직였다,

자리에서 일어나며.

통증이 그를 깨우자 갑자기 스쳐간 기억 줄기 하나가 그를 일으켰다.
생각이 완전히 서지도 않았는데 행동이 먼저 설 때가 간혹 있다. 그럴
때면 우선 그 행동 자체를 파악하는 것부터 해야 한다. 그러다 보면 그
행동에 앞선 생각의 진위 여부는 자연스럽게 떠오르기 마련이다.

그래서 그는 자신의 행동을 파악한 결과 몸이 밖으로 나가려 한다는
것을 알았다. 무의식적으로 잡은 문고리가 차갑다는 느낌을 들게 하여
의식을 분명히 되돌렸던 것이다. 뒤이어 자문한 생각의 진위 여부는
불확실했다. 그것을 알 수 없는 것이 자연스럽지 않았지만 그는 크게
개의치 않았다.

다만 바깥에 나오니 상당히 후덥지근한 날씨임에는 틀림없지만, 자신의
몸에는 여전히 한기가 돌고 있다는 것만이 그가 유일하게 신경 쓰는
것이었다.

그렇게 바깥으로 나와 걸음을 시작한 그의 눈에 거리의 풍경이 담겼다.
그와 동시에 그의 머릿속도 바빠졌다.

"이것은 무엇이라고 불리는가?"

"또 저것은 무어라고 불러야 하고, 발이 닿은 이것을 무어라고
이야기해야 하는가?"

평소였다면 그는 자신의 눈에 들어오는 모든 것들의 명칭이 기억나지

않는 것에 대해 경악했을 테지만, 이미 언어를 상실했다는 것을
자각하고 있었으므로 그리 신비롭지 않았다. 다만 그의 머릿속은 다른
쪽의 상실에 대해 생각하고 있을 뿐이었다.

그 거리에서 느껴지는 것이 아무것도 없었던 것이다.

그는 다만 그 존재들을 알고 있을 뿐이었다. 그리고 존재하고 있는 것이
전부인 것처럼 여겨졌다. 그 이상은 없었다.

심지어 만약 저 존재들이 갑자기 사라져버린다 해도 전혀 이상하지
않을 것 같았다. 그 생각들도 그의 머릿속에서 맴을 돌았지만, 그
이상으로 번지지는 않았다.

습관처럼 발을 내딛는 자신의 존재 외에 느껴지는 것이 아무것도
없다고 생각하며,

그는 그렇게 움직였다.

그는 생각했다,

이제야 자신이 밖으로 나온 이유가 궁금해졌다고.

그는 무언가에 이끌리듯 밖으로 나오긴 했지만 그 이끌림이 무엇인지를
모르고 있었다. 떠오르는 것이 전혀 없으니, 평생을 파헤쳐도 못 찾을
것 같이 막연했다.

그러는 와중에도 그는 미지의 이끌림에 의해 습관처럼 계속 걸어가고
있었다. 그래서 이 걸음에 대한 정확한 의식이 필요하다고 여겼지만,
어떻게 해야 할지를 몰랐다.

마치 몸이 제멋대로 움직이고 있고, 자신이 그것을 통제할 수 없는
것처럼 여겨지기 때문이었다.

그러던 사이 그의 발걸음은 상당히 익숙한 곳에서 멎어있었다.

거긴 펼쳐진 큰 도로와 맞닿고, 중간 크기의 가로수 두 그루 사이에 놓인 한 가게 앞이었다. 그는 거기가 어디인지, 어째서 자신이 거기에 멈췄는지는 알 수 없었다. 다만 그 행동의 연장선인 듯, 자연스럽게 움직인 몸이 천천히 거대한 유리 앞으로 다가가고 있다는 것은 알 수 있었다.

그리고 손잡이를 잡고 문을 열려던 찰나. 이것을 열면 어딘가 모를 거슬리는 소리가 자신을 괴롭힐 것 같은 예감이 들었다.

그 소리가 무엇인지 정확히 이야기할 수는 없었지만, 그가 손잡이에 손을 대자마자 이미 귓가에서 맴을 돌고 있었다.

그는 황급히 손을 뺐다. 그러자 손잡이를 잡고 싶은 마음도, 힘을 주어 문을 열고 들어가고픈 마음도 사라졌다.

대신에 한 걸음 뒤로 물러선 그는 그 주변을 찬찬히 뜯어보았다. 그의 눈에 비친 것은 도무지 알 수 없는 형상들뿐이었다. 비단 그 가게뿐만 아니라 주위에 산재한 것은 그가 알아볼 수 없는 것들뿐이었다.

그는 그 미지(未知)의 느낌에 완전히 사로잡혀 있었다.

그러던 그때. 그의 앞에 있는 가게 유리의 뒤편에서 어떤 여자가 서서히 다가오고 있었다. 그 여인은 그를 향해 다가오고 있는 것이 분명해보였다. 그러자 왠지 모르게 겁이 났다. 어째서 겁을 먹어야 하는지는 몰랐지만 급작스럽게 겁이 샘솟았다.

그래서 그는 재빨리 걸음을 옮기기로 했다. 이유도 모르게 닿은 그 곳에서 연유도 모른 채 도망코자 한 것이다.

이내 그는 다시 걷고 있었다. 빨리 도망가자는 의식이 만든

동작이었지만, 다음 동작에까지 의식이 있는 것은 아니었다.

의식이 묻어 있지 않은 습관은 그를 계속해서 걷게 했다. 습관처럼

걸으며 그는 습관처럼 생각을 이어갔다.

"나는 도대체 왜 밖으로 나왔을까?"

"그리고 왜 그 가게 앞에 멈춰 섰을까?"

"또 귓가에 들리던 그 소리는 무엇이었을까?"

하지만 생각은 그 이상을 허락하지 않았다.

어쩌면 그가 그 이상을 원하지 않고 있었는지도 몰랐다.

제멋대로 피어난 그 생각들은 곧 제멋대로 흩어져버리기 일쑤라고,

그는 그렇게 생각했다.

그는 느꼈다,

걸어 갈수록 주변의 공기가 미묘하게 바뀌는 것을.

가끔 서늘한 곳도 있었지만 대체적으로 후덥지근했다. 대기에

알알이 박힌 더운 습기가 온몸에 들러붙어 누구에게나 짜증을 유발할

날씨였지만 그는 아무런 느낌도 들지 않았다.

걷는 동안 조금씩 바뀌는 주위의 소리들도 그는 들을 수 있었다. 갑자기

시끄럽다가 서서히 조용해지기도 했다. 허나 역시 신경을 거스를 만한

그 소리들에게서도 아무것도 느끼지 못한 채, 오로지 습관에 의지하여

그는 끊임없이 걸어가고 있었다.

그러다 그는 어느새 문간을 넘어와 있는 자신을 발견했다. 그래서

자신이 외출을 마치고 돌아왔다고 생각할 수는 있었다. 하지만

돌아오고 나서도 외출을 비롯한 모든 행동들에 대한 의미는 생각나지

않았다. 또한 여전히 그 어떤 것도 느껴지지 않았다.

"이럴 때 느낄 수 있었던 무엇인가가 있었던 것 같은데."

그는 그렇게 생각했지만, 그것이 무슨 느낌인지, 그것이 어떤 느낌인지,
그 이름도 그 방법도 기억나지 않았다.

그는 어렴풋이 느낌조차도 느낄 수 있는 "방법"이 존재할지도 모른다고
생각했다. 그렇지 않다면 그는 벌써 어떤 느낌을 느꼈을 것이 분명했을
테니까.

그때. 갑자기 아지랑이처럼 피어난 새하얀 무엇이 곧 머릿속을 밝게
메우기 시작했다.

그것은 마치 진득한 물감과 같이 잔뜩 퍼지며 빈 공간을 허용하지
않으려는 듯 했다.

그 기세가 빠르다고 느껴지지는 않았지만, 그렇다고 느린 것도
아니었다.

어느새 머릿속은 가득 차 버렸다. 완전히 새하얀 세상으로 변해버렸다.

이내 눈앞이 약간의 적색을 띠더니 곧 하얀색으로 전염되어 버렸다.

완전히 하앴다. 그 상태에서는 아무것도 느껴지지 않았다.

증상은 묽어졌다가 다시 진해졌다가를 반복했다.

결국 형태가 하나 둘씩 눈에 들어오지 않게 되었다.

그러다 그의 몸이 갑작스럽게 고꾸라졌다.

그는 쓰러져 바닥의 차가움을 느낀 그 순간에도 자신을 무력케 하는 그
증상이 싫었다.

그리고 자신이 왜 쓰러져 있는지는 알지도 못한 채, 그는 서서히
수반되는 머리의 고통을 느꼈다. 또 저 쪽, 다리부근에서도 통증이

일었다. 그는 좌측 안면을 현관 바닥에 완전히 처박은 채 제어할 수
없는 고통을 온몸으로 느끼고 있었다.

고통은 아주 천천히 온몸을 관통하며 올라갔다 내려오고 있었다.
그러다 그 둘이 중간 지점에서 만나 악수를 하자 그의 몸은 격렬하게
반응하기 시작했다.

우선 온몸이 사시나무 떨 듯 떨려왔다. 바닥과 일정한 공간을 조금씩
만들어내면서 몸 전체가 무섭게 떨렸다. 심지어 몸과 바닥이 부닥치는
소리가 들릴 정도였다. 그 떨림은 머리와 팔다리들을 바닥과 서로
접촉했다 떨어졌다 하며 더 큰 고통의 불길로 번져갔다.

정말 미친 듯이 아팠다. 온몸이 바스러지는 것 같았다.

그 상황에 그에게 허락된 것이라곤 오직 고통뿐인 듯했지만, 저쪽 한
켠에서 알 수 없는 고독이 모습을 드러내고 있는 것을 뚜렷이 느낄 수
있었다.

그는 그렇게 고독에도 휩싸인 채, 바닥과 한 몸이 되어버렸다. 서서히
피부는 고통으로, 머리는 고독으로 물들어만 갔다.

평평한 타일 바닥에서 분출되는 한기가 그의 몸속으로 들어와
돌아다니기 시작했다. 그의 피부를 경계로 안팎에서 고통과 한기가
서로 부딪혀 댔다. 양 진영이 양보 따윈 없이 계속해서 밀고 당기고를
반복하자 그가 진심으로 찢어질 듯한 고통을 느끼고 있는 곳은
살갗이었다. 이전부터 고통에 시달려오던 머리도 바닥에 대고 있어
시려오는 좌측 뺨과 함께 그 고통을 더해가고 있었다.

그렇게 쓰러져있자니 그의 코는 마비가 진행되어 아무런 냄새도 맡을
수 없었고 귀는 차게 얼어붙어 소리는커녕 떨어져 나가는 것이 아닐까

싶었다. 희멀겋게 뜨고 있는 눈에 들어오는 것은 희미한 형태 말고는 없었다. 머릿속에도 아무것도 피어나지 않았다. 다만 고통스럽다는 느낌과 고독하다는 느낌에 온 몸이 뿌리박혔다는 것밖에는.

존재하는 것이라곤 오직 고통과 고독뿐이었다.

어떻게든 그 두 가지에게서 벗어나고 싶었지만 그는 아무것도 할 수가 없었다.

그는 아주 우스꽝스러운 자세로 쓰러져 있었지만, 그 자세를 바로잡아보고 싶은 마음을 먹는 것조차 불가능했다.

그러는 동안에도 그는 자신이 어째서 고독에 사로잡히고, 어째서 고통에 시달려야 하는 것인지를 도대체 알 수가 없었다.

확실한 것은 그 둘이 여태까지 느꼈던 것과는 차원이 다를 정도로 증폭되어 있었다는 것이다. 정말이지 차라리 이대로 죽어버렸으면 좋겠다는 생각이 어렴풋이 들 정도의 거대한 고독과 고통이었다.

정말이지 이대로 죽을 수도 있을 것 같다고,

그는 그렇게 느꼈다.

13

———

그는 생각했다,

고통이 퇴각하고 있다고.

진격속도에 비해서는 형편없이 느렸지만 어쨌든 고통이 퇴각하고 있는
것은 분명했다.

영원할 것만 같았던 그 고통이 서서히 사라지고 있음에도 불구하고,
이미 죽음과 같은 그 고통에 익숙해져 버린 그는 진심으로 이렇게
있어도 아무런 상관이 없다고 생각했다.

다만 그는 시간이 얼마나 흘렀기에 이 지독한 고통이 사라지는 것인가
궁금했을 뿐이었다. 그리고 이것들이 사라지는 데 도대체 얼마만큼의
시간이 필요한가 하는 것도 궁금했다.

"얼마나 흘렀을까?"

깊은 심연(深淵)의 바닥을 치고 수면(水面)으로 돌아가려는 물고기는
확실히 그 헤엄속도가 느리다. 마치 그의 고통이 사라지는 속도가
느리듯이.

허나 얼마간이 흐르고 나니, 고통이 물러나고 감각(感覺)들이 서서히
돌아왔다.

짤막하게나마 움직임을 보여준 손가락을 시작으로 팔 부근의
근육들에 서서히 온기가 돌며 감각이 퍼지는 것이 느껴졌다. 다리에도

마찬가지로 감각이 퍼져 나갔다. 아무래도 가장 어려운 부분은
머리였다. 그의 머리둘레에 하나씩 꽂혀있던 그 고통의 바늘을 뽑기
위해선 더 큰 고통이 필요할 것 같았다.

하지만 그는 서두를 것이 하나도 없다고 생각했다. 중요한 것은 고통이
사라지고 있다는 것이지 빨리 벗어나야 한다는 것이 아니었다. 그렇게
조금을 더 기다리니 두통도 조금씩 사라져갔다.

그제야 그는 본격적으로 다리를 움직여보기로 마음먹었다.
발가락이 조금씩 꼬물거리더니 이내 뚜렷한 움직임을 만들기 시작했다.
그 움직임이 물꼬를 튼 듯, 제각기 움직임을 시작한 근육들은 곧
발목에도 반응을 주었다.

하지만 순간, "어디에 힘을 줘야 하더라?" 하는 의문이 들었다.
그는 자신의 몸에 힘을 보내는 것을 자문하고 행해야 한다는 사실에
아연(啞然)해했고, 어디에 힘을 주어야 어떤 반응이 돌아오는지가
기억나지 않는 상황엔 실색(失色)할 수밖에 없었다.

몸을 움직이는 것은 곧 근육을 움직이는 것이고, 그 움직임이
가능하려면 힘을 줄 수 있어야 하는 법이다. 그리고 근육에 힘을 준다는
것은 그 방법을 알고 있어야 가능한 것이다. 그 방법을 제대로 알지
못하면 아무리 애를 써도 아무것도 할 수가 없었다.

그는 분명히 근육에 힘을 실어야 움직일 수 있다는 것은 기억으로 알고
있었다.

"어느 부분을? 어떻게?"

지금 그가 알지 못하는 것은 이 두 가지였다.

그는 미칠 듯한 답답함이 느껴졌다. 수렁에서 억지로 빠져나왔는데, 그

앞에 있는 더 깊은 수렁에 빠진 것 같은 절망적인 공포까지 다가왔다.

그는 "그냥 이러고 있는 것도 나쁘지 않지 않을까?"라고까지 생각했다.

왜냐하면 어차피 어떤 일이 벌어지든지 간에 더 나빠질 건 없기

때문이라고.

그는 그렇게 생각했다.

그는 움직였다.

조금씩 꿈틀거리며.

가만히 있자던 생각과 달리 몸은 서서히 일어날 준비를 하고 있었다.

의도(意圖)한 건 아니었다. 그저 다리에 습관(習慣)적으로 힘이

들어가기 시작하더니 발가락에 생기가 돌며 조금씩 움직였을 뿐이었다.

그 후 다리 전체 부분에 힘이 실리더니 이내 몸통을 들어 올릴 채비를

마쳐낸 것 같았다. 그렇게 조금을 더 기다리고 있자니, 서서히

머리끝까지 힘이 닿으면서 땅을 딛고 기상이 시작되었다.

그는 아주 천천히 일어났다. 완전히 몸을 세우는 데 얼마나 걸린 것인지

알 수 없었다. 어림짐작으로는 꽤 걸렸던 것만 같았다.

그러게 완전히 일어선 그는 곧장 소파로 다가가 앉았다. 거기에

닿는 것도 꽤 오랜 시간이 걸린 것 같았다. 하지만 그에겐 소파에

앉는 것 말고는 딱히 할 것이 없었다. 다시 생각을 시작한 것도 같은

이유에서였다.

대신 그는 기왕 생각을 시작한 김에 자신의 문제에 대한 확신을

가져보기로 했다.

방금 그는 자신이 "다리에 힘을 주는 방법"을 잊어버렸었다고

생각했다.

지금도 다리에 힘을 줘보라고 얘기하면 그는 어디에, 어떻게 힘을 주어야 할지를 몰랐다.

우선 다리 부위의 명칭들이 기억나지 않았다. 허나, 만약 그 명칭들을 알고 있다하더라도 일어서기 위해 당최, 다리의 "어느" 부분에 "어떠한" 힘을 "어떻게" 주어야 하는지 알 수 없었을 것이다.

그는 "그런 것은 아주 타고나는 것이 아닌가?"라고 생각했다.

"걸음마라는 관문을 넘으면 누구나 가능한 일일 텐데."

그는 순간 인간들이란 걸음마를 통해 다리에 힘을 주는 방법 자체를 누군가에게서 배워왔다는 것이 맞는 말인지도 모른다고 생각했다. 그 누구도 처음부터 다리에 힘을 주고 걸어 다니지 않는다는 생각도 뒤를 따랐다.

그러자 그것이 어쩌면 "다리에 힘을 주는 방법"의 역사(歷史)가 아닐까 싶었다. 나아가 어쩌면 "걷는다."라는 행위 자체도 "지니고" 태어난다기보다는, 누군가에게 "배웠다"고 하는 것이 더 맞는 표현인지도 모른다는 생각이 들었다. 노인들이 걸음에 어려움을 겪는 이유가 남에게서 배웠던 걸음마에 대한 기억이 희미해지고 있기 때문이라는 것이 그 증거(證據)가 될 수 있다고도 그는 생각했다.

그는 아직 노인이 아니었지만 지금 생각한 것이 확실하다고 제멋대로 결론지어 버렸다.

그는 나아가 "인간의 역사란 무언가를 배웠다가 잊어버리는 과정의 연속이 아닐까?" 라는 가설을 제멋대로 세웠다.

실제로 그는 지금 무엇인가를 잊어버리고 있었다.

숫자를 "이해하지" 못하여 잊어버렸고, 글자를 "읽어내지" 못하여
잊어버렸다. 남이 하는 말을 "알아듣는"것조차 불가능함은 물론,
심지어 남의 감정을 느낄 수도 없었다.

그렇게 생각하자 그는, 앞으로 어떤 일이 벌어질지는 모르지만, 더 많은
것을 잊어버릴 것만큼은 분명하게 여겨졌다.

하지만 그가 세운 가설에 따르면, 인간의 기억이 누래지면서
"잊어버리는 것"이 많아지는 건 지극히 자연스러운 역사의 흐름이었다.
"그렇다면 나는 그 자연스러운 현상을 남들보다 조금 빨리 겪고 있는
것에 불과한 것은 아닐까?"

어쩌면 맞을 수 있겠다는 생각이 들었다.

게다가 더 나아간 생각은 그에게 이 세상에 영원한 것은 아무것도
없다고 여기게끔 했다.

"심지어 인간 생명의 역사에도 끝은 있다."

"인간의 가장 기본인 삶조차 끝이 있는데 배워온 것들에 어찌 끝이 없을
수 있겠는가."라는 생각을 할 수 있게 된 것이다.

어렴풋이 자신이 지금 그 끝을 향해 달려가고 있는 것인지도 모른다고
생각하면서,

그는 그렇게 움직였다.

그는 생각했다,

가능성(可能性)이라는 것이 있다고.

따지고 보면 명확하고 확실한 것은 어디에도 없었다. 누가 이것이
옳다고 명확하게 이야기할 수 있으며, 누가 저것이 틀렸다고 확실하게

이야기할 수 있는가. 그런 의미에서 그가 세운 "인간의 역사에 대한 가설"도 명확하고 확실하지는 않았다.

하지만 가능성이 존재했다. 확실한 것은 없으니, 얼마나 가능 하느냐 하는 것이 중요한 것이었다. 그래서 자신이 겪은 것처럼, "소유"하고 있는 것들을 "상실"하는 것이 정말로 가능하다면, 그는 지금 느껴지고 있는 볼의 얼얼함을 사라지게 하는 것도 가능할지도 모른다고 생각했다.

하지만 그것은 쉬이 사라지지 않았다.

그는 자신이 겪고 있는 이 가능성의 문제를 정말 알다가도 모르겠다고 생각했다.

"왜 이 상실(喪失)은 나에게서 수와 언어에 대한 지식 같은 것은 앗아갔지만 볼의 얼얼함은 남겨놓은 것일까?"

"또 나를 쓰러트릴 정도의 고독은 어째서 남아있는 것일까?"

"무엇이 사라질 것이고, 무엇이 남아있을 것인가?"

이러한 생각의 끝에 그는 쓰러졌을 당시에 감겨왔던 고독을 떠올릴 수 있었다.

그것은 말 그대로 끔찍했다.

만약 지금 당장 잊을 수 있는 것이 가능하고, 자신이 그걸 선택하는 것이 가능하다면, 그는 당연히 고통과 고독을 선택하여 지워버리고 싶었다. 그 둘이 자아내는 것이라고는 공허(空虛)뿐이었기 때문이었다. 공허한 고통과 고독이야말로 그에게 필요 없는 존재였다. 하지만 그 둘은 결코 떨어져나가지 않았다.

그는 가만히 앉아서 다시 한 번 여태 자신이 잊어버린 것들에 대해 생각해보았다.

그는 우선 "잊어버렸다"는 표현은 자신의 상황과 맞지 않다는 생각이 들었다.

잊어버렸다는 것은 언젠가는 다시 돌아올 수도 있다는 것을 전제로 하는 것인데, 그는 자신이 이미 잊은 것들과 앞으로 잊을 것들이, 결코 되돌아오지 않으리라는 것을 확신할 수 있었기 때문이었다.

그 상황을 알맞게 표현하자면 차라리 "잃어버렸다"는 것이 더 옳을 것 같았다.

이것은 사실 엄청나게 잔인한 생각이었다. 하지만 그는 눈 한 번 깜빡하지 않고 이것을 생각하고 있었다.

무언가를 잊어버리는 것이 아니라 잃어버려서 아주 되돌릴 수 없다고 해도, 그의 머릿속에선 어차피 아무것도 영원하지 않은 것들처럼 여겨질 뿐이었다. 자신을 포함한 세상 사람 모두가 다시는 돌아오지 않을 것들을 잃어가는 역사 속에 살고 있는데, 그 사람들에 비해 자신이 조금 빨리 잃는다고 해서 억울할 것은 아무것도 없다는 생각도 끊임없이 꼬리를 물었다.

"아무래도 좋다. 아무래도 상관없다. 더 나아질 것도 없고. 더 나아지고 싶지도 않다."

다만 지금도 느끼고 있는 고독이 조금 거슬릴 뿐이었지만, 그는 그마저도 결국에 자신이 잃어낼 수 있는 것이라고 여기고 있었다.

이것이 그가 내린 결론이자 답이었다.

"모든 것을 포기하면 어떤 일이 벌어지더라도 상관할 이유가 없다."

그는 크게 한숨을 들였다 내쉬어 보았다. 그래도 변하는 건 아무것도 없었다. 아마 끝까지 변하는 것은 없을 것처럼 여겨졌다.

그런 자신의 상황을 포기하자 유일하게 남은 것은 읽을 수 없는 무한한 시간뿐이었다. 사실 시간도 무한하고 영원한 것은 아니지만, 아무것도 가지지 못한 지금의 그에게는 그렇게 느껴졌다.

그는 문득 그 시간을 이용하여 모든 것을 포기하고자 마음먹었다.

자기도 모르게 체념(諦念)으로 발을 들여놓으며,

그는 그렇게 생각했다.

그는 느꼈다,

귀에 들려오는 소리가 있다고.

그는 그 소리가 들려오는 곳을 습관적으로 알 수 있었다. 어느새 자신의 손에 그 자그마한 전화기가 올려져 있었던 것이다.

그 전화의 상대가 누구인지 그는 알지 못했다. 하지만 계속해서 대기를 울리고 있는 그 소리가 귀에 거슬렸기에, 그는 전화를 받았다.

수화기를 통해 넘어온 목소리는 그에게 완전히 새로운 것은 아니었다. 하지만 "이것이 누구다."라는 확신을 가질 수는 없었다. 확신을 가지는 것 자체가 자신에게는 정상이 아닌 것 같았다. 평소와 다르게 무언가를 잃어가고 있는 상황에서, 목소리만 듣고서 그 사람을 떠올릴 수 있다면 오히려 그것이 이상한 것이었다.

하지만 그 목소리엔 다른 무언가가 있었다. 그는 자신이 아침에 전화를 받았었다는 기억을 살려냈다. 그리고 그때, 자신의 귀에 들려왔던 건 의미 없이 높낮이가 다르기만 한 목소리에 불과했던 것도 기억이 났다.

이번에도 별반 다르지 않게, 목소리만이 그의 귀에 닿고 있었다.

「어제 전화 드리지 못해서 죄송합니다. 워낙 많은 고객님들에게 전화 상담을 드려야 해서 전화가 조금 늦어진 점 다시 사과드립니다. 지금이라도 통화 괜찮으신지요?」

상대방의 첫 번째 목소리는 여기서 끝났다.

소리가 높지 않고, 밑으로 깔리는 것을 보니 남자의 목소리 인 것 같았다. 그리고 흔들리는 것이 없는 차분한 목소리이기도 했다. 그는 상대가 누구인지 알 수도 없고, 무슨 말을 하고 있는지도 모르는 상황에서도 목소리의 높낮이 같은 것을 구별할 수 있는 걸 신기해하고 있었다.

어쨌든 목소리는 거기서 끊겨 있었다. 그래서 상대방이 무슨 이야기를 하는지를 알아낼 수는 없었지만, "내게 어떠한 반응을 요구해오고 있구나."라는 생각을 피워낼 시간 정도는 가질 수 있었다.

이제 그의 생각은 "상대방에게 반응을 돌려준다."는 것에 집중되어 있었다.

왜 그래야 하는지는 몰랐지만, 어쨌든 그렇게 해야 할 것 같았다. 짧은 시간 안에 그가 생각해낸 것은 다시 한 번 "네."라는 답변을 돌려주는 것이었다.

그가 낼 수 있는 소리란 그것이 전부였기 때문이었다. 그는 듣는 것에는 문제가 없었지만, 말하는 것에는 문제가 있었다. 언어를 잃었기에 문장을 만드는 것에 문제가 있는 것은 당연했지만, 말을 하려면 어떤 부분을 어떻게 움직여 어떻게 소리를 만들어내야 하는지에 대한 방법조차 그에게서 이미 사라져 있었던 것이다.

그래서 그는 짧고 일반적인 그 대답밖에 할 수 없다는 것을 알아차렸는데 그것이 큰 문제라는 생각은 들지 않았다.

큰 문제가 아니라고 생각할 수 있었던 이유는, 자신이 모든 것을 포기하겠다고 마음먹었기 때문이었다. 다만 상대가 무슨 이야기를 하는지도 모르는 상황에서 "네."라는 긍정적인 대답을 돌려준다는 것은 약간 꺼림칙했다.

「네.」

결국 그의 입에서 한 마디가 흘러나왔다.

그랬더니 상대는 기다렸다는 듯이 다시 이야기를 쏟아내기 시작했다.

그리고 그는 여전히 듣고만 있었다.

「증시가 여전히 폭락하고 있다는 것은 알고 계시리라 생각합니다. 그런 상황에 갑자기 전화로 이런 말씀을 드리기가 사실 굉장히 죄송한데……」

다시금 그쪽에서 침묵을 보내고 있었다.

그는 갑자기 찾아온 그 침묵이 의아했다.

상대의 의중 따위야 알 수 없었고, 궁금하지도 않았지만, 이대로 대화가 끊긴다는 사실이 왠지 모르게 그를 의아하게 했다.

그래서 그는 다시 한 번 반응을 보내기로 했다.

「네.」

「아…… 음…… 정말 죄송합니다. 담당 중개인으로써 뭐라 드릴 말씀이 없군요. 이게 위로가 될는지는 모르겠지만, 제 고객님들 중에는 더 많이 잃으신 분도 있습니다……」

또 다시 침묵이 감돌았다.

그는 "도대체 이 사람은 무슨 말을 하고 싶은 것인가?"라는 생각이

들었지만, 그냥 듣고 있기로 했다. 어차피 입을 떼어 봐야 그가 낼 수

있는 소리는 거의 없었다.

「보험 수령 액수의 범위가 정해졌습니다. 다시 한 번 말씀드리지만,

이건 저희 측에서 어쩔 수 있는 것이 아니라, 저쪽에서 발표 난

것을 그대로 말씀드리는 겁니다. 저희도 사실 일방적인 통보를 받은

셈이죠……」

다시 침묵. 그는 이제 상대에게 거의 신경을 쓰지 않고 있었다.

「고객님께서는 전액을 손실하셨습니다.」

목소리에 높낮이가 있어 그것을 알아챌 수 있다면, 이번 목소리는

정확히 그 중간이었다.

너무 높지도, 너무 낮지도 않은, 정확한 중간.

그래서 그 목소리에 일종의 힘이 실렸다고,

그는 그렇게 느꼈다.

그는 생각했다,

"사람이 목소리에 힘을 싣는 것은 언제인가?" 하고.

상대가 낸 목소리는 그에겐 의미 없는 아우성에 불과했으니, 그가 할 수

있는 것이라고는 이런 것들을 궁금해하는 것뿐이었다.

그러는 동안 시간이 꽤 흘렀나보다.

그는 자신의 생각에 골몰해 있어서 통화중이었다는 사실도 깜빡하고

있었다.

그런 그를 깨워온 것은 약간은 달라진 높이의 목소리였다.

「저…… 괜찮으십니까…… 저희로서는 드릴 말씀이 없네요…… 정말

면목 없습니다…… 혹시라도 전하시고 싶은 말씀이 있으시다면……」

이번엔 기어들어갈 만큼 낮고 보이지 않을 만큼 가느다란 힘이 쭉 빠진 목소리였다. 목소리에는 굵기도 있다. 보통 낮은 목소리가 굵은 목소리와 결합하면 강렬함이 발산되지만, 이번에 그의 귀에 들려온 것은 가늘면서 낮은 목소리였기에 강렬함은 없었다.

"이 사람은 왜 이렇게 목소리를 내고 있는 것일까?"

그에게 궁금한 것이라고는 여전히 그런 것뿐이었다. 그 말들이 전해주는 의미가 어떤 것인지는 전혀 궁금하지 않았다.

그래서 또 무언가를 잃은 것이 아닌가 하고 생각했지만 만약 무엇을 잃었다고 해도 아무런 상관이 없었다.

더욱이 이미 그가 잃어가고 있는 것보다 더한 것은 없을 것 같았다.

결국 이 전화는 그에게 아무 의미도 없는 것이었다. 그래서 이제 그는 이 전화가 끊어지기를 바랐다.

하지만 할 수 있는 것이 없었다. 전화를 끊으려 해도 습관의 힘을 빌리지 않고는 끊을 수조차 없었다.

허나 습관은 제멋대로 제어할 수 있는 것이 아니었다. 즉, 이 전화가 끊어지려면 상대방이 먼저 끊게 하는 수밖에 없었다.

결국 그가 할 수 있는 건 유일하게 뱉을 수 있는 똑같은 말을 반복하는 것뿐이었다.

「네.」

「아…… 그럼 내일 여기 지점에서 기다리고 있겠습니다. 어느 시간대건 일과 중에 찾아주시면 됩니다. 그럼 일단 기다리고 있겠습니다. 다시 한 번 이렇게 되어 너무나도 죄송합니다.」

전화는 거기서 끊겼다.

그는 전화가 끊기자 다시 찾아온 침묵 속에 가만히 들어앉아 있었다.

그러고 있자니 귀에 걸리는 전액(全額)이라는 소리가 맴을 돌았다.

"전액이라면. 나의 돈(錢)을 이야기하는 것인가?"

여기까지 생각이 미치자 갑작스레 기억이 났다.

자신이 소유하고 있던 돈의 액수와, 자신이 잃어버린 모든 돈의 액수가.

그리고 그는 그런 것을 생각할 때, 어떠한 감정이 들어야만 할 것

같았다.

자신이 그 액수에 두고 있던 의미 같은 것도 함께 기억이 났기

때문이었다.

하지만 그런 기억에도 불구하고, 그의 감정은 꿈쩍도 하지 않았다.

이번에 그는 상대의 말 전부는 알아들을 수 없었지만 단어 하나만큼은

건질 수 있었다.

그렇게 건져진 단어가 뿜는 감정이 이전 상황과는 달랐다는 것만큼은

인정하고 있었다.

"하지만 그 다른 감정이 나에게 무슨 변화를 가져다줄 수 있다는

것인가?"

그의 생각이 멈춰 선 것은 거기였다.

그는 말이 전하는 의미에 따라 변화했던, 자신의 감정에 아무런 변화가

없음을 알아챘다.

그는 분명히 방금 전 대화에서 어떤 것을 느껴야 마땅했을 것이라고

생각했다. 하지만,

"대체 무엇을 느꼈어야 했단 말인가?"

"왜 그런 것을 느껴야만 했을까?" 하는 의문만이 고개를 들 뿐이었다.

분명한 것은 그의 마음속에선 아무것도 요동치고 있지 않았다는

사실이었다.

그가 전액을 잃었고, 그 잃었다는 사실을 누군가의 목소리로 들어 알게

되었다고 해서 자신이 감정의 변화를 이끌어내야만 한다는 법은 세상

어디에도 없었다.

더욱이 그럴 필요가 없었다.

그저 흘러가는 것에 불과해 보였다. 사실 그러했다.

모든 것은 어차피 사라지기 위해 흘러가는 흐름에 불과한 것이었다.

다만 바뀐 것이라고는 그가 인지하고 있어야 할 사실이 하나 늘었다는

것이었다.

"나는 전액을 잃어버렸다. 하지만 내겐 아무 감정(感情)도 없다."고,

그는 그렇게 생각했다.

14

그는 생각했다,

지나간 소리에 사로잡혔다고.

분명히 그는 방금 전 목소리에 대한 생각에 사로잡혀 있었지만, 왠지
모르게 집중이라는 것이 되지 않았다. 하나가 떠오르면 금세 사라지고,
또 하나가 떠오르면 금세 모습을 감추기를 반복했기 때문이었다.

"아무려면 어떤가, 아무래도 좋다."

마침내 모든 것이 귀찮아진 그는 아무래도 좋다는 생각을 품었다.

그러자 여태껏 자신이 겪었던 것들조차 저 말 한 마디에, 정말이지
아무것도 아닌 것처럼 여겨졌다.

뒤이어 자연스럽게 이런 생각이 떠올랐다.

"사람들은 알고 있을까?"

"수를 읽고 이해하는 방법, 글을 읽고 이해하는 방법, 시계를 보고
시간을 읽어내고, 약 상자를 보고 복용 시기와 방법을 알아내고,
상대방의 목소리가 전달해 주는 말의 의미를 알아내고, 모든 단어의
배열이 의미를 전달하고, 그 의미에서 감정을 느낄 수 있는 것들이
모조리 상실 가능한 자신의 소유에 불과하다는 것을. 그리고 실제로
그것들을 잃어도, 아무렇지도 않다고 생각하면 정말로 아무렇지 않게
여겨지는 것을."

"아마도 아무도 모르고 있을 것이다."

그는 그렇게 생각하는 게 정상일 것이라고 생각했다.

적어도 자신과 같이 미치지 않고서는 그런 개념이나 능력과 방법 그리고 감정들이 자신의 소유에 불과하고, 상실 가능하다고 여길 수 있는 사람은 없을 것 같았다. 남들에게 있어서 소유란 물건이나 물질에의 애착이나, 사람을 통한 사랑의 모습이 고작일 테니까.

하지만 그는 지금 분명히 자신이 소유하고 있던 것들에 대해서 알아가고 있었다.

동시에 그는 지금 분명히 자신이 상실할 수 있는 것들에 대해서 알아가고 있었다.

그는 순간 자신이 어느 바다의 한 중간에 있다가 떠밀려 버린 느낌을 받았다.

그 바다 속은 얼핏 따뜻한 것 같았으나 사실 죽을 정도로 차가웠다. 그래서 조금 더 깊게 잠수하려고 하면 송곳 같은 한기가 몸을 찌르는 듯한 고통을 느낄 수 있었다.

그가 잠겨있던 건 소유(所有)라는 이름의 바다였다.

어찌 보면 그 바다는 참 간사(奸詐)했다. 가만히 있을 땐, 그의 온몸을 따스하게 감싸 안아줄 것 같다가도, 조금만 더 깊게 내려갈라치면 불안과 고통을 느끼게 했다. 그리고 이제는 불가사의한 힘으로 그를 해안가까지 몰아내는 중이었다. 그렇게 도착한 해안가에서 상실의 파도가 자신을 덮치고, 뒤이어 고독의 잔물결이 찾아오게 되어있다는 것도 그는 알게 되었다. 지금 고독에 젖어 바라본 그 넓은 소유의 바다는 말라 붙어가고 있었다.

어쨌든 그는 소유의 바다에서 빠져 나오는 순간 고독에 젖는 깃을 뚜렷이 느낄 수 있었다. 그래서 제 아무리 깊은 소유에 몸을 담그고 있다고 한들 고독에 젖지 않을 수는 없다고 생각되었다.

그는 사람들이 어차피 고독이란 물에 젖었기 때문에, 자신이 젖지 않았다고 생각하기 위해 소유라는 바다 속으로 뛰어드는 것은 아닐까 하고 생각했다.

"고독하기 때문에, 더욱 많이 소유하여서 그 고독을 잊으려는 것이 아닐까?"

그는 그럴 것이라는 생각이 들었고, 그 반대도 마찬가지라는 생각이 들었다.

소유가 끝이 나는 상실의 순간에 밀려오는 그 고독은 지금 그가 떨치지 못하고 있는 고독의 모습과 같았다.

결국 소유의 바다든 상실의 파도든 간에 고독의 물은 언제나 끼얹어질 수밖에 없었다. 어떤 것이냐, 얼마나이냐 하는 것은 중요하지 않았다. 중요한 건 모든 것에 고독이 항상 존재한다는 것이다.

이런 저런 생각에 젖어있다 보니 그는 또 다른 소리가 대기를 채우는 것을 모르고 있었다.

하지만 이내 그 자그마한 소리는 점점 저변을 넓혀 그의 귀에 뚜렷이 내려앉았다.

새로운 소리에 사로잡혔다고,

그는 그렇게 생각했다.

그는 생각했다,

전화가 또 왔다고.

그는 오늘 참 많은 전화가 온다고도 생각했다.

"잠깐, 지금 내가 살고 있는 것이 '오늘'이었던가?"

오늘을 살고 있든 어제를 살고 있든, 어떻든 상관없었다. 어차피 그는 시간을 읽을 수 없기 때문에, 알 수 있는 것이라고는 그저 "살아 있다"는 것뿐이기 때문이었다.

그 사실로 미루어 그는 "내가 적어도 아직 살아 있기는 하구나." 하고 생각했다. 그런 생각이 들자, 그 이외의 것은 쓸모없는 넋두리에 불과한 것으로 여겨졌다.

어쨌든 그는 이미 전화기를 들고 있었다. 시끄러운 울음소리를 멈추기도 하고, 이번엔 누가 그에게 전화를 걸었는지를 알고 싶기도 했기 때문이다.

그는 전화기를 귀에 가까이 갖다 대었다. 물론 그는 아무 말도 할 수 없었다.

「여보세요?」

이번에 수화기를 타고 넘어온 목소리는 가늘면서 설핏 떨리며, 왠지 모를 애잔함이 함께 타고 넘어오는 것 같았다.

허나 그런 "같았다"는 것만으로 그 목소리의 주인공을 알아채기에는 무리가 있었다.

하지만 그는 목소리의 특성을 분석하는 것이 고작이었음을 이미 알고 있었으면서도, 상대방이 누구인가에 대한 의문을 지우는 것이 불가능하다는 것을 인정했다.

그래서 곧장 상대의 정체에 대해 이런 저런 생각을 해봤지만 역시나 허사였다. 이렇게 무언가를 잃어가는 상황에서 과거의 기억 같은 것이 쉽게 떠오를 리 없었다.

그러고 있자니 그는 답답한 마음이 들어 담배 한 개비를 피워 물었다.

그새 주위는 침묵에 잠겨 있었다. 그리고 그 침묵을 깬 것은 상대의 목소리였다.

「누구세요?」

그가 다시 그 목소리를 듣고 알 수 있는 것이라곤, 그건 여자의 목소리였다는 것이었다.

가늘고 길며 째질 듯, 하지만 가지런한 그 목소리는 여성의 것임에 틀림없었다.

그래서 그는 "과연 어떤 여인이 나에게 전화를 했을까?" 하고 생각했다. 적어도 그가 아는 한 자신에게 걸려올 전화 중에 여성의 것은 없었다. 그래서 그는 이 여성이 누구인가를 알아내기 위해, 한 마디를 내뱉어 보기로 했다.

「네.」

이 여자가 누구인지도 모르는데 긍정적인 대답을 돌려주는 것이 과연 옳은 것인지는 모르겠지만, 적어도 새로운 목소리를 들을 수 있을 것이라는 생각이 들었다.

역시나 상대는 그의 의도에 맞게, 여전한 높이와 굵기를 유지하면서 다시 말을 걸어왔다.

「누구시죠?」

상대가 여성인 것과 높낮이와 굵기에 특기할 만한 점이 없다는 것을 제외하고, 지금 그가 알 수 있는 것은 하나도 없었다. 그 이유는 첫째,

그 목소리의 주인공을 떠올리려 해도 아무런 기억도 떠오르지 않았기 때문이었고 둘째, 그 어떤 말을 들어도 그것은 단지 소리에 불과할 뿐, 단 한 줄기의 의미도 알 수 없었기 때문이었다. 지금 그의 귀에 들려오고 있는 것은 기억의 바깥으로 버려진 의문의 여인의 목을 통해 전달되는 소리에 불과했다.

아무것도 떠오르는 것이 없자 그는 이 통화조차도 금세 싫증이 났다.

그러나 그가 먼저 전화를 끊을 수는 없었다.

할 수 있는 것이라곤, 다시금 긍정적인 대답을 돌려주어 상대가 먼저 끝내게 하는 것뿐이었다.

「네.」

그는 이 짧은 한 마디의 효과가 꽤 크다고 생각했다.

특히 지금 그 효과를 확실히 실감하고 있었다. 남에게 침묵을 안겨주기 위해서는 "네."라는 지극히 짧고 단편적인 한 마디만 전해주면 된다는 것이 그가 실감한 효과였다.

더욱이 그는 이 "네."라는 말 자체가 마술적인 효과까지 지니고 있다고 생각했다. 긍정적인 답변임에도 불구하고 상대방과의 거리를 둘 수 있고, 수락의 의미를 지니고 있음에도 불구하고 어느 정도의 격식을 느낄 수 있게 하는 마술.

그것이 바로 "네."라는 답변의 참 의미인 것 같았다.

그 효과에 의해 그녀도 잠시 동안 침묵을 지키고 있었다. 말문이 막힌 것인지도 몰랐다. 그는 그녀가 맞닥뜨리고 있는 이 상황이 어쩌면 그녀의 인생에 있어 가장 황당한 상황인지도 모른다는 생각이 들었다. 하지만 그런 것이 그에겐 하나도 중요하지 않았다. 어차피 그는 상대가 누구인지도 모르고, 무슨 말을 하려는지도 모르고 있는 상황이었다.

그런데 그녀가 무슨 상황에 놓여있는지 알게 무엇인가.

그러나 그녀는 갑자기 침묵을 깨며 목소리를 뱉었다.

「전화를 거셨으면 똑바로 말을 하세요.」

그의 귀에 걸린 이 한 문장은 여태와는 분명히 달랐다.

익숙함이 마구 떠올라 어렴풋이 상대의 정체에 대해서 떠오르는 바가

있는 듯했다.

어느 정도 확신이 드는 구석조차 있었다.

그러다 기억 한 줄기가 그의 뇌리를 스쳤다.

그녀였다. 기억 속에 말라죽은 나무 한 그루로 남아있던 여자.

자신의 고독을 잠시나마 잊게 해주었던 그 여자라고,

그는 그렇게 생각했다.

그는 기억했다,

입으로 담배 연기를 뿜으며.

덮쳐오는 약간의 더위 속에서 그는 기억이라는 것이 참으로 간사하다고

생각했다.

기억의 서랍을 열어보면 좋았던 것과 나빴던 것들이 서로 엉켜

그득한데도 항상 눈에 먼저 띄는 것은 지독히도 나쁜 것뿐이기

때문이다.

이번 기회에 그는 그것을 확실히 절감할 수 있었다. 그는 자신에게 남은

그녀에 대한 기억의 서랍을 이토록 갑작스레 열게 되었지만 단 하나

만큼은 뚜렷하게 볼 수 있었다.

"나를 버리고 다른 남자에게 가 버렸던 여자."

물론 지금 그의 머릿속엔 그녀와의 좋았고 나빴던 기억들은 모조리 사라지고 없었다. 하지만 신기하게도 단 한 가지 그녀가 자신을 버렸다는 사실만큼은 명확하게 기억나는 것이다.

앞서 떠올렸던 적이 있듯이 그녀는 그와의 일 년 동안의 교제를 뒤로하고 그를 떠났다. 그리고 그 이유에 대해서 그는 오직 자신의 잘못이라고만 회상했다.

허나 새롭게 드러난 기억에서 밝혀진 것은 그게 아니었다.

그녀는 그와 교제를 하고 있는 도중에도 남몰래 다른 사람을 만나고 있었다.

그는 어떻게든 기억을 되살려, 그녀가 이별을 통보했을 때의 상황과 그 사실을 받아들이기 위해 말도 없이 그녀를 찾아갔던 상황을 떠올려 보았다.

헤어지기 전 날 저녁. 갑작스레 만나자는 연락을 전한 그녀에게 그는 "너도 바쁘고 나도 바쁘니 서로 바쁜 것이 끝나면 만나자."라는 식으로 답변을 돌려주었다.

그때. 그는 이미 그녀에 대한 한 톨의 애정조차 사라져 있었다.

끊임없는 불안과 고통에 이미 지쳐있었던 것이다. 그래서 심지어 그녀가 귀찮기까지 했다. 거기다 그녀도 자신이 "바쁘다."라는 인상을 심기 위해 지속적으로 그 단어를 반복했으니, 그는 그날 하루 못 본다는 것으로 바뀔 것은 없다고 생각하고 있었다.

하지만 바뀌는 것이 있었다.

그날이 지나고 다음 날로 넘어가는 새벽. 역시나 쉽게 잠을 이루지 못하고 있던 그에게 그녀는 단 한 통의 소식을 보내왔다. 그는 그 소식을 간직하지 않고 삭제해 버렸기 때문에 정확한 전문(全文)이 기억나지는 않았다. 하지만 그녀가 하고 싶은 이야기가 무엇이었는지는 명확하게 기억나고 있었다.

이별 통보였다. 너무 쉽게. 그렇게 간단히 그녀는 그에게 이별을 통보해왔다.

사실 이별 그 자체는 그를 당황시키지 않았다. 아버지를 잃은 상실감은 이미 그녀에게서 덮어낸 지 오래였기 때문에 외려, 대수롭지 않게 생각할 수 있었다.

하지만 그를 당황시킨 것은 그녀의 행동이었다.

그녀는 모든 것을 재빠르게 처리했다. 연락처를 바꾸고, 그와 맺었던 모든 사회망을 제거한 뒤. 소식을 보내고 나서 채 한 시간도 되지 않아 자신을 유령으로 만들어버리는 데 성공한 것이다.

그는 그 사실에 당황을 넘어서 충격을 받았다.

어떤 이들은 이와 비슷한 경험이 있을 것이다. 바로 어제까지만 해도 곁에서 볼 수 있고, 만질 수도 있고, 냄새도 맡을 수 있으며, 말소리를 들을 수도 있던 "사람"이었던 존재가 단 한 순간에 "유령"이 되어버리는 경험을. 그는 그 경험을 아버지의 상(喪) 이후 다시 만나게 되었다.

그는 충격을 받긴 했지만, 그 사실을 그냥 단념하려 했었다. 어차피 그녀 하나쯤 없어도 인생에 바뀔 건 없었다. 직장에서는 여전히 인정받는 사원이었고, 사회적으로도 문제없는 인간이었으니까.

그런 식으로 자위하며 시간을 흘려보내려 했지만 그게 잘 되지 않았다. 그는 그녀에 대한 상실감에서 비롯된 고독에 끊임없이 괴로워했다.

신기하게도 분노나 증오의 마음은 생기지 않았다. 다만 이번엔 자꾸만 같이 보냈던 시간들이 기억이 그를 찾아 쉬이 잠을 이루지 못하게 하는 것이었다.

딱 한 주 정도를 더 고민했었다. 그리고 그는 그녀를 찾아가 적어도 마지막 인사라도 하고자 마음먹었다. 그렇게라도 하지 않으면 그는 더 이상 쉽게 잠들 수 없을 것 같았기 때문이었다. 세상 모든 일에는 인과관계(因果關係)가 있는 법인데, 그때 상황은 결과(結果)만 덩그러니 던져져 있을 뿐 원인(原因)이 그 어디에도 없었다. 그가 참을 수 없었던 것은 그 원인의 부재이기도 했다.

그래서 그는 그녀를 만나기 한 시간 전. 그는 그녀가 나올 것이 분명한 곳을 바라보고 있었다. 그때 떨려왔던 그 심장 박동은 지금도 그의 기억에 생생히 맺혀있었다. 그리고 그 한 시간이 상당히 긴 시간이라는 것도 분명히 기억이 났다.

이내 시간이 되었다. 그는 그녀의 모습을 봤다. 그 옆에는 다른 남자가 함께 걸어 나오고 있었다. 그는 그전에도 어렴풋이 짐작은 하고 있었다. 만약 그렇지 않았다면 그렇게 까지 잔인하게 한 사람의 흔적을 지우는 행동은 하지 않았으리라 생각했었으니까.

그는 그녀의 모습이 보이자마자 그녀에게 달려가 잠깐만 이야기를 하자고 전했다. 이내 그 둘은 잠시 둘만 있을 수 있는 자그마한 공간에서 이야기를 나눌 수 있게 되었다. 그는 거기에서 소유와 상실의 사이에서 터져 나오는 충격을 제대로 느꼈다.

그녀의 말은 횡설수설이었지만 일면 타당한 면이 있기도 했다. 우선 그녀는 자신이 외도를 한 것이 아니라는 것을 증명하려고 애썼는데 그에게 이미 그 사실은 아무런 상관이 없었다. 이미 이별하고 난 뒤 한 주 만에 다른 남자와 걸어 나오는 장면을 목격했기 때문에 그 어떤 증명도 필요가 없었던 것이다. 다만 그가 원했던 것은 어떻게 자신에게 그렇게 냉정하게 등을 돌릴 수 있었는지에 대한 질문과 왜 자신이 싫어졌는가에 대한 대답이었다.

그녀의 답변은 간단했고, 그 부분에서도 그는 일면 타당하다고 생각했다.

사실 그와 그녀는 맞는 부분이 많이 없었다. 입맛도 달랐고, 취향도 달랐으며, 그는 나름 학구적인 사람이었지만 그녀는 세상에 대한 지식을 거부하는 사람이었다. 그에게는 적어도 남을 따라잡겠다는 목표가 있었지만, 그녀에는 그 어떤 목표도 없이 살아가는 존재였다. 그랬기 때문에 둘이 만나는 시간 동안 꽤 오랜 시간을 다퉈왔고 그래서 사이가 어느 정도 틀어져 있었다는 것은 그 역시도 인정하고 있었다. 하지만 그가 쉬이 인정할 수 없었던 것은 어째서 그런 상황을 이리도 질질 끌다가 다른 남자가 생기자마자 그를 그리도 쉽게 내팽개칠 수 있었냐는 점이었다.

일 년이라는 시간은 그리 길지는 않지만 그렇다고 짧은 시간도 아니다. 그 동안 여러 군데를 다녔고, 여러 것을 보았고, 여러 가지를 같이 했었다. 일 년은 그 모든 것들에 대한 기억이 쉽게 사라질 짧은 기간은 아니었다.

하지만 당시 그가 그녀에게 던진 "그런 추억들이 돌아오지 않더냐?"는 질문에 대한 그녀의 대답 때문에 그는 상실감이라는 것을 제대로 느낄 수 있었다.

「별로 기억 안 나던데. 싸웠던 기억밖에 없어.」

그 말은 그와의 기억들이 전부 나쁜 기억밖에 없었기에 그렇게 쉽게
다른 남자의 품에 안길 수 있게 되었다는 말이었다.

그는 솔직히 그 말에 깊은 충격을 빠졌다. 누구라도 그랬을 것이다.
품고 있던 추억 때문에 한 주 동안이나 아파했던 것은 그 혼자였던
것이다. 그녀는 결코 그런 것은 신경 쓰지 않고 있었다. 신경을 쓰지
않고 있는데 마음이 아플 리 만무했다. 그녀는 홀로 완벽하게 모든
준비를 끝낸 채, 다른 남자의 품에 안겨있었던 것이다.

그는 집으로 돌아오는 길을 걸어오면서 그녀가 양심이 결여된
인간이라고 파악했다.

그때서야 그에게 분노가 찾아왔지만, 그때는 이미 어쩔 수가 없었다.
그는 그녀를 완벽하게 잊겠다고 결심하고서 다시는 그 생각을 하지
않게 노력했다.

그 이후 그녀를 잊었다고,

그는 그렇게 기억했다.

그는 생각했다,

그런 그녀와 전화를 하고 있다고.

그는 기억조차 하고 싶지 않은 그녀가 먼저 전화를 걸었다고 생각했다.
하지만 실제로는 그가 먼저 건 것이었다. 하지만 그는 그 사실이
아무렇지도 않았다.

어떻게 전화를 걸 수 있었는지 알 수 없었지만, 궁금하지 않았다.
어째서 전화를 걸게 되었는지도 알 수 없었지만, 궁금하지 않았다.

그리고 오랜만에 듣는 그녀의 목소리가 반갑지도, 혐오스럽지도 않았다. 무념무상(無念無想)만이 그에게 그득했다. 더불어 아무것도 느껴지지 않는, 무감(無感)도 지속되고 있었다.

그녀에 대해 자연스레 떠오른 괴로운 기억에도 불구하고 그는 아무것도 느껴지지 않았다.

그런 와중에 그녀는 나지막이 소리를 계속해서 뱉어내고 있었다. 그 말들이 전부 그의 귀에 떨어지고 있지 않다는 사실조차 인지하지 못한 채.

「혹시……」

이 느릿한 목소리는 그의 귀에 그저 목소리로만 떨어졌다.

그녀가 무슨 말을 내뱉든 간에 그것은 아무런 의미 없는 목소리에 불과했다.

그래서 그는 다시금 그 짧은 마술과도 같은 대답을 돌려줄 수밖에 없었다.

「네.」

이번에 이 대답은 조금 다른 마술 효과를 가져왔다. 그녀의 목소리의 특징이 쏘아대는 듯이 완전히 뒤바뀐 것이다.

「왜 전화했어?」

갑자기 빨라지고, 높아진 그녀의 음성에 깜짝 놀란 그는 수화기를 자신의 귀에서 조금 떨어뜨려 놓았다. 이처럼 갑작스러운 변화는 예상하지 못했던 것이다.

그는 마침 생명을 다한 담배를 비벼 껐다. 그의 정신은 그 담배에 팔려 있었다.

그래서 그는 의식하지 못한 사이에 "네."라는 답변을 기계적으로
돌려주었다.

「네.」

다시 침묵이 찾아왔다.

이번 침묵은 그 길이가 꽤 길었다.

그녀는 완전히 할 말을 잊은 듯했다.

자그마하게 들리던 숨소리조차 완전히 멎어든 침묵이었다.

「부끄럽지도 않아?」

이 마지막 힘없는 소리와 함께 전화는 끊겨버렸다고,

그는 그렇게 생각했다.

그는 확신했다,

전화기를 내려놓으며.

우선 소파에 몸을 기대고 양팔과 다리를 쭉 뻗어 크게 기지개를 한 번
켜보았다. 하지만 그 기지개는 습관적인 것이었다. 아무 의미도 없었다.

아무 의미가 없는 것은 방금 걸려온 그녀의 전화도 마찬가지였다.

그에게 있어 그 전화가 가져다준 감정은 아무것도 없었다.

만약 그때 느껴야 했던 것이라면 분명히 "수치(羞恥)"였을 것이다.

하지만 아무것도 없었다.

그는 눈물이 나올 때까지 하품을 해보았다.

그 맑고 투명한 눈물방울은 그의 눈 양 끝에 살짝 맺히다가 이내
말라버리고 말았다.

그는 자신의 감정이 그 눈물과 같이 메말라버리고 말았다는 것을 그

순간 눈치챘다.

두 번의 목소리를 통해서 그 사실이 증명되었다.

만약 예전에 그 두 통의 전화를 받았다면 그는 어떤 감정을 느꼈을
테고,

그에 맞는 생각을 하고 행동을 취했을 것임에 틀림없었다.

하지만 지금은 그 감정, 생각, 행동 모두가 결여되어 있었다.

그는 그 순간 자신의 상태를 다시금 확인했다.

"나는 감정(感情)을 잃었다."고,

그는 그렇게 확신했다.

15

———

그는 생각했다,

신기한 것이 하나 있다고.

그는 분명히 자신이 잃어가고 있다는 사실을 인정하고 있었다.

그래서 이제 설령 그것이 어떤 것이건 간에 잃는다는 것은 아무렇지도

않았다.

그가 신기해한 것은, 무언가를 잃는다는 사실에 자신이 "정말로

아무렇지도 않다."고 생각할 수 있다는 것이었다.

만약 어떤 누군가가 "어떻게 그럴 수가 있냐?"고 되묻는다면 뚜렷한

대답을 돌려줄 수는 없겠지만, 분명하게도 그는 아무렇지도 않았다.

이미 인식하는 중에 잃은 것들과, 아마도 인식하지 못한 중에 잃은

것들과, 이미 잃어버린 것들과 그리고 앞으로 잃어버릴 것들에 대해서

그는 마치 애초부터 그랬던 것처럼, 정말로 "무신경(無神經)"했다.

정말이지 아무렇지도 않다고,

그는 그렇게 생각했다.

그는 보았다,

갑자기 눈이 뜨이며.

할 일이 없어지면 갑작스레 시각이나 청각이 예민해지는 경험은 그에게

새로운 것은 아니었다.

하지만 눈을 조금 내리자 탁자 위에 놓인 돈이 보였을 때의 그 경험은 그에게 완전한 새로운 것이었다.

그는 아직까진 그것이 "돈"이라는 건 알고 있었다. 여전히 액수를 읽어낼 수 없었고, 그 위에 쓰인 숫자들도 이해할 수 없었지만, 그것이 그 자리에 놓여있다는 것, 그리고 그것을 돈이라고 부른다는 건 알고 있었다.

하지만 이전과는 또 다른 느낌이 그를 감쌌다.

그는 무의식중에 탁자로 손을 뻗었다. 습관적인 움직임이었다.

그런 그의 거무죽죽한 팔이 탁자로 다가서자, 그 주변의 물체들이 지레 겁먹은 것 같아 보였다. 그 물건들 중 그의 손에 걸린 것은 담뱃갑이었고 이내 입에선 또 한 개비의 담배가 연기를 토해내고 있었다. 그는 습관적으로 입술에 담배의 출입을 반복하면서 소파 위에 앉아있었다.

더 이상 더위는 느껴지지 않았다. 이제는 더위조차 없었다. 유일하게 남아있는 것이라고는 지독한 고독과 몸을 떨리게 하는 추위뿐이었다. 그러다 그의 손이 다시 움직여 집어낸 것은 탁자 위에 놓인 돈이었다. 그가 왜 그 돈들을 쥐고자 했는지 모르겠지만 어쨌든 이미 돈은 그의 손에 있었다.

담배연기가 계속해서 시야를 방해하는 가운데 그는 한 장의 돈을 들어 찬찬히 뜯어보았다.

그는 그것을 묘사하려고 했으나 할 수 없었다.

마치 이것이 지니고 있던 특색 자체가 완전히 사라진 것 같았다.

곧 겉에 그려진 무늬들마저 희미해지다가 완전히 사라질 것만 같다는 생각이 들었다.

그의 다른 쪽 손은 분명히 "다른" 지폐를 쥐고 있었다.

그는 눈을 돌려 그 "다른" 지폐도 찬찬히 뜯어보았다.

하지만 역시 아무것도 모르겠다는 생각뿐이었다.

그는 그 둘 사이에 무언가 다른 점이 있었다고 어렴풋이 알 것 같았으나, 구체적으로 무엇이 어떻게 다른 것인지는 알 수 없었다.

이러다가 결국 이 둘이 완전히 똑같아질 것만 같았다.

지금은 그 사이에 무언가가 다르다는 느낌의 선이 묶여 있었지만, 그 선(線)도 곧 끊어질 것처럼 여겨진 것이다.

그런 와중에도 그는 인간이란 참으로 특이한 존재라고 생각했다.

그는 이미 자신이 무언가를 잃어가는 중이라는 걸 인정했고 더 이상 신경 쓰지 않았다.

하지만 지금 그것이 그리 쉽게 단념되지 않는다는 확신이 자신을 찾은 것이다.

모든 것은 사라질 수 있다고 인정하고 있는 상황에도, 어쨌든 자신도 아직은 인간의 범주에 속해 있고 또 자신에게 이런 궁금증이 피어나고 있는 이유가, 오로지 자신이 인간이기 때문이라고 생각했기에 그는 모든 인간이 특이하다고 생각하고 있었던 것이다.

그 특이한 인간이었던 그는 계속해서 자신의 손에 쥐어져 있는 이것들은 분명히 표현할 바 없는 다른 점이 있으리라 확신하고, 그것이 무엇인가에 대한 궁금증에 사로잡혀 있었다.

어쨌든 그에게는 무언가 다르다는 느낌이 있었다. 그 느낌에 착안했으니 생각으로 그 끝을 보아야만 할 것 같았다.

그래서 두 지폐를 뚫어져라 쳐다보면서 다른 점을 분석하기 시작했다.

우선 확연히 다른 것은 표면이었다.

그것이 다르게 여겨지는 것이 그저 느낌에 불과한 것인지 아니면

실제로 다른 것인지 정확하게 이야기 할 수는 없었다.

다만 분명 어떤 식으로 차이가 있었던 것만큼은 희미하게 알 수 있었다.

그는 이내 그 다르다는 느낌이 바로 "색깔"에 의해서였다는 것을

알아차렸다.

"색깔. 이토록 추상적이고 불명확한 단어가 또 있을까."

그는 이내 색깔에 관한 명칭들이 조금씩 떠올렸다.

"빨강(赤). 노랑(黃). 파랑(靑). 검정(黑)."

그러자 의문들이 속출하기 시작했다.

"그것들이 다 무엇을 뜻하는 것인가?"

"도대체 그것들을 극명하게 가르는 그 차이는 어디에 있으며, 그것들

사이에 극이라는 것이 존재하기는 하는가."

심지어 이런 생각까지 들었다.

"원래 모두 같은 색임에도 불구하고 '억지로' 그렇게 정해놓아서

그렇게 알고 있었던 것은 아닐까? 언어를 이용해 '억지로' 이름을 붙여

사람들에게 그렇게 생각하라고 강요하고 있는 것은 아닐까?"

그는 지나가던 누구라도 좋다고 생각했다.

그게 설령 누가 되었든, "검정"이라는 색에 대해 무엇인지 물어보면, 그

색의 개념이나 그 색이 지니고 있는 의미 또는 그 특징 따위를 확실하게

이야기하지 못할 것이라고 확신했다.

지금 그가 딱 그랬다. 색의 스펙트럼이 구분되지 않아, 자신이 보고

있는 것이 무슨 색인지를 이야기할 수 없었던 것이다.

그의 눈에는 그 두 지폐가 완전히 같은 색으로 보였다.

그 색은 표현할 수 없는 색이었다. 표현할 수도 없었고 표현할 엄두조차

나지 않았다. 태어나서 처음으로 접한 색이자, 여태 한 번 보았던

기억조차 없는 색이었기 때문이었다.

만약 무(無)에 색이 존재한다면, 그의 눈에 비치는 건 딱 그

무색(無色)이라고 해도 좋을 생경한 것이었다.

그렇게 그는 모든 색의 경계가 허물어지고 있음을 확실히 느끼고

있었다.

그는 사람들이 흔히 색을 구분하는 것을 "색감(色感)"이라고 부른다는

것을 기억해냈다.

그래서 그는 "나는 색감을 잃었다."고 생각할 수 있었다.

그리고 그 색감은 그에게 다시는 돌아오지 않을 것이다.

그것은 분명히 상실의 느낌이었다.

상실을 한 번 겪고 나면 절대로 돌이킬 수 없다는 것을 그는 알고

있었다.

하지만 돌이킬 수 없어도 상관없었다.

그는 자신이 처해있는 상황과, 자신이 알게 된 인간의 모습과, 소유와

무소유의 경계에서,

색감 따위는 아무 쓸모도 없는 것이라고 결론 내렸다.

"나는 색감을 잃었다.

그리고 아무렇지도 않다."고 생각하며,

그는 그렇게 보았다.

그는 보았다,

어쩌다 한 쪽 손에 겹쳐진 지폐 두 장을.

한 눈에 봐도 그 둘은 서로 같은 크기를 지니고 있는 것 같았다.

"아니. 실제로 같은 크기인 것인가?"

"아니면. 그냥 나의 눈에만 그렇게 보이는 것인가?"

그렇게 생각하는 순간 겉에 묻은 무늬가 그에게 완전히 바래졌다.

뒤이어 규격과 크기가 완전히 하나로 겹쳐진 채 그의 앞에 나타났다.

그는 그 지폐들이 분명히 같은 크기가 아니었음을 기억해냈다. 모양도
같지 않았던 것 같았다.

하지만 지금은 크기와 모양이 모두 "똑같이" 보였다.

자신의 눈에 비치는 그 같은 크기의 지폐가 던지는 위화감을 그는 느낄
수 있었다.

그리고 그는 그 위화감에 의해 "이것 또한 내가 무언가를 잃었다는 것이
아닐까?"라는 생각을 하고 있었다.

무엇을 잃었는지는 아직 확실치 않았다.

그래서 그는 그 지폐들이 애초부터 서로 같은 크기로 만들어 졌을지도
모른다고 생각했다.

차라리 그렇게 생각하는 것이 자연스러웠다.

하지만 확실한 것은 자신에게 다가온 이 느낌이 미묘하다는 것이었다.

분명히 미묘하게 이상한 구석이 있었다.

그는 크기와 형태가 완전히 같아진 그 종잇조각을 힘없이 바닥에

떨어뜨렸다.

그리고 "나는 또 무언가를 잃었다."고 생각하며,

그는 그렇게 보았다.

그는 생각했다,

고개를 들며.

고개가 들어지자 눈길도 함께 들려졌다. 그러자 여태 그 크기가 서로
달리 보였던, 소파와 탁자의 너비가 완전히 일치하여 눈에 들어왔다. 그
둘은 틈이라곤 하나 없이 완벽히 꽉 들어맞아 보였다.

그는 저것들이 "원래 저랬던 것일까?" 하고 의심해보았다.

만약 원래부터 같은 크기였다면, 그는 이전에 저것들에게 어떤
행동이라도 취했을 것이 분명했다고 생각했다.

그가 지니고 있던 어렴풋한 기억의 바다 속에서 헤엄치고 있는 것들
중에는 "저 두 물체 사이에 분명히 어떠한 틈이 있었다."는 것이
있었다. 그는 그 기억을 어떻게든 더 또렷하게 살려내려고 했지만,
그것은 이내 물거품을 만들어내면서 심연 속으로 빨려 들어가고
말았다. 그는 머릿속에서 서서히 죽어가는 그 기억을 바라보고 있을
수밖에 없었다.

그때, 그의 머릿속에서 "앞으로 저 사이를 지나다니면 탁자에 다리를
부딪쳐 통증이 일 것이다."라는 생각 하나가 시체처럼 떠올랐다. 그
시체 같은 생각을 찬찬히 뜯어보니 벌어진 곳 없이 하나가 된 저 둘
사이를 지나가면 다리가 부딪칠 수밖에 없을 것이 명확해 보였다.
머릿속에 떠오른 통증(痛症)이란 단어는, 차가운 바닥에서 겪었던

시간의 심연을 느끼게 해주었다. 덕분에 다시 머리가 지끈거려왔다.

그는 앞으로 다시는 그러한 고통을 느끼고 싶지 않았다. 그러려면 저 같은 크기의 물체 사이를 지나다닐 때는 분명히 조심해야 한다고 생각했다.

"그래야 고통 없이 편안히 지나갈 수 있을 테니까."

그는 어떻게 이러한 생각을 할 수 있는가에 대해 생각해 보았다.

눈에 보이는 것 중 확실한 것은 하나는 소파이고 다른 하나는 탁자였다는 것뿐이었다.

그 둘의 규격이 같아 서로 맞물리기에 틈이 없으므로, 그 사이를 지나다닌다면 고통스러울 것이라는 것은 어쩌면 그가 만들어낸 상상에 불과한 것인지도 몰랐다. 실제로 해보지도 않고 무엇을 확신한다는 것은 어리석은 생각이 아닌가.

하지만 그는 그런 어리석은 생각이 가능한 이유는, 지금 시선에 들어온 모든 것들이 똑같아 보이기 때문이라는 것을 알았다. 크기가 똑같이 맞물리기에, 그곳에 부딪히리라는 확신이 있었던 것이다. 모든 것들은 지금 그에게 두말할 나위 없이 같은 크기를 지니고 있었다. 그는 지폐를 겹쳐 놓았을 때도 이와 비슷한 생각을 했었던 기억이 설핏 들었다.

결국 그는 한 가지를 더 확신할 수 있었다.

너무나도 확실한 것이라 다르게 생각할 틈조차 없었다.

자신에게서 크기와 규모에 대한 감각자체가 날아가 버렸다고,

그는 그렇게 생각했다.

그는 생각했다,

거슬리는 것이 있다고.

그는 무언가를 잃어가는 상황의 가운데에 있었다. 그것만큼은 분명히 받아들이고 있었다. 그리고 그는 자신의 상황을 받아들였으니, 앞으로 벌어질 어떠한 상실조차도 아무렇지도 않게 받아들일 것을 다짐했었다. 그렇다면 모든 것의 크기가 똑같아 보이는 이 상황에 대해 그는 어떠한 의문도 품지 않고 흘러가는 대로 받아들여야만 했다.

하지만 자꾸만 고개를 드는 의문이 있었다.

우선 "크기와 규모에 대한 감각을 잃을 수 있느냐?" 하는 의문은 당연하게 여겨졌다. 이 세상 어떤 인간이 그런 것을 잃을 수 있다고 상상조차 하겠는가.

그러나 그가 의아해하는 것은 그런 것이 아니었다.

그 의문이 가슴속에 똬리를 틀고 꿈틀거리면서 일어나 그의 다짐에 훼방을 놓고 있는 것만 같았다.

그는 가만히 그것이 무엇일까 생각해보았다.

갑자기 일어난 그 종잡을 데 없는 의문은, 아무리 애를 써도 자신이 생각의 심연 끝까지는 갈 수 없다는 걸 확신케 해주었다. 그 생각이 무엇인지 도통 집어낼 수가 없었던 것이다.

그는 그 무언가를 표현하려고도 해보았지만, 그것도 잘 안 됐다.

마치 자신의 상황이 모든 것을 불가능하게 하는 것만 같았다.

그때 갑자기, "나의 상황(常況)"이라는 단어가 그의 뇌리에 파고들었다.

그리고는 확신했다. 방금 품었던 의문이 자신의 상황이 어떻게 진행되는지에 관한 것이었다고.

하지만 그는 어차피 지금 떠올린 이 의문마저도 조만간 잃고 말리라는

것을 알고 있었다. 어쩌면 지금 그의 머릿속을 유영하는 모든
생각들조차 잃어버리게 될지도 몰랐다.

하지만 그의 머릿속에서 말도 안 되는 악력을 지닌 뭉뚝한 이를 지닌
고집이 물어버린 의문의 한 부분은, 아주 징그럽게 꼬투리를 잡고
늘어졌다.

그래서 그는 그 의문 하나만큼은 어떻게든 물고 늘어지기로
마음먹었다.

자신의 상황을 인정함과 동시에 이미 많은 부분을 내주었던 그였다.

그래서인지 "앞으로 잃어가는 것이 무엇인가?"

그리고 "그리고 남을 수 있는 것은 과연 무엇일까?"

라는 의문 정도는 자신이 충분히 감당할 수 있고, 지닐 만한 자격이
있다고 생각되었다.

하지만 그를 괴롭히던 그 의문을 완벽하게 받아들이자, 그 뭉뚝한
이의 고집이 끈적거리는 입술을 의문의 살갗에서 떼어내고는 미묘한
미소를 띠며 상실의 저편으로 멀어지고 있는 듯했다. 곧 실제로 멀어져
흔적조차 찾을 수 없게 되었다.

그러자 그는 방금까지 자신이 무엇을 생각하고 있었는지를 알 수가
없었다. 그리고 무슨 의문을 품었는지도 기억할 수 없었다.

방금 정말이지 방금, 떠올린 기억조차 그에게는 생경한 것이
되어버렸다.

그는 생각을 할 수 있었고, 느낌을 느낄 수도 있었지만, 그것이
기억으로 남지 않고 사라져버리니 아무것도 할 수가 없었다. 그래서
벌어지고 있는 모든 것은 그에게 마치 꿈속에서만 가능한 것 같은

몽롱한 것에 불과했다.

그래서 그는 생각의 호흡조차 멈추었다.

더 이상 아무것도 신경 쓰고 싶지 않았다.

또한 더 이상 아무것도 하고 싶지 않았다.

아무것도 하지 않는 것이 자신이 하고 싶은 유일한 것이라고,

그는 그렇게 생각했다.

3일

16

그는 생각했다,

시간(時間)이 정말로 흐르고 있을까 하고.

그는 시간이 얼마나 흘렀는지 알 수 없었다. 그래서 시간이란 것이

흐르고 있는지, 멈춰 있는지, 혹은 거꾸로 흐르고 있는 건 아닌지, 그

어느 것도 확실하게 알 수 없었다.

그러자니 심지어 시간이 존재하지 않는 건 아닌가 하는 생각마저

그에게 들었다.

하지만 주위가 밝아져 있음이 그의 눈으로 선명하게 들어왔다.

그 빛 속에서 그는 회전을 멈춘 시간의 톱니바퀴에 때처럼 달라붙은

희미한 기억 한 조각을 떼어보았다. 그리고 그 조각에서 날이 밝는

동안에, 몇 개비의 담배를 피운 것과 방의 불을 껐다는 것을 찾을 수

있었다. 그 기억만으로도 주위가 밝아져 있다는 사실만큼은 분명하게

알 수 있었다.

그렇게 주위는 끊임없이 변화했다.

하지만 그런 변화가 일어나는 동안에 시간이 움직인다거나

흘러간다거나 하는 그 모습은 절대 볼 수도 들을 수도 느낄 수도

없었다.

그래서 그는 어쩌면 시간(時間)이란 고작 이름에 갇혀있는 것이 아닌가

싶었다.

사람들이 알고 있는 시간이란 원형이나 사각형을 비롯한 다양한 모양의 널빤지에 달린 세 개의 막대의 초라한 움직임에 불과하다. 그 움직임에 시간이라는 "이름"을 붙인 그를 포함한 일반 사람들은 여태껏 그 움직임에의 이름을 시간의 모습이라고 생각하는 오류를 저지르고 있던 것인지도 몰랐다.

하지만 이제 더 이상, 그에게 시간이란 그런 이름이 아니었다.

그에게 있어 시간이란, 주위의 명도가 밝아졌다가 다시 어두워지기를 반복할 때나 또는 자신의 얼굴에 그어진 주름이 늘어난 것을 확인할 때의 모습에의 이름일 뿐이었다. 그것이 시간의 진정한 모습이었다.

바로 그 시간의 모습이 방을 가득 채우던 빛을 인공적인 것에서 자연적인 것으로 바꾸어 놓았던 것이다.

그리고 그런 변화만이 그에게 "시간이 흐르고 있다"는 것을 알게 해줄 뿐이었다.

그가 흐른다는 것을 읽어내지 못할지라도, 어쨌거나 시간은 계속 흐를 것이었다.

그리고 결코 멈추지 않을 것이라고,

그는 그렇게 생각했다.

그는 느꼈다,

방 안은 여전히 후덥지근하다고.

창을 통해 들어오는 무지막지한 햇빛이 대기를 빈틈없이 가득 채워놓고 마치 자신이 방의 주인인 양 행세하고 있었다. 그는 방안으로 내리쬐는 그 햇빛으로 미루어 바깥은 안쪽보다 더욱 더울 것이라 생각했다.

어떻게 그런 생각이 자연스럽게 들 수 있었는지는 명확하게 밝힐 수

없었다. 다만 어쩌면 그럴지도 모를 것이라는 예측과 거의 확실하게

맞아떨어질 것이라는 예감이 들 뿐이었다.

그리고 그는 이런 생각을 하고 있었다.

"시간은 흐르고 있고, 온도는 변하고 있다."

바로 그 불변의 진리가 그의 머릿속을 채우고 있는 생각의 전부였다.

그러자 그는 시간과 온도는 변화를 거듭하며 끊임없이 흐르고 있으니,

그 흐름에 맞추어 자신의 행동에도 약간의 변화가 필요하리라는 다소

엉뚱한 생각을 했다.

권태(倦怠)가 느껴졌던 것이다. 그러자 그는 무엇을 하여 어떻게 행동의

변화를 줄지에 대한 막연한 고민을 시작했다.

그러다 아무것도 먹은 게 없다는 것에 생각이 미쳤다.

딱히 허기가 진 것은 아니었다. 사실 허기라는 것이 어떤 느낌인지조차

가물가물했다. 하지만 마지막 식사가 도대체 언제였는지조차 기억나지

않을 정도로 먼 얘기였다는 것은 뚜렷하게 생각났다.

그때, 그는 식사(食事)라는 것도 하나의 습관에 지나지 않은가 하고

생각했다. 여태 아무것도 먹지 않았음에도 아직까지 살아 있다는

자신의 사례가 그 증거가 될 수 있었다. 그렇게 생각하자 본래 생명을

유지하고 건강한 삶을 살기 위함이라 생각되었던 "먹는다"는 그 행위

자체가 다만 생물적으로 내재된 하나의 습관에 지나지 않는 것처럼

여겨졌다.

나아가 그는 인간 중에 "왜 먹어야 하는지" 또 "어째서 먹어야

하는지"에 대하여 한 번이라도 깊은 고민을 해본 자는 없을 것이라고
생각했다.

그 역시 그런 인간이었기에 그런 것에 대해서는 생각해본 바가 없었다.
다만 남들과 같이 먹어왔을 뿐이었다.

그러던 어느새 그는 자리에서 일어나 있었다. 그러자 그에게는 다시 한
번 머릿속에서 흘러가는 생각과 몸의 움직임이 분리되어 있는 것처럼
여겨졌다. 나아가 생각지도 못한 사이 일어났을 뿐 아니라 이내 걸음을
시작한 것은 그 생각에 확신을 더해주었다.

그렇게 움직이던 그의 몸은 커다란 물체 앞에 멈췄다. 가늠할 수 없을
정도로 긴 높이와 자신을 압도할 만한 너비를 지니고 있는 것 같은 그
물체는 엄청나게 커 보였다.

그는 이미 크기에 대한 감각을 잃었기에 그 물체가 "크다."라는 매우
희미한 느낌만 있을 뿐, 그것이 정확히 무엇을 뜻하는지는 몰랐다.

막연하게 "크다."라고 할 수 있을 뿐. 그것이 실제로 큰 것인지, 고개를
돌리자 자신의 눈으로 들어오는 다른 물체들과 비교했을 때 실제로
크기의 차이가 있는지를 도저히 알 수가 없었다.

그래서 그는 "크다는 것은 무엇인가?" 하는 의문을 살짝 품었지만, 이내
그것을 버리기로 했다. 더 이상 아무 신경도 쓰지 않기로 했던 것이
생각났기 때문이었다.

그러는 사이 그의 움직임이 습관적으로 그 물체를 열고 무엇인가를
꺼내어 자신의 손에 들려놓았다는 것을 알아챘다.

그것은 오목한 모습을 하고 한없는 냉기를 내뿜고 있었는데 그 속엔
역시나 알 수 없는 색채의 또 다른 것이 담겨져 있었다.

그는 그것이 음식(飮食)이라는 것을 알고 있었다.

그리고 자신이 음식이라고 알고 있는 그것을 가만히 내려다보았다.

그 동안 그의 머릿속에는 이런 생각들이 꼬리에 꼬리를 물었다.

"이 음식의 이름은 무엇인가?"

"이 음식을 먹는다면 무슨 맛이 날까?"

"이 음식을 입 안에 넣고, 맛보고, 씹고, 삼킨다면 어떤 느낌을 받을 것인가?"

마구잡이로 던져진 질문들이 전혀 자연스럽지 않다는 생각이 들었지만 동시에 아무렇지도 않다는 생각도 들었다.

그는 아무것도 기억나지 않은 것이 자연스럽지 않다는 생각이 들었지만 자신에게 벌어지는 일에 대해 체념하는 중이었기에 아무렇지도 않다는 생각을 할 수 있었던 것이다.

그래서 그는 기억나지 않는 음식의 명칭과 특징에 놀라지 않았고 또 아무렇지도 않았다.

그러나 그것을 어느 곳에 올려놓을 수밖에 없었다.

증상이 그를 괴롭히기 시작하여 더는 그걸 손에 들고 있을 수 없어졌기 때문이었다.

머릿속과 눈앞이 차차 새하얗게 변하는 그 증상의 경험은 다시 만나도 결코 유쾌하다 할 수 없었다.

빨리 그 증상에서 벗어나고 싶었던 그는 어지러워지기 시작한 머리를 세차게 흔들었다. 동시에 휘청거리기 시작했던 몸도 바로 세우기 위해 애썼다.

이윽고 증상은 간데없이 사라졌다. 하지만 그는 몸을 곧추세우는 게

힘들다는 걸 다시 알게 되었다. 분명히 자신의 것이라 여겨지는 몸을
마음대로 통제하는 것은 정말이지 힘든 일이었다.

다행인 것은 증상이 다소 짧아진 덕에 곧 평온을 되찾았다는 것이다.

다시 총명해진 눈으로 그는 재차 음식을 노려보기 시작했다.

잠시 동안의 증상이 모든 것을 확실케 한 것 같았다.

그는 이 음식이 가진 그 명칭(名稱)과 특징(特徵)을 돌이킬 수가 없었다.

이 음식이 지닌 의미가 완전히 퇴색되어 버린 것만 같았다.

그것은 자신에게 아무것도 아닌 것이 되어버렸다고,

그는 그렇게 느꼈다.

그는 생각했다,

"이것은 무엇인가?" 하고.

그는 자신에게 아무것도 아닌 것이 되어버린 그 음식을 도로
집어넣으려고 했다. 그런 그의 눈에는 아까도 보았던 바 있는 "커다란"
물체가 하나 들어와 있었다.

이전에는 습관처럼 열어젖힌 터라 그 물체에의 인지(認知)가
부족했었지만, 지금은 확실히 채워져 있었다. 그 물체는 말도 안 되는
차가움을 내뿜으며 그의 눈앞에 말도 안 되는 크기로 우뚝 솟아 있었다.

이내 그 물체는 그의 눈을 넘어 머릿속으로 들어와서 의문을
유발해댔다.

"이것은 무엇인가?"

"이것을 도대체 뭐라고 부르는가?"

"이것은 도대체 왜 여기에 있는가?"

답을 찾을 수 없는 머리가 깨질 듯이 아파왔다. 두통은 더욱 심화되어 있었다. 그래서 그는 한 손을 머리에 대고, 다른 한 손으로는 몸을 지탱하기 위해 아무 데나 손을 올렸다.

"아무 데나?"

그는 자신이 손을 대고 있는 그 물체를 "아무 데나"라고 표현할 수밖에 없었다.

그 표현에 깜짝 놀라 두 눈을 부릅뜬 그는, 자신의 손이 오른 그 물체를 쳐다보았다.

겉모습은 알 수 있었다. 자신의 손이 올려져 있는 것은 널빤지 같은 모습이었고, 그 밑으론 기다랗게 생긴 무언가가 지탱(支撑)하고 있는 모습이었다는 걸 알 수 있었던 것이다.

분명히 그 모습들은 뚜렷하게 알 수 있었지만, 그것이 무엇인지 또 무어라 불러야 하는지는 도무지 알 수 없었다.

그는 그 물체들이 그곳에 있다는 것만큼은 확실하게 알고 있었다.

다만 그 물체들은 그가 이미 잃어버린 것들로만 표현할 수 있었다.

그는 퍼뜩 고개를 들어 주위를 둘러보았다.

그리고 주변에 존재하는 모든 것이 이상하고 어색하게 보인다는 것을 알게 되었다.

그는 자신의 눈에 들어오는 것을 하나씩 되살리려고 해보았다.

"여기 앉아있는 이것."

"저기 누워있는 저것."

"거기 존재하는 그것."

그가 인지(認知)할 수 있는 것은 딱 그 정도였다.

모든 것들은 이제 완전히 새로운 느낌을 덮어쓰고 있었다. 그리고 그 느낌은 그의 안에 있던 어떤 세계 하나를 완전히 산산조각 냈다. 그래서 그는 이제 그 세계와 대화를 나눌 수 있는 가능성은 완전히 파괴되었다고 생각했다.

그때. 그를 휘감고 있는 건 파괴된 그 세계를 잃었다는 상실감이었다. 상실의 덩어리에서 터져 나오는 끝없는 한기와 그 세계에서 외면당했다는 지독한 고독도 주렁주렁 휘감겨 있었다.

그는 이제는 이름조차 알 수 없는 물건 쪽으로 걸어가, 습관적으로 걸터앉았다. 그 물건에게서 그는 푹신한 느낌 말고는 이름이 무엇인지, 용도가 무엇인지도, 알 수 없었다.

그러다 푹신하게 출렁이는 등허리와 함께 그의 시선이 자연스럽게 아래로 떨어졌다.

그렇게 그의 눈에 들어온 "그것"엔 널찍한 판(板)하나가 있었고, 그 위쪽엔 더 이상 무엇인지 알 수 없는 여러 가지 물체들이 산재(散在)해 있었다.

그는 그 물체들의 실체를 눈으로 보고는 있었지만 머리로 보고 있지는 않았다. 눈으로 들어와서는 곧 머리 바깥으로 튕겨져 나가기 일쑤였기 때문이다.

그는 천천히 손을 뻗어 그 물건들을 하나씩 집어 손에 꼭 쥐어보았다. 마치 촉각으로 그것들에 대한 기억을 살려내려는 듯이 하나하나 아주 정성들여 쥐었다. 어떤 것은 물컹거렸고, 어떤 것은 딱딱했으며, 어떤 것은 차가웠다. 또 어떤 것은 그의 손에서 부러져 버렸다. 그는 부러진 그 물건을 눈높이로 들어 관심 있게 쳐다보았다.

그것은 완연히 일그러져 어딘가 어색하게 생긴 물건이었다. 여전히
명칭이나 특징은 기억나지 않았다. 하지만 자신이 이것을 입에
물었다는 기억이 어렴풋이 찾아들었다. 그래서 입에 물어보았다.
하지만 다음 행동은 전혀 기억하지 못했다. 그래서 얼른 그것을
아무데나 뱉어버렸다.

그제야 그는 또 다시, 자신이 무언가를 잃은 것이 확실하다고 생각했다.

인제 자신이 잃은 것이 무엇인가를 알기위해서, 그것을 표현할 만한
말을 찾아내야 했다.

"과연 이걸 어떻게 표현해야 하는가?"

그렇게 생각을 거듭한 끝에 멋진 말 하나를 찾아냈다.

"이름(名)."

그는 이번엔 물건들의 이름을 잃어버린 것이었다.

물건의 이름을 잃어버리게 되었으니 소리 내어 부를 수도 없었다.

당연히 만져보는 것도 아무런 의미가 없었다.

"어떤 모습을 하고, 어떤 곳에 있는 어떤 것들."

이제 그를 둘러싸고 있는 수많은 물건들은 그에게 이렇게 생각될
수밖에 없었다. 그 외에 그 물건들을 표현할 수 있는 방법이
사라졌으니까.

그 사실에 움찔한 그는 살짝 몸을 뒤척였다. 그러다 자신의 옆에 있는
이름 모를 물체를 엉덩이로 깔고 앉았다.

순간 놀라운 일이 터졌다. 얼마나 떨어진 것인지는 알 수 없지만
그의 눈앞에 존재하는 또 다른 물체가 소리와 빛을 내뿜기 시작했기
때문이었다. 이름도 모를 저 물체가 자신이 알지도 못하는 소리와 빛을

내뿜자, 그 갑작스러운 분출에 그는 어쩔 줄을 몰랐다.

"저것이 이름 모를 괴물(怪物)과 무엇이 다르단 말인가?"

이내 마음을 추스른 그는 그 물체에 대한 기억을 되살려보고자 그것을 뚫어지게 쳐다보았다. 그것의 안쪽에 있는 것의 형태는 완전히 제멋대로 변화했다. 그의 눈이 따라잡을 수 없을 정도로 빠른 속도였다. 그래서 안쪽의 움직임을 파악하는 것은 포기해버렸다.

이후 그의 눈은 바깥쪽을 훑었다. 그래서 그는 그것이 네모지게 생겼다는 것을 알 수 있었다. 그리고 그것이 널빤지 위에 올려져 있다는 것도 알아냈다. 그 네모진 몸통을 받치고 있는 둥그런 모형이 너무나도 초라해 보였다는 생각도 들었다. 그러나 그것이 전부였다. 결국 그가 알아낸 건 고작 그 물건이 실제로 그의 앞에 놓여 있다는 것과 정확한 크기를 알 수 없다는 것과 대략적인 형태가 어떻다는 것뿐이었다.

그리고 또 하나, 그것이 그곳에 존재하고 있다는 사실도 확실히 알 수 있었다.

그는 그것만하면 충분하지 않을까 생각해보았다.

"이름이라는 것이 과연 정말로 중요한 것일까?"

그렇게 생각한 그는 눈으로 자신 앞에 있는 물체를 다시금 바라보았다. 그 물체는 여전히 밝은 소리와 시끄러운 빛을 내뿜고 있었다. 그리고 그 빛은 그의 눈에 뚜렷이 보였고 그 소리는 그의 귀에 뚜렷이 들렸다.

그렇게 그것은 분명히 존재하고 있었다.

이제 그에게는 그것이 그렇게 존재하고 있다는 것만으로도 그 괴물 같은 물체에 대한 설명은 충분한 것만 같았다.

"그것만으로도 충분한 것 아닌가?"

실제로 그는 충분하다고 생각하고 있었다.

뒤이어 "존재만 있다면 이름 따위야 아무래도 좋다."라는 생각이 뒤를
이었다.

그러자 그의 머릿속에 자신이 아무리 많은 이름을 잃어버리더라도,
그것들이 실제로 그 곳에 존재한다는 사실만큼은 변하지 않을 것이라는
확신이 태어났다.

"변하지 않을 것이라면 그것으로 된 것이다."

이렇게 확신한 그는 나아가 근본적으로 "이름이라는 것이 무엇일까?"
하고 생각해보았다.

그리고 이름이 꼭 필요한 것인가에 대해서도 생각해보았다.

"이것. 저것. 그것."

그 정도로도 충분했다. 그러자 존재하는 것이 분명한 저 물건들을 굳이
"언어"라는 쓸데없는 탈을 씌워 "이름"이라는 틀 안에 가두는 것이
오히려 쓸데없이 여겨졌다.

물건들에게 이름이 없어도, 또 있어도 기억나지 않는다고 해서 잘못될
것은 없었다.

그는 자신이 분명히 이름들을 잃었다고 확신했다.

하지만 아무것도 신경 쓰지 않겠다고,

그는 그렇게 생각했다.

17

그는 생각했다,

더 이상 아무런 생각도 하지 않겠다고.

그는 아무것도 신경 쓰지 않으려면, 우선 아무것도 생각하지 않아야
한다고 여겼다.

그럼에도 그는, 지금도 분명히 생각을 하고 있다고 생각했다.

"생각을 하고 있다는 것을 생각하다니."

그렇게 생각한 그는 자신이 많은 것을 잃어가는 지금에도 "생각하고
있다"는 의식만큼은 여전히 남아있다고 확신할 수 있었다.

어째서 "생각"이 남아있는지, 어째서 "생각"을 할 수 있는지는 몰랐지만
분명히 남아있는 그 "생각" 때문에 그는 괴로워서 미쳐버릴 것만
같았다.

그러다 도대체 그 "생각"이라는 것이 무엇이냐 하는 의문 앞에
우두커니 서게 되었다.

그는 방금 겪은 상실이 자신에게 이름 같은 것은 확실히 모르고 단지
실체만으로 그 물건들이 분명히 존재한다는 사실을 알려주었다고
기억했다.

하지만 "생각"은 그러한 물건들과는 달랐다. 실체가 없었다.

거기에서 그는 그 "생각"이라는 것이 정말이지 알다가도 모를 것이라고

생각했다.

모습도, 냄새도, 맛도 움직임도 없는 "생각"은 그 존재자체가 모호했기
때문이었다.

그는 여전히 자신이 "생각"의 그 뚜렷한 존재에 휩싸여 있다고
확신했다. 지금도 생각하고 있는 것을 생각하고 있었다.

그래서 그는 "생각"이란 아무짝에도 쓸모없다는 생각이 들었다. 존재가
분명치도 않은 그 "생각"의 폭풍이 분명히 자신을 한 바탕 휩쓸고
지나가는데도, 나아지기는커녕 오히려 더 괴로워질 뿐이기 때문이었다.

그는 생각이 무력하다고 확신했다. 생각만으로는 아무것도 바꿀 수
없었다.

하지만 그는 그 생각을 버리거나, 잃거나, 사라지게 할 수 없었다.

아무 것이지 않은 생각은 단지 그 자리에 남아 맴을 돌고 있을
뿐이라고,

그는 그렇게 생각했다.

그는 느꼈다,

생각에 휩싸인 자신을 깨트린 소리의 울림을.

무음(無音)이었던 대기가 소음(騷音)으로 차오르자 가만히 있던 그는
습관적으로 주위를 두리번거리기 시작했다. 곧 멀지 않은 곳에서
들려오던 소음을 처리한 것 또한 습관이었다.

이윽고 어렴풋이 느껴지기만 하던 그 소리는 그의 귀에 또 다른 울림의
소리를 내뱉었다.

그것은 사람의 소리였다. 그는 그 목소리를 그냥 가만히 듣고만 있었다.

그 목소리가 만들어내는 진동과 음파를 느끼고 있었다고 하는 편이
더 나을 것 같았다. 분명히 음의 높이와 크기가 천천히 그의 귀로
흘러들어왔다.

그는 그것들을 파악하면 이 목소리의 주인공이 누구인지를 알 수 있을
것만 같아 집중을 퍼부었다. 그래서 그는 지금 듣고 있는 이 목소리의
특징이 얼마 전에 들어봤던 것과 비슷한 것이라는 결론을 이끌어 냈다.

상세한 것은 기억나지 않았지만, 어렴풋하게나마 귀에 익은
목소리였다. 목소리의 정체를 완벽하게 알아내지는 못했고, 또 그럴
수도 없을 테지만 그런 것에 구애받지 않은 그는 서둘러 다음 단계로
넘어가고자 했다.

그는 인간이 뱉는 목소리가 말소리가 되어 의미를 담는 것을 아직
알고 있었다. 그래서 이 목소리가 그에게 어떤 의미를 전하려고 하는
것인지를, 언어를 잃었음에도 불구하고, 특징에 집중해서 들으면 어느
정도 알 수 있을 것만 같다는 생각이 들었다.

그는 귀를 기울여 그 소리가 나오는 곳에 완전히 집중했다. 하지만
그 소리는 너무 현란하게 바뀌고 있었다. 심지어 가만히 듣고 있는 것
자체가 신경 쓰일 정도였다. 신경이 쓰이니 더 이상 집중하고 싶지
않았다. 귀찮아졌다.

하지만 그는 전화를 끊을 수 없었다. 어떻게 해야 하는지를 몰랐던
것이다.

그가 할 수 있는 건 자신이 만들 수 있는 유일한 한 마디의 대응을
해주는 것뿐이었다.

그것은 "네."라는 마술적인 힘을 지니고 있는 지극히 명료한

대답이었다.

「어이. 이제는 연락조차 없네. 이래서야 우리가 당신을 어떻게 믿을
수……」

「네.」

이 말을 내뱉은 직후 상대방 반응은 상당히 놀라웠다. 소리가 끝 간 데
없이 높아져 버렸던 것이다.

「이제 상사의 말을 중간에 끊어먹기까지 하나!」

여태 들었던 소리 중 가장 높고 커다란 소리였다.

여전히 그 목소리에서 느껴지는 것은 아무것도 없었다. 오로지 높이와
크기만이 그가 감지할 수 있는 것이었다.

하지만 그 높고 큰 소리 끝에는 이상하게도 침묵이 찾아왔다.

그는 무언가가 부족했나 싶어 다시 반응을 던져보았다.

「네.」

상대방은 여전히 침묵을 지키고 있는 중이었다.

그는 그 침묵이 자신이 제대로 해냈기 때문이라고 생각했다.

그것이 아니라면 그 높은 목소리 이후에 상대방의 침묵이 이리 길어질
이유가 없었다.

그래서 그는 그 사실을 확고히 하고자, 다시 한 번 대답을 해보기로
했다.

「네.」

이내 그는 자신이 잘못 생각했다는 것을 깨달았다.

갑자기 들려온 새로운 목소리는 여태 그가 들었던 소리 중 가장 높고
컸던 것이었다.

「이제 다시는 보는 일 없도록 하게!」

그는 어쩌면 자신이 완벽한 반응을 돌려준 게 맞는 건지도 모른다고 생각했다.

어쨌든 그 한 번의 소리 이후 완전히 소리가 멎었기 때문이었다.

소리가 멎자, 그는 손에 들고 있던 물건을 놓았다. 사실 그는 자신이 뭔가를 들고 있다는 것도 몰랐다. 갑자기 손에서 무언가가 떨어지는 것을 보고 그러려니 짐작했을 뿐이었다.

소리가 멎고, 손에서 무언가가 떨어져나가자 비로소 그는 모든 상황이 끝났다고 생각했다. 그러자 피로가 뒤를 이었다.

이 피로가 어디에서 비롯된 것인지는 모르겠으나, 분명 엄청나게 피곤했다.

순간, 그는 상대방도 피로를 느끼고 있을까 궁금해졌다.

그리고 아마 상대도 피로를 느끼고 있을 것이라고,

그는 그렇게 느꼈다.

그는 생각했다,

자신이 무언가를 잃었다고.

피어오르는 피로 속에서 그는 무언가 잘못되었다고 생각했다. 그리고 잘못된 것이 자신이 무언가를 잃었기 때문이라고 확신했다.

그래서 "이번에 내가 잃은 것은 무엇인가?"라는 생각에 집중하기 시작했다.

자신이 무언가를 잃었다면 그것은 방금 전의 그 목소리에서 비롯된 것일게 분명한 것 같았다. 그래서 그 상황을 다시 돌려보아야겠다고 생각했다.

그는 인간이 목소리를 만들어 말소리로 전환하는 건 의미를 전하기 위해서라고 생각했다.

하지만 그는 그 목소리의 "변화"만을 알 수 있었을 뿐, "의미"는 전혀 알 수가 없었다.

그는 의미를 알지도 못하는데 목소리의 변화를 느낄 수 있는 것이 신기하게 생각되었다.

"왜 인간은 자신의 목소리에 높이나 크기의 차이를 만드는 것인가?"

그는 그것이 아무런 이유가 없는 것은 아닐 것이라고 생각했고 "다른 무언가"가 더 있을 것이라고 생각했다.

그는 자신이 언어를 의미를 상실했다는 것은 이미 알고 있었다.

그렇기 때문에 이번 상실은 언어가 지닌 "의미"에 관한 것이 아니라고 생각했다.

그렇다면 마지막으로 남은 대화의 그 "다른 무언가"에 관한 것인 게 분명해졌다.

이만하면 상실의 대상은 알아낸 것이나 다름없었다. 이제 자신이 잃은 것을 어떻게 표현하는지만 알 수 있으면 모든 것이 확실해질 참이었다.

"인간이 대화를 통해 전하고자 하는 것 중 의미가 아닌 다른 어떤 것."

"그것을 무엇이라고 할 수 있는가?"

도무지 생각이 나질 않았다. 이미 떨어져 나간 언어가 그에게 표현의 여지조차 남기지 않은 기분이었다.

그러다 문득 자신을 도울 수 있는 것이 아무것도 없다는 생각이 들었다.

그러자 주위가 아득해지고 어지러워졌다. 몸도 떨려왔고 홀로 남겨진 느낌도 들었다.

"홀로 남겨져 있다?"

"홀로 남겨졌다는 것은 무슨 의미인가?"

"홀로 남겨졌다고 느끼는 것은 무엇인가?"

그는 "홀로 남겨졌다"는 것이 바로 언어의 의미이고,

"홀로 남겨졌다고 느꼈다."라는 것이 그가 찾는 해답이라는 것을
눈치챘다.

그는 이제 느낌에 집중하고 있었다. 그러자 느낌은 언어로 증명할 수는
없어도, 표현할 수는 있다는 생각을 언젠가 자신이 했었다는 기억이
찾아 들었다. 분명히 인간들은 느낌을 갖고 있는 것 같았다.

"만약 모든 인간이 그런 것이라면, 대화로써 전하고자 하는 바도
'느낌'이 아닌가?"

그의 머릿속에 그런 확신이 섰다.

자신이 어떻게 "느끼고" 있는가를 상대방에게 알려주는 것.

그것이 말소리의 다른 어떤 것이 아닐까 싶었던 것이다.

그렇게 생각하니 방금 전 대화에서 높고 큰 목소리의 인간은 그에게
자신의 느낌을 전달하려고 했다는 것이 분명해졌다.

그 이유가 아니고서는 목소리의 높낮이와 크고 작음은 필요가 없었다.

그는 이제 자신의 상황에 대한 확신이 들었다.

그는 상대방이 전달하려는 그 "느낌"을 잃은 것이었다.

적어도 그가 자신에게서 느끼는 것에는 이상이 없었다.

홀로 남겨졌다는 느낌을 받았다는 것이 그 증거였다.

결국 그가 잃은 것은 상대방의 감정(感情)이었다.

상대방이 어떤 것을 표출하려던 간에 그 감정이 그에게로 전달되지가

않았던 것이다.

그는 이제 제 아무리 높고 커다란 목소리로 이루어진 대화가 들어온다

하더라도 그것을 소화해낼 수가 없었다.

"이제 나에게는 그런 것들이 의미가 없어졌다."

그에게서는 사실 예전에 감정이 떨어져 나가 있었다.

하지만 그는 그 사실을 기억하지 못했다.

그래서 다시 한 번 자신에게서 감정(感情)이라는 것이 완전히

사라졌다고,

그는 그렇게 생각했다.

그는 생각했다,

바닥이 보이기 시작한다고.

그는 자신에게 남은 것이 없다고 생각했다. 동시에 더 이상 잃을 것이

없다고도 생각되었다. 그리고 또 하나. 남은 것이 없어도, 어떤 것을

잃어도 전혀 불편하지 않다고 생각했다.

하지만 "불편하지 않다는 것"이 "편하다는 것"과 동의어는 아니었다.

그는 자신을 둘러싼 상황을 체념하고 있었지만 분명히 편하지는

않았다.

그는 문득 자신의 상황이 "남"에게 닥쳐온다면, 그 "남"은 이 상황을

편하다고 느낄 수 있을지가 궁금해졌다.

우선 그는 자신이 여태까지 잃은 것들을 "누군가"에게 이야기한다면,

그 "누군가"는 그것을 듣고 분명히 "이게 말이나 됩니까?"라고 되물을

것이라고 생각했다.

그가 잃은 것들은 그토록 말이 안 되는 것이었다.

"말이 되지도 않는 말을 지껄이는데 그 누가 신경이나 쓰겠는가?"

이렇게 생각한 그는 결국 사람들은 분명히 자신이 잃은 것들을, 잃을 수 있다는 사실을 받아들이지 못할 것이라고 여겼다.

그래서 그런 사람들을 생각해보아야 얻어낼 수 있는 건 없다고 제멋대로 결론지었다.

대신에 그는 눈길을 돌려 이미 이름과 특징을 잃고 겉모습만 있을 뿐인 물건 사이를 배회했다. 이제는 이름도 크기도 색상도 명확하지 않은 그 물건들에 대한 느낌조차 희미해져 있었지만, 그것 말고는 할 것이 없었다.

그의 눈에 그것들은 그저 모습인 실체(實體)만을 남겨놓고 있을 뿐이었다.

"저 실체가 저것들의 전부인 것인가?"

그는 문득 실체야말로 모든 것이 아닌가 하는 생각이 들었다.

만약 실체라는 것이 존재의 전부에 불과하다면, 이름이나 크기 그리고 색상 따위의 특징을 갖는 건 모조리 무의미하다 할 수 있을 것 같았다.

그는 어렴풋이 그렇게 믿고 있었다.

그 믿음은 지금 자신의 눈에 들어오는 물건들이, 실체만을 제외하고는 어떠한 의미도 필요 없다는 확신으로 바뀌어 고개를 들었다.

그러자 그는 자신조차 그 실체만을 남기고 사라져 버리는 편이 낫다는 생각이 들었다. 어쨌든 실체가 전부이고 그것만은 남을 테니 말이다.

그런 생각은 그에게 또 "홀로 남겨졌다"는 느낌을 만들어내고 있었다.

이미 자신이 실체만 남겨가고 있는 존재가 되어간다는 건 인정했지만.

그는 "홀로 남겨졌다"는 그 느낌만큼은 인정하고 싶지 않았다.

만약 그것을 인정하고, 나아가 체념하게 되면, 남아있는 실체마저도 잃을 것 같았기 때문이었다. 정작 홀로 남으면 홀로 남은 것을 증오하게 되는 법이다.

바로 그런 느낌이 그를 편하지 않게 만들고 있었다. 동시에 이런 생각도 들었다. 모든 것을 잃어가는 상황에 유일하게 자신의 곁을 지키고 있는 그 고독마저 사라진다면 그것이야말로 실체만 남은 상태가 될 것 같다는 생각이었다.

실체만을 남기고 있는 상황은 인정하지만

단지 실체만 남은 존재가 되고 싶지 않은 역설 속에서,

그는 그렇게 생각했다.

그는 생각했다,

아직 사위(四圍)가 밝다고.

그는 눈에 비치는 실체에 의존해 모든 존재를 판단할 수밖에 없었다.

그런 그는 시간마저도 읽을 수는 없어도 실체가 있다는 것을 확신하고 있었다.

그가 시간을 읽을 수 없다고 해서 시간이 멈춰있는 것은 아니었다.

"적어도 주위가 밝아졌다가 어두워졌다가를 반복하고 있는 것은 눈에 보이지 않는가?"

그럼에도 불구하고 그는 분명히 시계의 시간을 "읽어낼" 수 없었다.

그는 자신이 시간을 읽을 줄 모른다고 해서 다른 사람에게도 시간이

읽혀지지 않는 것은 아닐 것이라고 생각했다.

남들은 분명히 어떤 방법을 통해 시간을 계속해서 읽어나가고 있을 것
같았다.

그들에게는 그 방법이 바로 시간의 "실체"인 셈이었다.

그에겐 바깥의 명도야 말로 시간의 "실체"인 셈이었다.

그렇다면 그들에게는 시간의 실체를 알 수 있는 방법이 분명히
존재하고 있는 셈이었다.

그에게도 나름대로의 시간의 실체를 알 수 있는 방법도 분명히
존재하고 있는 셈이었다.

"그렇다면 내가 잃어가고 있는 것은 실체가 있는 것들인가?"

이 생각 한 줄 때문에 그의 머릿속은 매우 복잡해졌다.

그러나 분명하게도 그가 잃고 있는 건 분명히 눈에 보이지 않는
존재들이었다.

그는 보통 사람들이 알고 있는 시간의 실체는 알 수 없었다. 하지만
주위가 밝아지는 것만큼은 눈에 보였다. 그런 의미에서 그는 읽어낼 수
없지만 분명히 시간의 한복판에 있는 셈이었다.

결국 그는 자신이 시간의 실체를 잃은 것은 아니라고 생각했다.

그에게도 시간의 실체는 있었다. 다만 남들과는 그 시간의 실체를
받아들이는 방법만이 다를 뿐이었다.

그는 자신이 알지 못하는 그 시간을 읽는 방법을 지닌 누군가에게는 그
읽음이 시간의 실체가 되리라고 생각했다.

여기까지 생각하자 그는 하나의 확신을 가지는 데 성공했다.

"내가 잃은 것은 시간의 실체나 존재가 아니다."

"내가 잃은 것은 시간을 읽어내는 방법뿐이다."

그러나 여기까지 생각하고서 그는 솔직하게 아무래도 상관없다고도

생각했다.

시간의 실체나 존재를 잃은 것이든.

시간을 읽어내는 방법을 잃은 것이든.

어쨌든 시간은 무한하게 흘러갈 것이기에.

또한 시간이 흘러도 그는 상황에는 아무런 변함이 없을 것이기에.

그것이 무슨 차이를 자아낼까 싶었던 것이다.

또한 그는 자신이 아마 앞으로도 계속해서 잃어 나갈 것이라고

확신했다.

그리고 앞으로 잃어 나갈 것이 실체이든 방법이든 그게 무슨 차이를

만들어 낼 수 있을까 하고 다시 생각해 보았다.

결국 아무런 차이도 없다고,

그는 그렇게 생각했다.

18

그는 느꼈다,

왠지 모를 현기증에 정신이 아득해지는 것을.

그것을 떨치려 고개를 드니 그는 여전히 이름 모를 것들이 자기 눈앞에

그득히 펼쳐져 있다는 것을 알게 되었다.

하지만 그는 그것들의 실체를 제외한 다른 것은 알 수가 없었다.

또한 눈에 비치는 물체들의 그 실체가 자신의 실체와 어느 정도의

이격(離隔)이 있다는 것을 알 수는 있었다.

그러다 그런 그의 눈에 문득 아무것도 없는 면(面)같은 것이 들어왔다.

아무 무늬도, 아무런 색채도 없는 표면과 그 어떤 특색도 없는 그

형태가 평면처럼 보였다는 것이다.

하지만 그는 심지어 자신이 피워낸 그 표현조차도 믿고 있지 않았다.

스스로 만들어낸 표현에 대한 믿음이 사라졌다는 것을 깨닫자 급격히

그의 내부에서 모든 것이 무의미해졌고 결국 또 다시 아무 생각도

피워내지 않기로 했다.

생각을 더 이어가봐야 얻을 것은 없었고 계속해서 잃어가기만 할

뿐이기 때문이었다.

그래서 그는 무념의 시간을 그저 흘려보내고만 있었다. 그러는 사이

또 다시 주위는 어둑해지고 있었다. 그래서 그는 시간이 흘러가고는

있다고 생각했다. 허나 그렇게 시간이 흘러가고 있는 동안에 그는
여전히 아무것도 하지 않고 가만히 앉아있기만 했다.

그는 자신이 가만히 있었다는 것 자체도 알아채지 못하고 있었다.

만약 그걸 알고 있다고 해도 바뀌는 건 아무것도 없었을 것이다.

그에게는 더 이상 가만히 앉아있다는 것조차도 아무렇지도 않았다.

만약 일어서서 돌아다녔다고 해도 아무렇지도 않았을 것이다.

다만 그는 자신이 숨을 쉬고 있었다고는 생각했다. 공기의 순환이
느껴졌던 것이다. 공기가 도대체 어디로 들어와서 어디로 나가는지는
알 수는 없지만 그 느낌만큼은 분명했다.

하지만 그것은 하나의 생각과 느낌에 불과했다.

실제로 그가 숨을 쉬고 있었다는 것을 증명해줄 것은 어디에도 없었다.

그는 다만 숨을 쉬고 있다고 생각하고 느끼고 있을 뿐이었다.

그 역시 아무런 변화도 가져오지 않는다고,

그는 그렇게 느꼈다.

그는 움직였다,

가만히 있던 몸을 습관과 함께.

그는 의식하지도 못한 채 자신이 어느새, "어느 곳"에 도달했다는
사실을 깨달았다.

위화감에 정신이 들고 시각(視覺)이 명확해지니 그는 얼마 전에도
자신이 지금 서 있는 이 "어느 곳"에 있었다는 것이 얼핏 기억났다.

그러나 그 "어느 곳"에 있게 된 그 움직임의 결과에, 그의 의도(意圖)나
의지(意志) 따위가 묻어 있지는 않았다.

습관이었다. 그는 자신이 습관적으로 그곳에 닿았다는 사실을 믿을
수가 없었다.

하지만 그는 또다시 습관의 힘을 빌려 자신의 앞에 있는 물건을
열었다. 사실 그것을 열 수 있다는 기억조차도 그에게는 희미해져 있는
상황이었다.

그는 그 물건 안에서 꺼내어 자신의 손에 쥐어진 것이 "물"이라는 것
정도는 알고 있었다. 그리곤 아무렇지도 않게 그 물을 마시기 시작했다.

그는 물을 마시고도 아무런 느낌이 들지 않는다는 것이 정상적인
것이라고는 생각하지 않았다. 하지만 그렇다고 해서 그것이 무슨
큰일이라고 생각하지도 않았다.

다만 "그럴 수도 있다"는 것이 그가 지닌 유일한 생각이었다.

그런 생각을 이어나가는 와중에 그의 눈에 무엇인가가 들어왔다.
이름이야 알 수 없지만 방금 자신이 습관처럼 열어 제친 물건의 안쪽에
있는 것이었다.

"그것"은 "그곳"에 존재하고 있는 "무엇"이었다.

그것이 갑자기 왜 그의 눈길을 사로잡았는지는 알 수가 없었다. 하지만
그는 자신이 그것을 손으로 집어볼 수 있을까가 궁금해졌다. 눈에 맺힌
그 형태가 실제로 있기에 가능할 것만 같았다.

생각이 완료되기도 전에 몸이 먼저 움직임을 시작했다. 그의 손이
천천히 뻗어 나가 그것을 만져보고 있었던 것이다. 우선 차갑다는
느낌이 있었다. 손에 열린 차가운 느낌이 있었기에 그는 그것의 존재를
확실히 알 수 있었다. 그러는 사이 거짓말처럼 그의 손에 심지어 그
물건이 들려져 있었다.

그것은 음식(飮食)이었다. 좀 더 자세하게 얘기하면 그 음식이 담긴 그릇이었다.

하지만 그는 그 음식을 어떻게 불러야 할지 모르니 어떠한 표현도 할 수 없었다.

다만 그의 눈에 들어온 음식의 형태는 약간 일그러져 있었다고는 이야기할 수 있을 것 같았다. 그 형태가 어떤 것인지 그는 명확히 알 수 없었다. 그러니 명확한 표현을 할 수도 없었다. 다만 눈에 비친 그 실체가 그렇게 보였기에 그렇다고 짐작하고 있을 뿐이었다.

그는 그것을 어떻게 부르는지는 몰랐지만 그것을 "먹을 수 있다는 것"은 기억이 났다.

그러자 그는 그 "먹는다"는 행위를 해보고 싶었다.

허기가 지는 것은 아니었다. 다만 자신의 눈에 보이는 이 물건의 실체를 자신이 "먹는다"는 행위를 통해 어떻게 변형시킬 수 있을지가 궁금하다는 막연한 생각이 들었다. 그것을 제외하면 그 음식을 먹어야 할 이유는 어디에도 없었다.

그는 음식을 바라보며 자신이 그걸 먹었던 때가 언제였는지부터 기억해보려고 했다.

기억이 날 리 없었다. 만약 기억났다손 치더라도 시간을 알 수 없으니 언제인지를 알 수도 없었을 것이다.

떠오르지 않는 것에 집착할 이유는 없었다.

지금 그에게 중요한 것은 이것을 "먹는다"는 것이었다.

어쩌면 그는 자신이 이 음식을 먹어 보고 싶어 하는 것이 그 맛이 기억나지 않기 때문일지도 모른다고 생각했다. 그는 정말로 그 맛이 궁금해서 먹어보고 싶었던 것인지도 몰랐다.

그래서 그는 이름 모를 물건 위에 앉아 음식을 눈앞에 두며,

그는 그렇게 움직였다.

그는 느꼈다.

이름 모를 음식에서 뿜어져 나오는 냄새를.

그는 우선 음식의 냄새부터 맡아보았다. 어떠한 냄새가 분명히 있기는
했지만 그 냄새가 어떤 것인지는 알 수 없었다. 분명한 건 냄새가
났다는 것이다.

다음엔 손으로 음식을 아무렇게나 쥐어 보았다. 쥐었다기보다는 폈다는
것이 더 맞는 표현일 것이다. 그리고 곧장 자신의 입으로 그 음식을
가져다 넣었다.

이내 그것은 손을 떠나 자신의 입에 들어와 있었다. 입 주위에 축축한
것이 와 닿았고, 곧 그것은 입 안쪽에서도 똑같이 느껴지고 있었다.

뭔가 물컹거리는 느낌도 있었다.

그때. 갑자기 얄팍한 희뿌연 것이 머릿속에서 번졌다.

눈앞도 덩달아 흐려지기 시작했다.

증상이었다. 갑자기 증상이 그를 찾아온 것이었다.

그는 이 증상 속에서는 아무것도 할 수 없다는 것과 이 증상을 어떻게
할 수 없다는 것을 이미 알고 있었다.

그러나 이번엔 신기하게도 입안 가득 들어찬 것의 그 이질감이 증상을
떨쳐내고 있었다.

이전보다 손쉽게 제 정신으로 돌아온 그는 "이제 이것을 어떻게

처리한다?” 하고 생각했다.

당연히 “먹어야” 했다.

그러기 위해서 “이것”을 입에 넣었던 것이 아닌가.

“이것을 어떻게 먹어야 하는가?”

그는 입안에 들어있는 음식을 어떻게 해야 할지를 몰랐다.

분명히 이것을 먹어야 한다는 것은 알고 있었다.

하지만 어떻게 먹어야 하는지는 알 수가 없었다.

일단 아무 맛도 느껴지지 않았다.

어차피 그는 잃어가는 중이었기에 미각(味覺)의 상실 정도야 아무래도
좋았다.

그러나 그가 어찌할 바 모르고 있던 것은 미각의 상실과는 사뭇 달랐다.

그는 일단 음식을 입에서 뱉어내기 시작했다.

입안에 가득 찬 그것들이 호흡을 곤란케 하면서 약간의 구토 증세를
유발했기 때문이었다.

그의 눈에 비친 그것들은 아주 우악스러운 모습으로 하강하고 있었다.

그 토사물을 쳐다보았지만, 그걸 어떤 형태라고 표현해낼 자신이
없었다.

다만 그는 자신의 입에서 느껴지는 그 걸리적거리는 것이 싫어서
입안을 든 것을 모조리 뱉어내야겠다는 생각밖에는 없었다.

그래서 그는 계속해서 모든 것들을 뱉어냈다.

곧 흥건한 액체가 하강을 시작하고 어느 곳에 웅덩이를 만드는 것을
보며,

그는 그렇게 느꼈다.

그는 생각했다,

무언가 이상하다고.

그는 분명히 그렇게 생각하고 또 느꼈다.

여태껏 벌어졌던 모든 일이 이상했지만 이 느낌은 이전과는 사뭇 다른 색다른 것이었다.

그는 음식을 보고서 그것을 먹어야겠다고 생각했었다.

그래서 음식을 입에 넣었다.

그 다음 "어떤 행동"을 해야 한다고 생각했었다.

그러나 바로 그 다음 행동에 대한 확신이 없었다.

"그 다음엔 어떻게 해야 하는 것인가?"

그는 그 다음의 행동을 기억해내기 위해 어떻게든 과거로 돌아가려고 애썼다.

그러자 실로 간단한 "먹는다"는 과정이 그의 눈앞에 그려졌다.

음식을 입에 넣고. 턱관절과 치아를 이용해 씹고. 그 분쇄물을 식도 뒤로 삼키면.

그것으로 "먹는다"는 행위가 완성되는 것임을 그는 기억해냈던 것이다.

분명히 그는 음식을 먹는 과정을 "알고" 있었다. 하지만 "할 수"가 없었다.

"먹을 수" 있다는 것은 알고 있었지만 "먹어 낼 수"가 없었다.

그는 그 사실을 재확인키 위해 한 번 더 음식을 손으로 양껏 퍼들고 입안에 쑤셔 넣었다.

아까와 같은 느낌이 입안에 흥건했다. 이번엔 아까보다 많은 양이 들어왔는지 입이 더 부풀어 있었다.

하지만 변한 것은 아무것도 없었다.

그는 여전히 그것을 "먹을 수" 없었다.

음식은 입안을 가만히 가득 채운 채, 그의 호흡을 방해하고 있었다.

그러니 다시금 헛구역질이 났다. 그래서 음식을 다시 뱉어낼 수밖에
없었다.

아까처럼 입안에 걸리적거리는 잔여물들을 뱉어내는 것도 잊지 않았다.

아까보다 많은 양의 토사물이 그의 입에서 하강하고 있었다.

"먹을 수가 없다."

그는 그 사실에 아연해졌다.

우선 음식을 가져다 입에 넣는 것까진 가능했지만 바로 그 다음인,

"씹는다"는 행위가 불가능했다.

그는 "씹는다"는 행위 자체를 기억하고는 있었다.

기억이 나지 않는 것은 "씹어내기" 위해서 어떤 부분을 어떻게
사용해야 하냐는 것이었다.

음식을 입에 넣고 나서, 아랫니 쪽으로 음식을 모두 이동시킨 뒤.

아래턱 관절을 이용한 상하 운동으로 윗니와 아랫니를 움직여 그
음식을 잘게 부수고.

그렇게 부수어진 음식을 가지고 다음 행동으로 넘어가게 만드는 것.

거기까지가 바로 그가 알고 있는 "씹는다"는 행동이었다.

"알고는" 있었지만 그는 그 행동을 "할 수는" 없었다.

아랫니. 아래턱. 윗니. 그 어느 부위도 움직이지 않았다. 힘을 넣을
수가 없었다.

음식이 들어와 있다는 것에 대한 인식은 분명히 있었다.

하지만 그 음식을 잘게 부수는 방법을 행할 수 있는, 그 능력이

사라져버리니 어쩔 도리가 없었다.

더욱이 "씹는다"는 것이 가능했다 하더라도 그는 음식을 삼켜낼 자신이

없었다.

"삼킨다"는 행위도 마찬가지였다.

만약에 그것을 통째로 삼키기 위해 시도했다고 하더라도 그는 그것이

목구멍을 통과하기 위해 어떤 부위에 어떻게 힘을 주어야 하는지를 알

수가 없었다. 만약 잘게 분쇄되었더라도 마찬가지였을 것이다.

그 "삼키는" 행위를 위한 부분 동작을 아무것도 해낼 수 없었다.

그는 앉은 자리에서 멍한 표정을 짓는 것 말고는 아무것도 할 수

없었다.

방금도 무언가를 잃고 말았던 것이다.

물론 무언가를 잃는 상태가 익숙하지 않은 것은 아니었지만,

이번 것은 여태 잃은 것들과는 그 느낌이 판이하게 달랐다.

이번에 그가 잃은 것은 "씹는다"와 "삼킨다"는 행위 그 자체였다.

"나는 먹는 행위를 완전히 잃어버렸다."고,

그는 그렇게 생각했다.

19

그는 생각했다,

이것이 가능한 일이고 만약 가능하다 하더라도 실제로 벌어질 수 있는
것인지를.

그의 머리는 생각과 함께 계속해서 말을 걸어왔지만, 마음은 단 한
마디의 대답도 돌려주지 않았다.

그 어떤 대답도 존재하지 않기 때문이었다.

그런 그는 어느새 자리에서 일어나선 습관처럼 원래 있던 곳으로 가
앉아 있었다.

그렇게 그는 다시 가만히 앉아있기 시작했다. 이제 모든 움직임은
습관에 맡겨버린 상태였다. 아니. 그럴 수밖에 없었다. 가능한 움직임은
머릿속에 한정되어 있는데 그곳에서 태어나던 움직임에 대한 기억들이
습관처럼 생겨났다가 이내 죽어버리고 말았기 때문이었다.

그 죽음이 반복되니 이젠 자신이 무엇을 기억하고 있는지조차 알 수
없었다.

"이런 상황에서 무엇을 할 수 있겠는가?"

그런 상황에서도 생각은 할 수 있었다.

가끔 그 생각이 기억을 낳아댔고 습관이 그걸 다시 죽여 버렸지만,
그 짧은 기억의 생애에서 그는 자신이 방금 "먹는다"는 행위를

잃어버렸다는 것은 확실히 알 수 있었다.

"먹는다는 행위를 잃어버렸다."

엄밀히 이야기하면 어떤 것을 씹고, 삼키는 방법(方法)을 잃어버렸던 것이다.

하지만 그는 그 행위와 방법의 차이를 알 수 없었다.

그는 지금이라도 다시 음식을 잡고 입에 넣어본다 한들, 자신의 입은 그 음식에 대해서 아무런 반응도 할 수 없을 것 같았다. 오로지 할 수 있는 것이라고는 입 주변이 어떻게 느껴지느냐를 아는 것밖에 없었다.

이미 그는 아무것도 먹을 수 없게 되어 있었다.

어쩌면 그가 먹으려고 시도했던 그 음식만이 그가 유일하게 먹을 수 있는 방법을 잃어버린 주체일지도 몰랐다.

하지만 그는 다른 음식을 먹으려는 그 시도 자체가 내키질 않았다.

다시 시도 해봐야 아무런 변화도 없을 것 같았고.

다시 시도 해봐야 아무런 의미도 없을 것 같았다.

그런 생각이 자라나자 신경 쓰기가 귀찮아진 그는 이내 그 줄기를 잘라버렸다.

줄기를 잘라내자 그는 더욱 완벽하게 음식을 먹을 수가 없는 존재가 되었다.

하지만 그는 그 사실에 대해서 아무것도 거리낄 것이 없었다.

먹을 수 없게 되었다는 것은 그에게 아무런 상관이 없었다.

이제 자신에게 상관이 있는 것은 아무것도 없는 것이나 마찬가지라고,

그는 그렇게 생각했다.

그는 생각했다,

자신이 여태 잃은 것들을 되찾을 방법이 있을까 궁금하다고.

믿기 힘든 것을 상실해버린 경험이 그런 의문을 가능케 한 것이었다.

그래서 그는 무언가를 "잃었다"는 것은 결코 돌아올 수 없는 것을
의미한다고 할 수 있지만 만약 그것을 다시 되찾을 수 있다고
가정하려면, 우선 "그것이 어떤 본질을 지니고 있느냐"를 고민해보아야
한다고 생각했다. 그 본질이라는 것에 따라 되찾을 수 있는 방식이 다를
것이기 때문이었다.

일반적으로, 물건(物件)을 잃어버린다면 그걸 찾을 수 있는 방법은 꽤
많다고 할 수 있다. 그리고 그 방법의 가짓수에 따라 되찾을 수 있는
확률도 달라진다.

하지만 그와 같이 지식(知識)이나 감정(感情) 또는 방법(方法) 따위의
추상적인 것들을 잃어버렸다면 그것을 되찾기 위한 방법은 없는 것이나
다름없었다.

"도대체 어디서 어떻게 그것을 되찾아야 한다는 말인가?"

아무것도 할 수 없는, 자신의 무력한 모습을 그는 발견했다.

그런 그에게, 다른 사람들이 자신의 상황에 놓여있어도 마찬가지일
것이라는 생각이 갑자기 떠올랐다. 그러자 만약 다른 사람들을 그와
같은 상황으로 만들어 놓고 잃은 것을 되찾아보라고 한다면, 그 방법을
정확히 말할 수 있는 사람은 없을 것이라 생각되었다.

결국 그는 자신이 잃은 것들을 되찾는 데는 "실패" 말고 다른 길은
없다는 사실을 깨달았다.

그리고 그것이 자연스러운 일이라고 생각되었다.

그러는 사이 그의 생각은 방법(方法)과 능력(能力)의 사이로 뻗어져
나가있었다.

그는 음식을 눈으로 보아 인지하고, 입안으로 가져다 넣고,
치아와 턱관절로 씹고, 목구멍 뒤로 삼키는, 그 일련의 과정을 즉,
"먹는다"라고 불리는 행위를 과연 "방법"으로 생각해야 할지 아니면
몸속에 내재되어 있는 "능력"으로 봐야할지가 궁금해졌던 것이다.
조금 깊이 생각해보니 "능력(能力)"이 조금 더 옳은 쪽에 가까웠다.
우선 그 능력의 존재를 인정하면 "방법(方法)"은 그 이후에 따라붙는
것이 더 옳다고 생각되었기 때문이었다.

하지만 이제 그에게는 "방법"이든 "능력"이든 간에.
모든 것은 고작 자신이 지니고 있던 "소유"에 지나지 않았었다고
생각할 수 있었다.

비단 자신뿐만 아니라 모든 인간에게 그것은 고작 "소유"의 한 조각에
지나지 않는 것만 같았다.

그런 의미에서 자신은 꽤 많은 것들을 소유하지 못한 상황이 되어
버렸다고,

그는 그렇게 생각했다.

그는 생각했다,

반대로 여겨보자고.

여태까지 잃은 것을 알 수 없다면, 지금까지 남은 것을 알아보는 것도
나쁘지 않을 것 같았다.

그래서 가지고 있는 것이 무엇인가를 고민하던 그는 이윽고 그것조차

그만두고 말았다.

기억(記憶)이라는 것이 도무지 나타날 여지를 주지 않았기 때문이었다.

"이전(以前) 상황을 기억할 수조차 없는데, 어떤 것을 가지고
있었는지를 어찌 알겠는가?"

완전히 녹아 버린 기억들은 마치 처음부터 존재하지 않았던 것처럼
머릿속의 어느 곳에서도 찾을 수 없었다.

기억이 녹아버렸으니 애초에 지니고 있던 것이 무엇이었는가를
알아내는 것도 불가능했다.

하지만 그는 그것이 자신에게 국한된 것은 아닌 것 같았다.

"인간들 중 몇이나 자신이 무엇을 지니고 있는지 제대로 알고 있을까?"

"그들은 자신이 먹을 수 있는 능력을 잃을 수 있다는 것을 알고나
있을까?"

모든 것은 가능성의 문제였다.

그리고 그는 이 세상의 모든 일이 가능하다는 것을 절감하고 있었다.

어디까지 가능한지는 알 수 없지만 지금 그의 상황에선 어떤 것도
가능할 것만 같았다.

"왜 거식증(拒食症)이라는 병도 있지 않은가?"

그는 실제 자신이 앓고 있는 것이 병이라고 해도, 병이 아니라고 해도
상관이 없었다. 정말이지 아무런 상관이 없었다.

어떤 것이라도 잃는 게 가능하게 여겨졌고, 그는 그 가능성을 완전히
절감한 채 체념(諦念)하고 있었다. 어떤 것이든 잃어버리는 것은 가능한
것이었다.

자신의 상황을 체념하는 것만큼 무서운 건 없는 법이다. 그 체념은

"앞으로 무엇을 잃을 수 있을까?"라는 생각의 진행도 아무 의미가 없는 짓으로 만들어 버렸다.

"모든 것을 잃는 것이 가능하다면 어떻게 앞으로 잃을 것을 알 수 있겠는가?"

그 흔한 "그러려니" 하는 예측도 아무런 의미가 없었다.

그러니 할 수 있는 것이라곤 그저 자리에 앉아서 숨을 쉬는 것밖에는 없다고.

그는 그렇게 생각했다.

20

그는 느꼈다,

사위(四圍)가 어둠에 의해 잠식되고 있는 것을.

그는 생각이 꼬리에 꼬리를 물고 머릿속을 지배하다 보니 시간이
흐르는 것조차 알고 있지 못하였다. 그러나 시간은 흘러가고 있었고 그
증거로 주위는 어둠에 물들어가는 중이었다.

그것을 보고 있자니 그는 자신은 가만히 있는데 시간이 대신 움직이고
있다는 생각이 들었다. 그러자 오직 자기 자신만이 아무것도 할 수 없는
유일한 존재라는 것이 확실해졌다.

그런 생각이 들 때마다 홀로 남겨졌다는 느낌이 드는 것이 그리 썩
좋지는 않았다. 그렇게 고독이 느껴지면, 찾아오던 한기(寒氣)도 전보다
더 심해져 있었다.

그때. 다시 증상이 그를 괴롭히기 시작했다.

머릿속이 완전히 흐려졌다. 설명할 수가 없을 정도로 짙게 흐려졌다.
그것이 눈으로 전이되는 데 걸린 시간은 정말 짧았다. 그는 시간을 잴
수 없었지만 느낌으로 어렴풋이 알 수 있었다.

누군가 그에게 그 증상에 대한 호불호(好不好)를 정확하게 설명하라고
하면, 아무런 설명도 할 수 없었을 것이다.

하지만 적어도 그 증상이 "싫다."는 표현정도는 할 수 있을 것 같았다.

그 증상은 자신을 완전히 먹어가며 아무것도 할 수 없는 상황을
내뱉었기 때문이었다.

증상 속에는 정말이지 깔끔하게 아무것도 없었다.

그러나 그마저도 그는 진심으로 아무런 신경도 쓰지 않았다.

이윽고 증상이 서서히 사그라지자, 그는 망막에 형태들이 뚜렷이
잡혀가기 시작함을 느꼈다. 그러나 그것이 내면의 변화를 일으키진
않았다. 다만 눈이 밝아지는 동안, 사위는 완전히 어둠에 잠식되었다는
생각이 들었을 뿐이었다.

그렇게 생각의 바퀴만을 돌리던 그를 움직이게 한 것은 습관이었다.

그는 자신이 움직이고 있다는 것조차도 알지 못했다.

하지만 갑자기 주위가 밝아졌고, 자신의 몸이 다른 곳에 있었기 때문에
움직였다는 것을 알 수 있었다.

어느새 그는 두 발로 굳게 서 있었으며, 손은 조금 올려져 어디론가
향해 있었다. 그는 그 손이 향해 있는 그것을 어떻게 부르는지 기억나지
않았다. 하지만 그것을 다시 누르면 곧바로 자신이 어둠에 잠길
것이라는 것 정도는 알고 있었다.

어둠이 찾아오면 다시 고독해지리라는 것도 알고 있었다.

고독해지면 고통스러워지리라는 것도 알고 있었다.

그렇게 생각하는 동안 그는 또 다시 습관처럼 자리로 돌아가 앉았다.

그것 말고는 아무것도 할 게 없기 때문이었다.

하지만 그때. 아래쪽에서 무엇인가 형용할 수 없는 느낌이 차올라 왔다.

그 느낌을 놓고 그것이 좋은지 싫은지를 굳이 표현하라고 한다면
싫지는 않았다. 그는 눈을 돌려 그 느낌을 주는 물건을 쳐다보았다.

역시 이름 같은 건 전혀 생각나지 않았지만, 방금 움직이기 전까지
자신이 앉아있었던 물건이라는 것 정도는 기억이 났다. 그리고 그
정도면 됐다는 생각이 들었다.

이내 돌린 그의 시선에 비친 바깥엔 완연한 어둠이 가득 차 있었다.

주변 풍경이 얼마 전까지 보고 있던 것과는 완전히 달라졌다.

귀로 들어오는 것들도 얼마 전에 비해서는 턱없이 적어져 있었다.

그는 갑자기 달라진 그 분위기와 소리를 감지하고만 있었다.

그리고 가만히 앉아 그 변화를,

그는 그렇게 느꼈다.

그는 생각했다,

이런 식으로 주위가 어두워지는 것을 "밤"이라고 부른다고.

그것이 바로 "변화"의 모습이었다.

주위의 모든 것을 어둠으로 물들이는 밤의 세계는 언제나 고요함이라는
것도 함께 몰고 들어왔다.

그 고요함이 만들어낸 변화된 분위기 속에서.

그는 무언가를 해야만 할 것 같은 기분이 들었다.

무언가를 밤에 했었다는 생각이 들었던 것이다.

확실하진 않지만 그랬었다는 기억이 있었다.

그러는 사이 자신도 모르게 몸이 저절로 뉘여 있었다.

그때서야 그는 방금 전 아래에서 감지했던 느낌이 "푹신함"이었다는
것을 깨달았다.

그리고 그 푹신함과 밤에 대한 기억의 결합이 그에게 떠올리게 하는

것이 있었다.

그것은 "잠(眠)"이었다.

떠오른 것이 기억으로 바뀌는 순간.

그에게 바깥이 어두워질 때쯤 항상 잠을 잤었다는 확신이 덧대어졌다.

그는 자신뿐 아니라 다른 누구라도 잠은 잘 것이라고 생각했다.

적어도 그는 그렇게 알고 있었다.

하지만 이런 의문이 떠올랐다.

"도대체 '잠을 잔다'는 것은 무엇인가?"

그는 이제 새로운 난간에 봉착했다.

자신이 취해야 할 행동이 "잔다"라는 것은 알 수 있었지만,

도대체 이 "잔다"라는 행위를 어떻게 해야 할 수 있는 것인지를 알 수가

없다고,

그는 그렇게 생각했다.

그는 생각했다,

그것은 행위(行爲)의 문제라고.

그는 행위를 행하려면 도대체 "잠"이라는 것이 무엇인지에 대한

판단부터 내려야 한다고 생각했다.

그러자 예전의 자신이 "잠"이라는 것에 꽤 많은 시간을 할애했던

기억이 났다.

정확하게 그것이 얼마나 많은 시간이었는지 단정 지을 수 없었지만

분명히 그는 "잠"을 잤고 느지막이 깨어났던 기억이 있었다.

"그 '깨어나다'라는 것은 또 무엇인가?"

잠을 자고 난 이후를 뜻하는 것쯤은 기억하고 있었다.

하지만 도대체 그 이후의 어떤 행위를 가리켜서 그렇게 이야기하고 또 그 느낌이 어떤 것이기에 그렇게 이야기하는 것인지에 대해서는 아무런 기억이 나지 않았다.

"잠을 잔다. 잠을 깬다."

그는 그런 말들이 어쩌면 세상이 만들어낸 거짓은 아닐까하고 생각을 해보았다.

그러다 보니 그는 자신의 기억조차 의심하기 시작했다.

그는 "자신이 잠을 자고 있다"는 걸 알고 있는 사람이 과연 얼마나 있을까가 궁금해졌다.

또 만약 누군가에게 "잠은 어떻게 자는 것입니까?"라고 묻는다고 해서 그가 만족할 만한 대답을 들을 수 있는 확률도 거의 없을 것이라고도 생각했다.

결국 "잔다"는 것은 아무도 모르는 것이었다.

또한 "깨어난다"는 것도 알 수 없는 것이었다.

그는 누운 상태에서 몸을 좀 더 펴기 시작했다. 그것은 그가 의식한 행위가 아니라 습관에 의해 제어되고 있는 행동이었다.

길게 펼쳐진 몸은 자신이 누워 있던 물건을 넘어 더 길게 뻗어나가더니 이내 머리 쪽에서 아까 느껴졌던 그 싫지 않았던 푹신함을 느낄 수 있게 했다.

그때. 그는 자신이 왜 이렇게 누워서 몸을 펴고 있는지에 대해 생각하기 시작했다.

그는 어쩌면 "잠은 이렇게 자는 것이다"라고 습관이 자신에게 넌지시 알려주고 있는 것일지도 모른다는 생각이 들었다.

그는 만약 그것이 맞는다면 그 다음엔 어떤 행동을 해야 할지에 대해서도 생각해 보았다.

그러나 역시 아무런 기억이 나질 않았다.

그 순간. 그는 습관적으로 눈이 감겨있다는 것을 알았다. 아무것도 보이지 않았던 것이다.

"나는 왜 눈을 감았을까?"

그는 이 행동이 도대체 무엇을 위한 것인가를 알 수 없었다.

"이렇게 누워서 눈을 감고 있다고 해서 무엇을 할 수 있단 말인가?"

그는 지금 습관이 알려주고 있는 바가 이렇게 누운 채로 눈을 감고 있으면,

"잠을 잘 수 있을 지도 모른다"는 것일지도 모른다고 생각했다.

그 생각은 그를 더욱 혼란스럽게 만들어 주었다.

이제 그는 "잠이 온다"는 것에 관한 생각에 빠져들었다.

"당최 '잠이 온다'거나 '졸리다'는 것은 어떤 것인가?"

"잠이 온다는 것"을 알 수 없으니 그 느낌이 어떤 것인지 알 수도 없었다.

이제 서서히 그에겐 "잠"과 관련된 단어 자체가 아무 의미도 없는 것이 되어가고 있었다.

그래도 약간의 궁금증은 남아있었다.

"잠이 온다는 것"이 무엇을 뜻하는 것이며, 도대체 사람들은 왜 "잠이 온다"고 이야기하는 것인지 그리고 그 "잠이 온다"는 느낌이라는 것이 과연 실제로 존재하기는 한 것인지.

도무지 알 수 없었다. 아무리 되물어봐도 도무지 알 수 없었다.

하지만 그는 누워있는 자세가 편안하다는 것만은 알 수 있었다.

그래서 그 자세로 있기로 마음먹었다.

그대로 누운 그는 자신이 인정하고 있는 이 상황이 가져온 이 상실을 어떻게 표현할지에 대해 생각했고 결국 다음과 같은 결론을 얻었다.

그는 "잠을 자는 방법"을 잃어버린 것이다.

잠을 자는 방법을 잃었으니 그 능력을 잃은 것이나 마찬가지였다.

그는 "잠을 자는 능력"도 잃게 된 것이다.

심지어 "잠이 온다"는 것조차 없었다.

"잠이 온다"는 것이 없으니 "잠을 청할" 수도 없었다.

무엇보다도 "잠을 자고 싶은 욕구" 자체가 없었다.

"내가 마지막으로 잠을 잤던 것은 언제였을까?"

그는 자신에게 이 질문을 계속해서 던져보았지만 아무것도 얻어낼 수 없었다.

그러다 보니 좀 더 근본적인 생각이 맴을 돌기 시작했다.

"나는 여태껏 정말로 잠이라는 것을 자 왔던 것일까?"

그는 이 "잠"이라는 것에 대한 근본적인 질문을 끝없이 던졌지만.

역시나 이 질문에 대해서도 아무것도 알아낼 수 없었다.

그가 알 수 있는 것은 단 한가지뿐이었다.

그 단 한 가지란 "나는 잠을 잃었다."라는 것이라고,

그는 그렇게 생각했다.

4일

21

그는 움직였다,

오랜 시간이 지나고.

잴 수조차 없는 시간이 지나고, 정신이 들자 그는 생각마저 잃어버린
줄로만 알았다.

가만히 누워 한 곳만을 응시하고 있으니 그 어떤 생각도 피어오르지
않았던 것이다.

그는 그저 가만히 있을 뿐이었다. 그러니 아무것도 그에게 다가오지
않았다.

생각조차 감히 범접하지 않던 그런 그를 깨운 것은 하나의 생경한
느낌이었다.

아마 한참이 지나고 나서였을 것이다. 그는 이제 시간에 관한 생각을
단지 "한참"과 같은 희미한 "예상"에 맡길 수밖에 없었다.

하지만 어느 한 곳이 저려오는 그 느낌은 희미하지 않았다.

상냥하면서도, 날카로운 그 느낌은 가만히 있던 그를 득달같이
깨워댔다. 마치 무언가에 부드럽게 얻어맞은 것만 같았다. 저리는
느낌 탓에 깨어날 수밖에 없었던 그는 느릿느릿 일어나 뒷덜미를 살살
주무르며 자세부터 고쳐 앉았다.

그러다 그의 눈에 비친 바깥은 잠식하던 어둠이 썰물처럼 물러나고

어느새 환하게 밝아져 있었다.

그는 그 빛만을 인지한 채, 무신경하게 뒷덜미를 주무르고만 있었다.

뒤이어 다리를 일으키고 나서 한 행동은 기지개를 켜는 것이었다.

왜 켜야 하는지, 왜 켜고 있는지는 전혀 알지 못했다. 다만 남아있던 습관이 자신을 조종하여 그런 움직임을 하게 했다는 모호한 생각만이 그가 알 수 있는 전부였다. 어쨌든 그는 기지개를 켜고 있었다. 그리고 그 움직임에서 어떠한 기분이 느껴졌다. 온 몸의 근육 하나하나가 곧게 펴지는 그 기분을 그는 어떻게 표현해야 할지 몰랐다. 다만 조금 개운한 것 같다고 생각할 수는 있었다.

하지만 그 느낌과 생각은 짧았던 기지개와 함께 자취를 감췄다.

기지개를 마쳤다는 확신이 든 그는 이윽고 두 발을 움직여 천천히 방 안을 서성거리기 시작했다.

이유나 의미는 전혀 없었다.

허나 그 걸음이 습관처럼 켜졌던 기지개와는 달랐던 것은, 스스로 의식한 뒤의 움직임이었다는 것이다. 그래서 그는 의식(意識)적인 움직임조차 항상 이유(理由)와 의미(意味)를 지니고 있어야 하는 것은 아니라고 생각할 수 있었다.

가끔은 그냥 그렇게 하고 싶을 때가 있는 것이다.

오랜만에 발을 뗀 탓인지 그의 불안한 발걸음은 그야말로 제멋대로였다. 이리 갔다, 저리 갔다, 한 걸음조차 제대로 걷질 못했다. 게다가 너무 오래 뉘였던 머리도 어지럽게 흔들리며 몸을 제대로 가눌 수 없게 했다.

그렇게 휘청거리던 그가 느지막이 발을 멈춘 곳은 어느 방 앞이었다.

그의 눈엔 그 방 안에 즐비한 여러 물건들이 또렷이 들어왔다. 당연히 그 물건들이 무엇인지는 몰랐다.

다만 그가 멈춘 이유는 사위가 완전히 밝아진 데 비해 그 방 안만큼은 여전히 어둠에 잠겨있기 때문이었다. 주위와 다른 그 위화감이 그의 눈길에 이어 발길까지 잡아놓았던 것이다.

그는 그 위화감에 저절로 빨려 들어가듯 그 방 안으로 들어갔다.

안으로 들어서자마자 그가 받은 첫 느낌은 "차갑다"는 것이었다. 방금 전까지 밟고 있던 것과는 다른 소재로 만들어진 곳에 발을 디뎌서 그런 느낌이 들었던 것인지도 몰랐다. 다만 그는 방 전체가 분명히 냉철한 차가움을 내뿜고 있는데 비해, 그 안에 즐비한 물건들만큼은 꽤 따스한 모습으로 정갈히 정렬되어 있다고 생각했다.

그는 그런 방 안의 풍경을 마치 처음 보는 듯 신기하게 쳐다보며 조금씩 안쪽으로 더 발을 움직여 보았다.

이윽고 그는 그 방의 중심쯤 되는 곳에 서성이며 습관처럼 위쪽을 바라보았다.

그곳엔 아무것도 없었다.

그래서 무심결에 눈길을 앞으로 옮기며,

그는 그렇게 움직였다.

그는 보았다,

또 다른 자신을.

그는 눈에 들어온 것이 자신의 형상이라는 것은 알 수 있었다.

하지만 그가 어렴풋한 기억 속에서 스스로 그렸던, 자신의 모습과는 어딘가 모르게 다르고 이상하게만 느껴졌다.

헝클어져 제멋대로 뻗어져 나간 머리카락은 더할 나위 없이 지저분해

보였다. 보기 흉하게 퀭해져버린 얼굴 역시 지저분해 보이긴

마찬가지였다. 눈으로 바라본 눈 속에는 생기(生氣)라고 부를 만한 것은

찾아낼 수 없었다. 심지어 실제로 존재하고 있는 것이 분명한 얼굴의

모든 부위 중 자신의 것이라고 생각될 만한 게 하나도 없는 것 같았다.

분명히 자신의 얼굴이지만 모든 것이 너무나도 생경했다.

그는 계속해서 자신의 얼굴을 뚫어져라 응시했다.

그것은 분명히 그가 알고 있지 못하던 자신의 모습이었다.

자신이 알고 있던 모습이라면 이토록 생경하게 보이지는 않았을

것이다.

그는 어쩌면 지금 "거짓된 자신"의 모습을 보고 있는 것일지도

모른다고 생각했다.

하지만 만에 하나 지금 거기 비친 모습이 진정 자신의 것이라면 그는 그

사실에 대해 어떻게 반응해야 할지를 몰랐다.

그 순간. 자연스럽게 생각 하나가 머릿속에 차올랐다.

"나는 도대체 누구인가?"

이것은 어쩌면 세상에서 가장 어려운 질문이었다.

그는 순간적으로 자신의 이름을 물어보았다.

아무 것도 생각나지 않았다. 아무 것도 기억나지 않았다.

그는 자신의 이름조차 생각해내거나 기억해내지 못하고 있었다.

그는 그 자리에서 다른 물건뿐 아니라 자신의 이름마저 잃었다는 것을

확인했다.

뒤이어 자신의 나이, 신분과 같은 신상명세마저 하나도 기억나지
않는다는 것도 확인했다.

"나는 도대체 무엇인가?"

그는 조금 더 나아가 자신을 하나의 물건으로 취급해보았다.

그럼에도 불구하고, 아무것도 돌아오지 않았다.

그러다 자연스럽게 또 다른 질문이 머릿속에 떠올랐다.

"너는 누구인가?"

자신을 자신으로 놓지 않고 남으로 치부해도 대답은 떠오르지 않았다.

그는 자신이 자신일 수 있는 방법이 있을까 싶었다.

만약 그런 방법이 있다면, 지금 그 방법마저 잃은 것이 아닐까도
싶었다.

그러자 자기 자신을 모조리 잃게 되는 것도 시간문제이리라는 생각이
들었다.

그것은 불가능의 심연 속에 묻혀있는 것만은 아니었다.

우선 이 세상에 자신이 누구인지 정확하게 아는 사람이 얼마나
있을까를 생각해보았다.

그의 눈앞에는 그토록 수도 없이 봐온 자신에 대해 세세한 이야기를
해보라고 하면 제대로 이야기해낼 수 없는 다른 사람들의 모습이
그려지고 있었다.

결국 다른 사람이라고 해서 그와 다를 건 없는 것이다.

"자신에 대해서 제대로 알고 있는 인간은 단 한 명도 없을 것이다."

그는 눈에 맺혔지만 도무지 알 수 없는 자신의 모습을 보면서, 그
생각을 확신으로 변모시켰다.

그는 그렇게 서서히 자기 자신을 놓아가고 있었다.

하지만 그것조차 아무렇지 않다고 생각하며,

그는 그렇게 보았다.

그는 보았다,

눈을 조금 내려 아래를.

그곳엔 형용하기 힘든 형태(形態)를 지닌 이상한 물체가 하나 덩그러니
놓여있었다.

그가 알 수 있는 것은 그 물체의 한 가운데에 물(水)이 그득히 담겨
있었다는 것뿐이었다.

그러나 눈에 비친 형태와, 희미하게 남아있던 기억 몇 조각을 합하자 그
물체의 용도(用途)가 오롯이 떠올랐다.

"무언가를 배설(排泄)하는 용도."

그가 바라보고 있는 것은 배설할 때 쓰는 물건이었다.

이름은 기억이 나지 않았지만,

그는 그렇게 보았다.

그는 움직였다,

방 안을 빠져나와 밝은 공간을 거리낌 없이 누비면서.

기왕 움직인 김에 그는 방금 보았던 물체에 가득 차 있던 물(水)의
또 다른 형태를 향해 가보기로 했다. 의식한 뒤의 움직임이 자신의
손에 얹어놓은 물병은 차가운 느낌과 병의 형태를 뚜렷하게 인식하게
해주었다.

그는 물을 "마셔야 한다"는 것을 알고 있었다.

하지만 이미 잃어버린 "먹는다"는 행위와 그 "마신다"는 행위가
분리되어 있는 것인지를 몰랐기에 선뜻 물을 들이키는 것에 두려움이
느껴졌다.

고민하는 와중에 그는 자신이 벌써 그것을 들이키고 있다는 것을
눈치챘다. 그 투명한 액체가 줄어들면서 자신을 채우고 있는 느낌이
있었다.

그는 아직 자신이 "마실 수"는 있음을 확인했다. 그렇다고 해서 바뀌는
건 하나도 없지만.

이내 그는 물을 마시고 다시 돌아와 앉았다. 그리고 언젠가는 주위에
가득한 이 빛들이 어둠으로 바뀌리라 생각하며 여느 때처럼 다시
멍하니 시간을 보내고만 있었다.

그런 그를 갑자기 힘들게 한 것은 자신의 몸에서 느껴지는 것이었다.

그 느낌은 표현할 엄두조차 낼 수 없는 것이었다.

굳이 표현하자면 무언가에 눌린 듯 살살 아파오던 아랫배가 그 밑에
붙은 생식기(生殖器)쪽으로 저림을 전해주고 있는 것 같았다.

더욱이 특별한 것이 있다면 이 느낌은 발전을 할 수 있다는 것이었다.

고통을 수반한 채 발전한 이 느낌은 성기(性器) 부근을 완전히
점령하더니 이내 사타구니 쪽으로 번져갔다.

그는 이 고통이 싫었지만 어찌할 수 없다고 생각할 수밖에 없었다.

분명히 자신의 몸이었고, 몸은 자신에게 구속되어있는 것이었지만,

고통은 그가 통제할 수 있는 범위 밖에 있는 것이었기 때문이다.

그는 끈질기게 버티며 이 고통의 원인에 대해 생각해보기로 했다.

그러나 계속해서 꿈틀거리며 몸을 움직여댈 수밖에 없었다. 도무지 참을 수가 없었던 것이다. 또 그렇게 움직이면 왠지 모르게 이 고통이 조금이라도 줄어들 것만 같았다. 하지만 그 움직임과 고통은 서로 반비례하며 외려 그 저변을 조금씩 넓혀가고 있었다.

그 사이에서 그는 계속해서 생각을 이으려 했지만, 이 알 수 없는 고통이 시시각각 자신의 목을 졸라오고 있음에 괴로워할 수밖에 없었다.

생각의 흐름이 고통에 의해 뚝뚝 끊기고만 있는 것 같았다.

죽을 정도로 괴로워하며,

그는 그렇게 움직였다.

22

그는 느꼈다.

끝없이 계속되는 고통을.

번져나간 고통의 불길은 다리 전체에 아무 감각도 없게 만들었다. 오직

고통만을 남겨놓을 뿐. 그런 다리 근육은 실타래처럼 엉켜 완전히

꼬여버린 것만 같았다.

그는 그 사이에서 고통 이외에도 왠지 모를 고독을 느꼈다. 그 거대한

괴로움 속에 홀로 떨어져버렸다는 느낌이 그를 사로잡았던 것이다.

몸을 점령한 고통과 머릿속을 점령한 고독 때문에 생각은 계속해서

끊어질 수밖에 없었다.

그러한 각박한 상황에도 불구하고 그는 생각이 육체적인 고통에

의해서 끊긴다는 사실 같은 것을 발견하고 있었을 뿐. 자신의 상황을

타파하려는 노력은 전혀 하지 않고 있었다.

사실 어찌할 바를 모르고 있었기 때문이기도 했다.

너무 갑작스럽게 괴로웠던 지라 원인이 무엇인지도 알 수가 없었다.

그때. 그의 눈앞에 각박하게 떠오른 물체가 하나 있었다.

여전히 어떻게 불러야 할지는 기억나지 않았지만, 그 물체의

용도만큼은 떠올릴 수 있었다.

"배설(排泄)."

그 물체의 용도와 아래쪽의 고통이 결합하자 배설이라는 행위가
자연스럽게 떠올랐다.

그러는 중에 고통은 아래쪽을 완전히 점령하고 서서히 위쪽으로
올라오고 있었다.

그는 더 이상 참을 수가 없다고 생각했다.

자리에서 일어나 어떻게든 그 고통을 배설할 참으로 머릿속에 떠오른
물체로 다가갔다.

몸속에 있는 것을 빼내면 그 고통이 사라질지도 모른다는 엉뚱한 생각
때문에 배설을 해보고자 한 것이다.

이윽고 그 물체가 눈에 잡혔다.

그는 그 앞에 곧게 서서 습관처럼 자신의 바지와 속옷을 내리고
생식기를 꺼냈다.

그 순간. 그는 증상에 사로잡히고 말았다.

머릿속과 눈앞이 치켜뜨기조차 어렵게 흐려지고 있었다.

생각을 할 수 없는 것은 물론이고, 눈앞에 보이던 형태들조차 서서히
희미해져 갔다.

곧 몸이 휘청거렸다. 바로 잡을 수가 없었다.

마침내 그곳에 쓰러져 버리며,

그는 그렇게 느꼈다.

그는 느꼈다,

차가운 바닥을.

이전에 그가 느낀 바 있던 차가움이었다.

차가움이 느껴지자 이상하다는 것을 감지한 그의 몸이 반응을 했다.

그래서 우선 머리부터 들어보았다. 그러자 서서히 그 증상이 물러나며 곧 그는 원래 상태로 돌아올 수 있었다.

다시 일어날 수 있는 상태가 되었다는 것을 깨달은 그는 곧바로 몸을 일으켰다.

일어서는데 성공한 그는 천천히 자신의 아래쪽을 내려다보았다. 왠지 모르게 아래쪽에 횡한 느낌이 있었기 때문이었다.

그곳에는 축 늘어진 가여운 자신의 어떤 것이 보이고 있었다. 하지만 자신이 왜 그것을 꺼내놓았는지에 대한 기억이 없었다.

그는 시선을 옮겨 그 앞에 놓여있는 물체를 보았다.

"배설물을 받아내는 물체다."

그는 그것을 보자 자신이 왜 여기에 쓰러져 있었는지가 기억났다.

바로 배설을 하여 고통을 줄여주기 위해 온 것이었다.

그러기 위해 바지를 벗었으니 그 횡한 느낌이 들었던 것이다.

이제 생각을 마쳤으니 행동을 할 차례였다.

그는 습관적으로 물이 가득 찬 곳으로 자신의 성기를 조준하였다.

하지만 아무것도 할 수 없었다.

"할 수 없다."와 "하지 못한다."가 만약 동의어라면 그는 그 둘을 한꺼번에 겪고 있었다.

다행히 자신을 괴롭히던 고통은 간데없이 사라져 있었지만, 그는 자신이 바라던 그 소정의 성과를 이루어내지 못하고 있었다.

단 한 방울의 소변(小便)도 꺼낼 수가 없었다.

그는 자신이 해야 할 행동에 대한 확신은 있지만, 그 방법에 대해선 일말의 확신도 없는 그 느낌을 다시 받았다.

그는 지금 해야 할 것이 몸에서 소변을 꺼내야 한다는 것임은 알고 있었다.

하지만 지금 그 행위 자체가 불가능했다.

소변을 누려면 어떤 자세를 취해야 할 것 같았다.

"그 자세는 무엇인가?"

소변을 누려면 어떤 부분에 힘을 주어야 했던 것 같았다.

"그 부분이란 어디인가?"

소변을 눌 때 어떤 느낌이 들었던 것 같았다.

"그 느낌은 무엇인가?"

이런 질문들이 꼬리에 꼬리를 물고 떠올랐지만 그는 아무것도 가라앉힐 수 없었다.

확실한 것은 단 한 가지에 불과했다.

"나는 소변을 누는 방법(方法)을 잃어버렸다."고,

그는 그렇게 느꼈다.

그는 생각했다,

소변을 누는 능력(能力)도 함께 잃었다고.

그렇게 생각하자 그는 이제 단 한 방울의 소변도 바깥으로 내보낼 수 없는 존재가 되어버렸다. 이미 소변을 어떻게 봐왔던가에 대한 기억도 완전히 사라져 있었다.

그런 그는 우선 천천히 바지를 끌어 올려 아래쪽의 휑한 느낌부터 사라지게 했다.

다시 한 번 자신의 상실에 대해 생각하기 위해서였다.

"소변 누는 것을 잃어버리다니."

그는 그것을 "잃었다"는 사실보다, 그것을 "잃을 수 있다"는 사실이 더 놀라웠다.

그는 지금 자신이 잃게 된 "어딘가에 힘을 제때 넣지 못하는 능력"은 그 부분을 사용할 권리를 잃은 것과 같은 것이 아닐까 싶었다. 그게 아니면 신경계가 그 맡은 바 임무를 소홀히 하고 있거나, 상황이나 환경적 요소에 의해 그 임무 수행 자체가 일시적으로 불가능해진 것일지도 모른다고 생각해보기도 했다.

그러니 무엇이든 가능한 이야기인 것 같이 여겨졌다. 동시에 정말이지 무엇이든 가능할 것 같으니, 그 능력을 잃는 것도 충분히 가능하리라 여겨졌다.

하지만 그렇게 생각해봐야, 아무것도 되돌릴 수 없다는 것을 그는 알고 있었다.

그는 이미 두 번 다시는 소변을 볼 수 없는 사람이 되어 있었다.

이제 그의 몸에서는 그 어떤 배설물도 나오지 않을 것이었다.

그는 방향을 달리하여 어째서 이런 상황까지 오게 된 것인지를 생각을 해보기로 했다.

생각에 저변이라는 것이 있어 그것을 넓힐 수 있다면, 지금 상황보다 그것을 넓혀야 할 적절한 때는 없을 것 같았다.

그가 잃은 것은 조금 정확하게 얘기해서 소변을 누는 능력이었다.

그 능력이 어떤 것인지에 대해 조리 있게 표현하려는 시도는 정말 쓸데없는 것일 것 같아 그만두었다.

대신 소변을 누는 행위가 불능(不能)이 되었다는 사실에 대해서 깊이 생각해보기로 했다.

불능이 가능한 이유는 그가 기억을 할 수 없었기 때문이었다.

그에게서는 소변을 눌 때 어디에, 어떻게, 힘을 주고 또 힘이 들어가는지에 대한 기억이 완전히 사라져있었다.

그는 생물학적으로 신체가 어떻게 소변을 눌 수 있게끔 작동하는지는 몰랐다. 설령, 이런 상태가 아니었다 하더라도 몰랐을 것이다.

다만 습관적으로 신체가 어떻게 소변을 눌 수 있게끔 작동하는지는 어렴풋이 떠올릴 수 있었다.

그래서 그는 "소변을 누어야겠다."라는 목적이 우선되어야 한다고 떠올렸다.

몸에 묶여있던 소변을 풀어준다는 목적은 그에게도 분명했었다. 일단, 거기에는 문제가 없었다.

다음으로 그는 아마 소변을 풀어주기 위해 필수적인 그 일련의 행위들을 해내기 위한, 노력이 있으리라고 떠올렸다.

그는 자신이 이런 생각을 하고 있는 와중에도, 소변을 보기 위해 "노력"하고 있는 누군가가 존재하는 것처럼, 소변을 보려면 어떤 식으로든 "노력"이 필요할 것이라 확신했다.

어찌 보면 그가 상실한 것은 바로 그 "노력"이기도 했다.

그러자 "그런 노력은 태어남과 동시에 지니는 원초적이고 본능적인 것이 아닌가?" 하는 의문이 자연스레 뒤를 이었다. 맞는 것 같았다.

그러자 지금 자신이 그 원초적이고 본능적인 노력을 상실했다는 확신이 들었다.

그가 잃은 것은 바로 그런 깃들이었다.

"원초(原初)적이고 본능(本能)적인 것들."

그는 이제 원초적이고 본능적인 것도 모두 잃을 수 있음을 확실히 깨달았다.

여태 그는 그 누구에게도 소변을 누는 노력을 잃었다는 이야기는 들어본 적이 없었다. 그와 비슷한 얘기조차 그의 귀를 거쳤던 적도 없었다.

하지만 누군가 지금 "실제로 그런 것들도 잃을 수 있느냐?" 하고 물어온다면, 그는 적어도 긍정의 반응은 돌려줄 수 있을 것 같았다.

아니, 확실하게 그렇다고 이야기할 수 있을 것 같았다.

바꾸어 얘기하면 그 원초적이고 본능적인 것들도 잃을 수 있는 하나의 "소유"에 지나지 않았던 것이다.

다음으로 그는 그 원초적인 것을 상실함으로서 자신에게 어떤 결과가 찾아올지를 예측해보기로 했다. 우선, 그는 소변을 눈다는 것이 생명을 유지하기 위해 꼭 필요한 능력임이 틀림없다고 여겼다. 왠지 모르겠지만, 그런 생각이 들었다.

그런 의미에서 이것은 최악의 상실이었다.

"소변을 보지 못해서 목숨을 잃을 수도 있지 않은가?"라는 생각이 들었기 때문이었다.

이때. 그는 처음으로 자신이 죽음을 향해 가고 있다고 생각했다.

하지만 다행히도, 그는 죽음에 대해서도 진심으로 아무렇지도 않게 여기고 있었다.

그에겐 정말 대수롭지 않은 일들의 연속이었다.

가끔 신기하다거나 이상하다거나 궁금하다는 생각이 들었지만 거기서 끝이었다. 굳이 파고들어가고 싶지도, 파고들어가지도 않았다.

그는 다시금 무엇을 잃어가고 있다는 그 상황 자체도, 그래서 죽을지도 모른다는 생각도, 자신에게는 아무렇지도 않다는 걸 확인할 수 있었다.

그 확인조차 아무렇지도 않다고,

그는 그렇게 생각했다.

23

그는 생각했다,

자신이 앉아있다고.

전혀 의식하지 못하던 사이에 그의 몸은 다시 앉아있었다.

자신의 몸이 제멋대로 움직인다는 생각이 들자, 그는 자신이 진짜로

여태껏 몸을 통제했던가에 대한 확신이 없어졌다.

모든 것이 희미하게 여겨질 뿐이었다.

심지어 자신이 지금 생각하고 있는 것조차 모두 희미했다.

그때. 갑작스레 음울한 소리가 주위를 가득 채웠다.

그 소리가 희미한 그를 깨웠다.

적막에 둘러싸인 그 좁은 공간이 활기찬 색의 소리로 가득 찼다면 그도

약간은 기분이 풀렸을지도 몰랐다.

하지만 눅눅한 색의 그 음울한 소리가 대기를 채우자 그는 표현할 수

없을 정도로 기분이 구겨지는 것만 같았다.

그는 그 소리를 조금이라도 빨리 멈추고 싶을 정도로 싫었다. 그래서

힘겹게 몸을 일으켜 두리번거리며 소리의 근원지를 물색하기 시작했다.

이내 멀지 않은 곳에서 그 소리를 찾아낼 수 있었다.

그 소리는 제멋대로 생긴 알 수 없는 소재로 만들어진 작은 물건에서

새어나오고 있었다. 이미 크기에 대한 감각을 잃은 그는 그것이 작다고

생각할 수조차 없었지만, 어느새 쥐어진 그 물건이 그의 손 안에 꽉 들어맞는다고는 생각할 수 있었다.

이번에도 그가 통제하지 못한 행동에 의해 소리가 멎었다.

그러자 그 물건은 이제 다른 높이의 음색을 토해내기 시작했다.

그것은 사람의 목소리였다.

이미 그에게는 이 사람이 누구인지, 무슨 말을 하는지, 어떤 감정을 전달하려 하는지 따위는 전혀 중요하지 않았다. 알 수조차 없었기 때문이었다.

허나, 자신이 어떤 상황이라는 것을 분명히 알고 있음에도, 그 목소리에서는 무언가 다른 것이 느껴져 왔다.

상당히 많이 들었던 것 같은 그 목소리는 그의 귀에 상당히 익숙하게 내려앉았다.

희미하게 바래가던 기억마저도 그 목소리 앞에서 본래의 색을 찾아가고 있는 듯했다.

그는 그 물건을 귀에 조금 더 가까이 갖다 대고, 들려오는 목소리에 집중을 거듭했다.

그것은 마치 아무것도 없는 황량한 대지에 울려 퍼지는 알지 못할 샛노란 색의 향연(饗宴) 같은 느낌이었다.

순간, "어머니다."라고,

그는 그렇게 생각했다.

그는 느꼈다,

피어오르는 확신을.

그 소리가 어째서 확신을 가져다 놓았는지.

그 소리에 어째서 특별한 색감이 느꼈는지.

그런 것에 관해서는 알 수가 없었다.

하지만 그 목소리가 귀에 부드럽게 감겨오는 순간 그는 그 목소리가

어머니의 성대를 거쳤다는 것에 확신이 있었다.

확신에 대한 증명 따위는 전혀 필요치 않았다.

스스로의 확신이 이미 자리 잡혀 있기 때문이었다.

그는 그 목소리가 여태 들었던 다른 목소리들과는 확연한 차이가

있다는 것을 인정했다.

어째서 그런 차이가 있는 것처럼 느껴졌고, 또 그것을 인정하고

있는지는 스스로도 알 수 없었으나, 그 목소리에는 확연히 다른 것이

있었다. 그는 세상의 어떤 언어도 그것을 결코 표현해내지 못하리라

생각했다.

하지만 그 소리들은 여전히 그에겐 아우성 이외에는 아무것도

아니었다.

공허하고 의미 없는 그 소리는 "말"이 되지 않고, "소리"로 넓게 퍼져

고막을 때려대고만 있었다.

허나, 그 목소리는 왠지 모를 뭉클함을 가슴속에 자리 잡게 하였다.

그는 자신이 그렇게 느낄 수 있다는 것이 신기하게 생각되었다.

그러자 어쩌면 그 느낌이 자신의 상황을 변화시킬 수 있을지도

모른다는 생각이 들었다.

그래서 알아듣지 못할 그 목소리에 그는 가만히 귀를 기울이고

집중했다.

그러나 높낮이와 크기가 분명하지 않은 그 따스한 소리에 집중할수록,
그의 마음은 슬픔으로 차가워졌다.

「한 동안 소식이 없기에 연락을 했다. 어찌 살고 있는지가
궁금하더구나. 잘 있겠지만 노파심에 목소리라도 들어야 안심이 될 것
같아서. 잘 지내지?」

그는 순간 자신의 눈언저리가 뜨끈해져 오고 있는 것이 느껴졌다.

상실의 상황으로 발을 들여놓고 나서 처음으로 느끼는 것이었다.

물론 그는 그 느낌이 무엇인지는 몰랐다. 하지만 참을 수 없는 그
느낌은 자꾸만 밖으로 터져 나오려 했다.

그는 그 느낌이 목소리가 만들어내는 "말"의 의미와는 하등의 상관조차
없었다는 것을 알고 있었다.

다만 부드러운 목소리 그 자체가 자신의 가슴속에 알알이 맺혀 어딘가
모르게 찡하게 만들어주는 구석이 있었다.

그는 분명히 그 목소리에서 무언가를 느끼고 있는 중이었다.

「어…… 어……」

그는 어렵사리 소리를 만들어냈다.

그것이 무슨 소리인지 또 어떤 소리인지에 대한 인식은 전혀 없었다.

하지만 무슨 수를 써서든 또 어떤 수를 써서든 소리를 만들어
어머니에게 들려줘야겠다는 일념이 만들어낸 소리에 불과한 것이
입가에 맴을 돌았다.

그 소리는 그에게도 불확실하게 들려 결코 충분하지 않다는 생각이
들게 하는 것이었다.

「목소리가 크게 좋지는 않구나. 혹시나 무슨 일이 있니? 전화로 말하기

힘든 게냐?」

이제 그는 이 "소리"들이 전해주는 그 의미가 궁금해서 미칠
지경이었다.

자신의 가슴을 뛰게 하는 이 소리가 자신의 귀에 그저 목소리로만
흘러들어오는 것에 그친다는 생각이 그의 가슴을 방망이질하며 뚜렷한
반응을 자아내었다.

그런 반응은 그의 가슴에서만 나타나는 것이 아니었다.

눈언저리에서도 느껴지던 그 뜨끈함은 이내 뜨거운 무엇인가를 만들어
자신의 볼에 떨어뜨려대고 있었다.

그는 그 뜨거운 액체의 존재를 느낄 수 있었지만 어떻게 불러야 할지는
몰랐다.

하지만 그 뜨거운 느낌이 특별하다는 것만큼은 알고 있었다.

하염없이 흘러내리는 그것들이 이내 손이나 무릎으로도 떨어지는 것을,
그는 그렇게 느꼈다.

그는 생각했다,

그것들이 떨어지는 것을 속절없이 보고 있을 수밖에 없다고.

하지만 그것을 보고 있는 시야도 이미 정상을 넘어서 있었다.

그의 눈앞은 무언가에 잠겨서는 명울이 진 상태로 그렁대고 있었다.

목에서는 무언가가 걸린 듯 계속해서 가르랑거리는 소리가 흘러
나왔다. 목젖은 계속해서 어딘가에 부딪히길 원하는 듯 앞뒤로
움직이려하고 있었다. 그는 그러한 육체적 반응들을 자신이 어찌할 수
없음을 알고 있었다.

하지만 자신에게 찾아온 이런 반응들을 아직 잃지 않았음에 왠지 모를 감사(感謝)를 느끼고 있었다.

언젠가는 이 반응들도 사라질 것처럼 여겨졌지만, 지금만큼은 이 반응들이야 말로 자신에게 남아있는 전부인 것 마냥 여겨지고 있었다.

「어…… 어……」

그는 다시 한 번 '어'와 같은 아우성 만을 뱉어낼 수밖에 없었다.

자신이 무슨 소리를 하는지 또 어머니가 그것을 어떻게 받아들일지는 전혀 알 수 없었다.

하지만 그는 어떤 식으로든 소리를 만들어 내야만 했다.

꼭 그러고 싶었다.

그랬기에 그는 자신이 쓸 수 있는 모든 힘을 동원하여 그 소리를 만들어 내었다.

그는 잠겨 있을지라도, 스스로의 목으로 소리를 만들어낼 수 있다는 것이 얼마나 감사한 일인가를 깨닫고 있었다.

그래서 그는 끊임없이 그 소리를 생산해냈다.

그러나 그의 목소리는 자신을 사로잡은 그 슬픔에 더욱 깊숙이 잠겨, 끊임없이 죽어버리고 있었다.

그는 이제 그 목소리를 넘어 자신이 하고 싶은 진짜 말을 단 한 마디라도 내뱉을 수 있다면, 자신에게 남아있는 그 어떤 것이라도 내어줄 수 있다고 생각했다.

「안 되겠구나. 목소리에 힘이 하나도 없어 보이는구나. 조만간 게로 한 번 내려가마. 혼자 있다고 해서 밥 굶지 말고 있어라. 여기서 찬거리라도 해서 가지고 내려가마. 혹 먹고 싶은 것은 없니?」

그는 자신의 상황이 원망스러워지기 시작했다.

어머니의 목소리는 계속해서 흘러 들어왔지만, 자신은 아무것도
흘려보낼 수 없다는 사실이 죽을 만큼 원망스러웠다.

게다가 오직 터져 나오는 것이라고는 눈에서 흐르는 액체와 유일하게
만들 수 있는 불명확한 소리뿐이었다는 사실은 그를 비참하게까지
만들었다.

「어…… 어……」

여전히 똑같은 소리만이 입에서 흘러나왔다. 어쩔 수가 없었다. 자신의
상황을 인정하고 체념한 이후로 가장 후회되는 순간이었다.

그 이후 어머니의 목소리는 더 많은 대화를 시도하려고 했다. 하지만
그가 알아들을 수 없는 소리만을 내뱉고 있었을 뿐이라, 이어지지
못하고 계속해서 끊기고 말았다.

그러는 동안에 그는 계속해서 들려오는 그 소리가 남기는 잔상에
속절없이 흘러내리는 그 뜨거운 액체를 바라보고 있었다.

그 멍울진 눈길에 사로잡힌 모든 것이 원망스럽고 비참했다.

그러다 목소리가 완전히 끊겨버리고 말았다고,

그는 그렇게 생각했다.

그는 생각했다,

가만히 앉아 입을 벌리고 앉아있을 수밖에 없다고.

그것 말고는 할 수 있는 것이 아무것도 없었다.

그의 눈가에는 말라비틀어져 버린 허여멀건한 자국이 남아 있었다.

허나 그 순간에도 그는 계속해서 그 목소리를 떠올리고자 필사적으로

노력하고 있었다.

그 목소리가 그에게 가져다 준 것은 실로 엄청났고, 심지어 하나의 경이(驚異)였기에.

그는 그 엄청난 경이의 기억을 쉬이 떠나보내고 싶지 않았다. 계속해서 이어져오던 "생각은 변화시킬 수 있는 것이 없다."는 사실과 비교하면, 그 "목소리 한 번"이 가져온 변화는 훨씬 많았다. 심지어 그의 무릎 언저리에 증발된 액체자국이 증명하듯 물리적인 변화도 있을 정도였다.

이제 그가 궁금해 한 것은 그 변화의 정체였다.

하지만 아무리 머릿속을 뒤져봐도 그것을 표현할 만한 언어가 없었다. 여태껏 그가 느꼈던 것들은 어찌 보면 자신의 머릿속에 달라붙어있던 어떤 기억의 익숙함을 펼쳐내 맡을 수 있었던 향취와 같은 것이었다. 그 기억 중 하나가 그 목소리가 전해주었던 것이었고, 그 향취는 익숙함을 넘어선 울렁거림을 만들어내었던 것이다. 그는 그 기억의 익숙한 향취를 맡은 흔적을 따라가 보고 싶었다.

그런 기억에는 선(線)이라는 것이 있는 것 같았다. 그 기억의 선을 깨금발을 집어서라도 넘어서면 파도와 같은 풍채로 자신을 감싸줄 것이라는 생각이 들었다.

지금 그가 목도하고 있는 것은 그 기억의 선 앞에 남은 무수히 많은 발자국뿐이었다.

그 오목히 패인 웅덩이에서는 어떤 물결도 피어오르지 않았다.

결국 그는 아무것도 기억하지 못했다. 기억이 없으니 느낌은 죽어버리고 말았다.

도무지 제대로 되어가는 것이 없었다. 도무시 세내로 할 수 있는 것도 없었다.

결국 그는 자신이 할 수 있는 것은 아무것도 없다고 결론지을 수밖에 없었다. 그것은 아무리 노력해도 떠오르지 않는 기억 때문에, 그가 내릴 수 있는 유일하고도 슬픈 결론이었다.

이제는 눈가에 붙어있던 감정의 액체조차 메말라 공기 속으로 흩어져 버렸다.

투명한 울림처럼 남아있던 그 부드러운 목소리도 이미 색이 옅어지고 있었다.

다만 남아있는 것이라고는 "홀로 남겨졌다"는 느낌에 대한 확신뿐이었다.

그리고 날씨에 어울리지 않게 그의 몸을 한없이 떨게 하는 그 한기(寒氣)도 남아있었다.

그 둘에 사로잡힌 그는 완전히 퀭해진 모습으로 가만히 앉아만 있었다. 그러면서 그는 혹여 이번에 자신이 어떤 것을 잃지 않았나 하고 생각해 보았다.

육체와 심정에 변화가 있었지만, 그것의 정체를 알지 못한 이유가 어쩌면 자신이 무언가를 잃었기 때문인지도 모른다는 생각이 들었던 것이다.

하지만 그는 도저히 아무것도 기억해낼 수가 없었다. 과거의 기억들이 모두 사라졌으니, 무엇을 잃었는지도 알 수가 없었다. 자신에게서 기억이 멀어졌음을. 기억(記憶)이 사라지고 있음을,

그는 그렇게 생각했다.

그는 생각했다,

그냥 몸을 편안히 뉘이고 싶다고.

하지만 몸을 뉘이면 자신을 감싸던 고독과 한기가 더욱 심해질 것만
같아 머뭇거릴 수밖에 없었다. 그러는 와중에도 먼지 같이 한없이
가벼운 기억은 조금씩 더 자신과의 거리를 벌려가고만 있었다.

아무리 붙잡으려 해도 붙잡을 수 없었다. 아무리 놓으려고 해도 놓을
수도 없었다.

그러자 이제 아무것도 하고 싶지 않았다.

무언가를 보고 있다는 것도, 무언가를 듣고 있다는 것도, 아무런 의미가
없었다.

"기억이 사라지면 아무런 의미도 없어진다."

그런 생각이 들 뿐이었다.

그래서 그는 조용히 눈을 감았고 귀도 닫았다. 이제 아무것도 생각하고
싶지도 않았고, 어떤 것도 느끼고 싶지도 않았다. 그리고 공허(空虛)가
그의 세계를 지배하게 내버려 두었다.

그는 그 비어버린 상황이 오히려 편안하게 느껴졌다.

하지만 저 깊은 한 구석에서 계속해서 꿈틀거리며 올라오고 있는
색(色)이 있었다. 그 색의 정체는 분명치 않으나 분명히 어둠을 밝힐
만큼 밝은 것이기는 했다.

그는 눈을 뜨기 싫어 마음의 눈으로 그것을 구경하려고 했다. 그리고
그는 분명히 보았다. 자신의 마음속에 펼쳐진 눈이 부실 정도로 밝은

그늘을.

그 그늘은 익숙하고도 부드러운 그 목소리로 이미 사라져버린 기억의

한 편(編)을 계속해서 읽어주려 했다. 그 어둠의 그늘 속에서 그는

어머니의 목소리를 듣고 있었다. 그리고 그 그늘에 살포시 몸을 뉘였다.

더할 나위 없는 따스함이 그의 몸에 스며들어 돌아다니기 시작했다.

그는 그곳에서 여태껏 느끼지 못했던 최고의 편안함을 느낄 수 있었다.

마치 그 그늘이 그의 몸에 흡수될 것만 같은 느낌이었다. 그 느낌이

더할 나위 없이 좋았다. 그래서 눈을 뜨고 귀를 연 그는 이제 그

편안한 느낌을 지켜내는 데 모든 것을 걸어보기로 했다. 그것만큼은 꼭

지켜내고 싶었다.

그는 이제 그 느낌과 함께, 재어지지 않는 시간의 숲을 걸어 나가고자

마음먹었다.

그 느낌을 지켜낼 수만 있다면, 그는 앞으로 시간의 숲에서 어떤 충격을

만나더라도, 쉬이 헤쳐 나갈 수 있으리라 확신할 수 있었다.

다른 것은 몰라도 자신에게서 이것 단 하나만큼은 사라지지 않았으면

하고,

그는 그렇게 생각했다.

24

그는 생각했다,

끝없는 고통을.

갑작스레 재발한 고통은 그의 머리에 온통 퍼질러져 마음껏 발길질을
해댔다. 그 발길질의 깊이가 어느 정도인지 그 끝을 알 수조차 않았다.
아픈 곳은 머리뿐만이 아니었다. 사타구니에는 보이지 않지만 시퍼렇게
멍이 들어 있었다. 또한 아랫배에 가해진 타격은 이내 가슴까지 기어
올라와 그의 숨을 가쁘게 하고 있었다. 왠지 모르게 뻑뻑한 느낌의 눈도
자꾸만 따끔거렸다.

그는 자신을 휩싼 그 고통(苦痛)들에 괴로워하며 몸부림쳤다.

하지만 고통 앞에서 할 수 있는 것은 아무것도 없었다. 심이 있는
소리를 지르고 싶었으나 뱉을 수 없었고, 돌아다니고 싶었으나 일어설
수조차 없었다.

그는 다만 고통의 한 중간에 있을 뿐이었다. 그 지독한 고통 속에
들어앉아 있으니 고독도 조용히 그를 감쌌다.

하지만 그는 지키고픈 그 느낌 하나만큼은 아무리 괴롭더라도 놓치고
싶지 않았다.

실제로 그렇게 죽도록 고통스럽고 고독하다가도 어머니에게로 생각이
가 닿으면 눈가가 뜨끈해졌다. 그리고 가끔씩은 그 뜨거운 액체가 다시

볼을 타고 흘러내리기도 했다.

그는 그 흐르는 액체와, 끊이지 않는 고통 속에서 끈질기게 생각했다.

한 번만이라도. 단 한 번만이라도. 그 분을 만날 수 있다면.

그 분의 모습을 이미 틀려버린 자신의 눈에 담을 수 있다면.

더 이상 바랄 것이 없다고.

나아가 그렇게만 된다면 그는 이겨낼 수 있을 것 같았다. 자신을
사로잡은 채 절대로 자신을 놓아주지 않는 이 고통과 고독을.

허나 그가 느낄 수 있는 건 끝없는 고독뿐이었고, 만날 수 있는 건
어두워져 가는 시간뿐이었다.

아무리 기다려도 다른 것은 없었다.

주위는 어느새 어두워져 가는데 자신은 아무것도 할 수 없다고,

그는 그렇게 생각했다.

그는 생각했다,

시간만큼은 무한히 흘러간다고.

사실 흘러가는 시간 따위야 그에게는 아무 상관도 없었다. 하지만
무한히 흘러가는 시간과 비례하여 육체에 머물러 있는 고통은 더욱
그를 조여왔다.

덕분에 이젠 가만히 앉아있는 것조차도 힘들었다. 그래서 그는
몸부림을 쳤다. 움직이고 나니 고통이 약간 사라지긴 했지만 완전히
사라지기는 힘들 것 같았다.

시간이 흘러갈수록 기억은 멀어져갔고, 시간이 흘러갈수록 고통이
더해져갔다. 그래서 시간이 흐를수록 그가 놓치지 않으려던 그 느낌도

서서히 희미해져 갔다. 그런 상황이 당연히 좋을 리 없었다.

하지만 할 수 있는 것이 아무것도 없었다. 포기하는 것만 빼고는.

그렇게 모든 것을 포기하고 있는 동안, 신기하게도 그의 감각기관은

더할 나위 없이 예민해져가고 있었다.

그의 눈에 들어오는 것은 모두 명쾌하게 보였고.

그의 귀로 들어오는 것은 모두 확실하게 들렸다.

저 멀리에서 무언가가 떨어지는 소리까지 잡아낼 수 있을 것만 같다고,

그는 그렇게 생각했다.

그는 들었다,

귀로 떨어지는 소리 하나를.

상당히 메마르고 차가운 소리였다. 아마 바깥에서 난 것 같았다.

게다가 묵직하면서도 어딘가 모르게 가벼운 그 소리는 사람의 발이

계단에서 내고 있는 것임이 그에게 갈수록 분명해지고 있었다.

그가 사는 곳은 도심에서 멀지 않은 데 지어진 자그마한 연립

주택으로 십(十) 층까지 있었기에 승강기가 있었다. 허나 그의 방은

이층에 있었기 때문에 승강기를 이용할 수가 없었다. 그래서 계단을

오르내리는 것은 오로지 그만이 누릴 수 있는 특권이었다. 그는

항상 아무도 없는 텅 빈 계단의 시원함과 함께 걸어 오르내리는 것을

너무나도 좋아했었다.

물론 그때와 지금은 차이가 현격하므로 그가 그것을 기억하고 있을 리

없었다. 하지만 지금 들려오는 소리가 계단에서 나는 소리인 것만큼은

습관적으로 알아차릴 수는 있었다.

"누군가 올라오고 있다."

그렇게 생각하면서, 그는 지금 그 누구도 자신을 방문할 이유가
없다고도 생각했다.

허나 그는 어머니에 대한 희미한 느낌만큼은 꽉 쥐고 있었기에, 계단을
올라오고 있는 발소리가 어머니의 것이라고 속단했는지도 몰랐다.

그러던 사이, 작게만 느껴지던 소리의 진폭이 서서히 커지자 그는
누군가가 자신에게로 다가오고 있음을 더욱 확신했다.

그 발걸음의 주인이 누구인지는 아직 확실치 않았지만, 그는 자신이
속단했던 사람의 얼굴이 그 소리의 끝에 맺혀있기를 간절히 원했다.

게다가 왠지 모르게 그 사람이 들어올 것이라는 근거 없는 확신도
어느새 덧대어져 있었다.

순간 어머니의 목소리와 모습이 그려지면서, 그의 눈언저리에 다시
뜨끈한 것이 아렸다.

하지만 소리는 정말로 느렸다. 그는 소리의 진행이 이토록 더딘 이유를
알지 못했다. 그래도 가까워지는 소리에 귀를 기울이고 있자니, 고통이
서서히 멎어드는 것 같았고, 고독도 사라지고 있는 것 같았다. 그래서
조바심이 났다. 조바심을 내는 만큼, 가슴도 제어가 되지 않을 정도로
떨려왔다.

이토록 가슴이 떨린 적은 처음이었다.

그는 분명히 어머니가 올라오고 있다고 생각했다.

그의 판단으로는 이제 몇 계단 남지 않았다.

곧 저 문이 열리고 자신이 바라는 어머니가 방안으로 들어오면 당장에
다가가 자신이 할 수 있는 모든 것을 보여줄 것이라고 결심했다.

곧 저 차가운 문이 열리고 가슴시리도록 따스한 그 얼굴이 들어온다고
생각하니 심장에까지 소름이 돋을 지경이었다.

"그 얼굴을 보면 이 상황이 모두 사라질지도 모른다."고 생각하며,

그는 그렇게 들었다.

그는 보았다,

소리가 문 바로 앞에서 멈춘 것을.

소리를 눈으로 볼 수 있다는 것은 말도 안 되는 발상이지만, 그는 문
앞에 멈추어 버린 그 소리를 더할 나위 없이 예민해진 시각으로 볼 수
있는 것만 같았다.

그는 거기서 끊겨버린 소리에 적잖이 당황하지 않을 수 없었다.

"왜 멈추는가?"

그는 머릿속을 가득 채운 그 질문 때문에 더욱 감질맛이 났다.

하지만 소리는 완전히 멈춘 것이 아니었다. 이윽고 문을 가볍게
두들기는 소리가 났다. 그는 자신에게 상대방이 들어오기를 청하고
있다는 것을 무의식처럼 알 수 있었다.

어떻게든 소리를 내어 들어오라고 그는 외치고 싶었다. 하지만 어떤
말도 할 수 없을 뿐더러, 지금은 너무 벅차오른 가슴이 목구멍을
먹통으로 만들어 놓았다.

그가 낼 수 있는 소리라고는 단 한마디뿐이었다. 그래서 외쳐보았다.

하지만 그 소리는 그가 듣기에도 너무 작았다.

조금 진정할 필요가 있다고 느낀 그는 어떻게든 평소의 상태로
돌아가려고 애썼다. 하지만 미친 듯이 떨리는 가슴은 그리 쉬이

가라앉지 않았다.

그때. 다시 한 번 문을 두들기는 소리가 났다.

이제는 더 이상 참을 수가 없었다. 당장 어머니의 얼굴이 보고 싶었다.

그래서 그는 뼛속 깊숙이 가라앉아있던 힘을 끌어 모았다.

그리곤 자신이 지를 수 있는 소리 중 가장 큰 소리인 「네.」를 외쳤다.

이윽고 문이 열렸다.

그리고 사람이 들어오는 것을,

그는 그렇게 보았다.

그는 생각했다,

그 문을 통해 들어온 것은 기대와는 전혀 다른 사람이라고.

아무리 그가 많은 것을 잃었다고 해도 어머니의 얼굴까지는 잃었을 리

없었다.

그래서 그는 문을 열고 들어온 얼굴이 어머니의 것이 아니라고 단정

지었다.

어머니라고 하기엔 너무 부족함이 많은 얼굴이었다.

표현할 길은 없지만 내뿜어지는 그 느낌부터가 달랐다.

그가 알 수 있는 건 저 사람이 여자라는 것뿐이었다. 약간은 눈에 익은

얼굴이기도 했다. 어디서, 어떻게 봤는지는 모르겠지만 저 얼굴은

얼핏이나마 본 적이 있는 듯했다. 하지만 그의 기억의 책 자체가 워낙에

헤어져버려 정확하게 펼쳐볼 수가 없었다.

그는 멀뚱히 서서 알 듯, 모를 듯한 그녀의 얼굴을 빤히 쳐다보기만

했다.

그런 그녀는 왠지 모를 수줍은 미소를 띠며 그의 눈을 지그시 마주보고
있었다.

"젠장."

그는 마음속으로 그렇게 욕을 할 수밖에 없었다. 동시에 궁금한 것이
태산이었다.

"도대체 저 여인은 누구이며, 무엇을 위해 나의 방으로 들어오길 원했던
것일까?"

갑자기 머릿속이 어지럽고 가슴속이 답답해졌다.

무엇보다도 가슴에서 타오르며 차오르는 것이 굉장히 고통스러웠다.

「며칠 전에 약국에 지갑을 놓고 가셨더라고요. 지갑 안에 직장 번호가
있어서 전화를 드려봤는데도 답이 없어서. 마침 일하시는 곳에
들러서 전해주려고 했는데 직원 분들이 더 이상 일을 하시지 않는다고
얘기하셔서 무례를 무릅쓰고 주소를 물어보고 왔어요. 잠시 들어가도
괜찮을까요?」

무슨 소리인지 하나도 알아들을 수 없었다.

그는 그녀의 입술이 움직이기에 쳐다보았는데 그것은 마구 바뀌고
있었다.

그 입술의 움직임이 만들어 낸 것이 목소리라는 것 정도는 그도 알고
있었다.

그러나 여전히 그 목소리가 전하려는 의미는 하나도 와 닿지 않았다.

그는 그 말을 듣고도 목석(木石)처럼 움직임도 없이 가만히 서 있었다.

이 상황에 대한 확신이 하나도 없으니, 아무것도 할 수가 없었다.

하지만 순간. 자신도 모르는 사이에 습관적으로 입에서 "네."라는

내답이 튀어나왔다.

어째서 그 말이 그리도 쉽게 튀어나올 수 있었는지는 그 스스로도
모르고 있었다.

그의 말을 들어서인지 그녀는 조금씩 방 안으로 들어오고 있었다. 그는
약간의 주름이 잡힌 그녀의 얼굴을 바라보고 있는데도 멀뚱히 서 있을
수밖에 없었다. 그에게는 모든 것이 의문일 뿐이었다.

그에게 있어 그녀는 막 문간을 넘어 들어오면서, 알아듣지도 못할
목소리를 웅얼거리는 불가사의한 존재일 뿐이었다.

그런 그녀의 존재가 의심스럽다고,

그는 그렇게 생각했다.

그는 보았다,

의심스러운 그녀가 방 안으로 발을 내딛는 것을.

그리곤 조금씩 그의 앞으로 다가오기 시작했다. 그래서 그는 약간
뒷걸음질을 쳤다. 왜 그랬는지는 모르겠지만 몸이 먼저 반응했다.

그런 그의 모습을 보더니 그녀는 얼굴 표정을 바꾸고 또 다시 알아들을
수 없는 목소리를 뱉어내었다.

「아직 안 좋으신가 봐요? 혹시 저번에 사 가신 약은 벌써 다 드셨나요?」

「네.」

그는 자신이 그런 대답을 내뱉은 이유를 알 수 없었다. 그녀를
의심스럽게 여기면서 어째서 긍정의 대답인 "네."를 들려주었단 말인가
하는 생각이 들자, 스스로를 미쳤다고 여기기도 했다.

허나 동시에, 자신이 그토록 빠른 대답을 뱉을 수 있다는 것이 신기하게

여겨졌다. 마치 조건 반사인 것처럼, 그는 자신이 깨닫지 못하는 사이에 무의식적으로 그 따위 소리가 입에서 튀어나가는 것을 듣고 있을 수밖에 없었다.

「아 그러면, 지갑을 드리고 잠시 약국에 가서 도움이 될 만한 약을 좀 갖다 드릴게요.」

알아들을 수 없는 소리와 함께 그녀의 손이 그의 손으로 뻗어왔다. 무엇을 하려는 것인지 알 수가 없었다. 하지만 너무 갑작스럽게 뻗어왔기 때문에 그는 대응을 할 수조차 없었다.

그래서 어느 정도 거리가 가까워진 두 손은 이내 부딪혔다.

그러면서 그녀는 그의 손에다가 이름을 알 수 없는 물건을 건네주려 하고 있었다.

그제야 그는 일종의 방어기제로 손을 빼려고 했으나 그럴 수가 없었다. 그 순간. 갑자기 찾아온 증상에 의해 쓰러졌기 때문이었다. 갑작스러운 만큼 그는 급작스럽게 자빠져 버렸다.

머릿속에서 시작해 눈앞으로 전이되는 그 증상의 속도는 엄청나게 빨라져 있었다. 하지만 그 속도를 머리로 인지하기도 전에 몸이 먼저 반응하고 있었다.

거의 온몸이 바닥과 밀착해 버렸다.

증상은 더욱 심화되어 있었다. 그의 몸은 증상에 의해 완전히 고꾸라져 그 자리에서 주체할 수 없는 떨림을 만들고 있었다. 그 움직임과 떨림이 워낙에 커서 아마 그녀의 눈에는 큰 병을 앓고 있거나, 완전히 미친 인간처럼 보였을 것이다.

그는 증상으로 완전히 쓰러진 것은 처음은 아니었지만 익숙하지도 않았다.

그래서 속절없이 쓰러져 몸을 떨 수밖에 없었던 그가 몸을 일으키게 된 것은 순전히 방 안에 들어와 있던 그녀 덕이었다.

그는 바닥에 쓰러진 순간, 그녀가 깜짝 놀라며 자신의 근처에 왔다는 것을 알아채진 못했다. 하지만 그녀의 손길이 쓰러진 그의 몸에 닿았다는 것은 느낄 수 있었고, 그녀의 그 손길이 자신을 일으키게끔 도와주고 있다는 것도 알 수 있었다.

그러나 자신이 쓰러지게 된 것 자체가 그녀 탓이라고 생각하며,

그는 그렇게 보았다.

그는 생각했다,

일어설 수 있게 된 것은 그녀의 도움 때문이라고.

분명히 일어서긴 했지만, 다리에 힘이 제대로 들어가지 않았다. 게다가 눈에는 아직 희뿌연 것이 끼어있어서 자신이 무엇을 보고 있는지를 명확히 알 수 없었다.

그나마 머릿속이 맑아지며 생각이 조금씩 돌아오고 있다는 것은 다행스러웠다. 그리고 또 하나 뚫려 있는 그의 귀엔 그녀가 아낌없이 힘을 쏟는 소리와, 여전히 알아들을 수 없는 목소리가 들려왔다. 그녀의 등이 그의 어깨로 들어와 꽤 밀착되었던 탓에 무엇이라 명명할 수 없는 그녀의 냄새도 맡을 수는 있었다.

그녀는 그렇게 그를 부축하며 어딘가로 그를 데려가려는 듯 했다. 그리곤 이내 그를 어디론가 던지는 것이었다. 곧 폭신한 어떤 것이 그의 등에 와 닿았다. 그 순간 눈앞의 모든 장막이 걷어졌다.

하지만 고통스러운 한기와 고독은 여전히 남아있었다.

「괜찮으세요? 갑자기 쓰러지셔서 깜짝 놀랐어요. 정확히 어디가
편찮으신 거예요?」

그는 이 상황에 전혀 쓸모없는 알아듣지도 못할 소리나 늘어놓는 이
여자가 빨리 사라졌으면 싶었다.

누군가와 같이 있는 것이 홀로 남겨진 그 느낌을 달래줄 것만 같았는데
그게 아니었다.

「네.」

가쁘게 숨을 몰아쉬며 뱉은 이번 대답은 그가 듣기에도 힘이 없었다.
심지어 들릴락 말락 했다. 그러나 그 대답을 했다는 것에 대해서 그는
단 한 톨의 신경도 쓰지 않고 있었다. 다만 증상이 자신을 이토록
병약하게 할 수 있다는 것 따위를 생각하고 있었을 뿐이었다.

하지만 이내 그는 대답을 잘못했다는 것을 알아챘다.

그녀가 몸을 돌려 나가기는커녕, 외려 몸을 더 밀착하면서 그에게
다가왔기 때문이었다.

「열이 조금 있으시네요. 저번에 드린 약에 해열제도 있었는데. 제가 두
통이나 드렸는데 기억 안 나세요?」

머리에 뭔가 눅눅한 것이 와 닿았다 싶어 보았더니 그녀의 손이었다.
그건 상당히 축축하게도 느껴지고 있었다. 그 느낌이 끔찍하게 싫었다.

그는 지금 이 싫은 상황을 타파하려면 무엇이라도 해야겠다고
생각했다. 그러나 자신이 할 수 있는 것은 극히 제한되어 있다는 것은
이미 알고 있었다.

게다가 지금까지의 경험으로 미루어 봤을 때, 그나마 할 수 있었던

"네."라는 긍정적인 대답은 호전적인 상황을 이끌어내는 데는 실패한 것 같았다.

바로 그 대답으로 인해 그녀가 들어왔고, 자신이 바닥에 쓰러졌고, 그녀의 손이 자신의 이마에 놓여있게 된 것이 아니었던가.

그래서 그는 침묵하기로 했다. 차라리 그게 더 나을 것 같았다. 아니, 적어도 더 나쁘게 될 것 같지는 않았다.

침묵 덕분에 잠시 동안이지만 그는 주위가 고요해진 것을 느낄 수 있었다.

허나 그 고요함은 그녀에 의해 깨져버리고 말았다고,

그는 그렇게 생각했다.

그는 보았다,

그녀의 얼굴을.

그의 눈에 먼저 들어온 그녀의 입술은 또다시 움직이면서 소리를 생산해냈다.

「저기, 혹시 제가 왜 이렇게까지 하는지 아시겠어요?」

아까보다 더욱 가까워진 거리 때문에, 그녀의 얼굴이 확실하게 보이고 있었다. 처음 판단했던 것 보다 더 많은 주름을 지니고 있는 그녀의 얼굴은, 전반적으로 괜찮은 편이었다. 모난 것 없이, 못난 것 없이, 모든 것이 제자리에 있었고, 그 조화가 봐줄 만했다.

그는 그 얼굴을 넘어 아래로 시선을 옮기며 그녀를 더욱 넓게 보고 있었다. 작다고 할 수 없는 가슴과, 잘록하게 들어간 허리와 불룩하게 나온 엉덩이 부분의 선이 아주 매혹적으로 펼쳐져 있었다. 그는 그

상황에서도 그 몸매가 상당히 잘 다듬어진 것이라고 생각했다. 모르긴

몰라도 그 몸매를 가꾸기 위해서 꽤나 노력을 했을 것이라고까지

생각했다.

하지만 그녀의 그 못나지 않은 얼굴과, 잘 가꾸어진 몸매도 그에겐 그저

관찰(觀察)의 대상에 불과했다. 관심(關心)의 대상은 아니었다.

그렇게 그녀를 관찰하고 있는 중에 그녀가 만들어낸 알아듣지 못할

소리가 들려왔다.

아무런 의미를 지니지 못한 그 목소리는 그의 귀에 들어왔지만 이내

튕겨져 나가버렸다.

신기한 것은 그녀의 모습, 소리 그리고 향기를 인식할 수 있음에도

불구하고,

아무것도 느껴지지 않는다는 것이었다.

그걸 신기하게 여겨야 할 이유는 없었지만, 분명히 이상한 구석은

있었다.

아무것도 느낄 수 없는 그녀의 모습만을,

그는 그렇게 보았다.

그는 느꼈다,

귀에 걸리는 그 목소리가 싫다고.

「말이 없으시네요? 혹시 제가 무얼 하고 싶어 하시는 지 아시겠어요?」

이젠 이런 목소리를 내는 그녀의 모습을 보는 것조차도 싫어졌다.

그래서 그는 아예 눈을 감아버렸다.

눈을 감고 나자 침묵도 아무런 도움이 되지 않는다는 생각이 들었다.

침묵을 지켰는데도 그녀는 끊임없이 목소리를 만들 뿐 나가려고 하지는

않았기 때문이었다.

그래서 이번에 내뱉기로 결심한 것은, 아무 말도 할 수 없는 그가

그녀에게 당장 사라지라고 할 수 있는 최대한의 표현이었다.

「네.」

하지만 그녀의 다음 반응은 완전히 색다른 방향으로 전개되었다.

갑자기 그의 입술에 축축한 것이 와 닿았다.

이내 미끈거리는 무언가가 그의 입으로 빨려 들어왔다.

그는 그 느낌이 상당히 거슬리고 이상했다. 아니, 싫었다.

"이게 무슨 느낌인가?"

그가 원하는 것은 단 하나, 그녀가 빨리 이곳을 떠나는 것뿐이었었다.

하지만 원하는 대로 되기는커녕 이상한 것이 느껴지는 중이었다.

그래서 황급히 눈을 떠 보니 그의 입술에 그녀의 입술이 포개어져

있었다.

"그녀는 왜 이따위 짓을 하고 있는가?"

하지만 궁금해 할 새도 없었다.

그녀가 갑자기 옷을 벗기 시작한 것이었다.

그는 당황했다. 이런 행동이 무엇을 의미하는 것인지도 몰랐고, 무슨

느낌을 줄 수 있는 것인지도 몰랐다.

그녀는 당당했다. 그녀는 자신이 할 수 있는 최대한을 지금 그에게

퍼붓고 있는 중이었다.

사실 그녀는 이미 약국에 자주 들르는 오래전부터 말수가 적고 외로워

보이는 이 미남형의 남자를 남몰래 사모하고 있었다. 그래서 지갑을

전해줄 기회를 변명 삼아 그와 사적으로 말이라도 섞어보고 싶었던
욕구를 풀려고 했었다.

하지만 그보다 더한 기회가 생겼다.

갑자기 그가 쓰러졌을 때, 그녀는 분명히 놀랐지만 그런 그를
부축하면서 살이 부대끼자 참을 수 없는 흥분이 밀려왔던 것이다.

그녀는 그 기회를 적극적으로 활용하고 있는 중이었다.

흥분을 더해 그와 몸을 섞을 수 있는 기회가 바로 눈앞에 있었다.

그런 그녀의 손은 당차게 그를 애무하기 시작했다.

그녀는 더욱 흥분하고 있었지만, 그는 더욱 아무런 느낌도 없었다.

그에게는 오히려 그녀의 미지근한 손길이 자신의 몸에 닿으니 아까
사그라졌던 고통들이 불타며 다시 피어나는 것만 같았다.

그는 확실히 그녀를 원하지 않았다.

그녀가 아니라 이 세상에 어떤 여자가 와도 그는 원하지 않았을 것이다.

그런 그가 정말이지 싫은 것은 여기서 싫다는 표현을 할 수 없다는
것이었다.

오히려 마비된 건 무언가를 긍정할 수 있는 부분이 아니라 부정할 수
있는 부분이었던 것이다.

그가 할 수 있는 것이라곤 슬금슬금 자신의 몸을 빼는 것이었다. 하지만
그럴수록 그녀의 손은 더 적극적으로 다가왔다. 그녀의 뼈마디와
살갗은 형용할 수 없을 정도로 불쾌했다.

여태껏 느껴보지 못했던 최악의 불쾌함을,

그는 그렇게 느꼈다.

그는 생각했다,

이제 더 이상 참을 수가 없다고.

그는 그녀의 행동이 도가 지나친지 오래라고 판단했다.

이미 반나체(裸體)가 되어 그의 위에 올라타서는 그의 옷까지 벗기려고
했다.

그가 가장 견딜 수 없었던 것은 그녀가 아직도 방 안에 있다는
것이었다.

그녀가 나체이든, 옷을 입은 상태든, 심지어 살가죽을 전부 벗어버리든,
그런 것은 그에게 아무런 상관이 없었다.

그녀의 몸에서는 아무 것도 느껴지지 않았기 때문이었다.

그저 사람의 몸일 뿐.

그가 그녀에게서 느낄 수 있는 것은 아무것도 없었다.

그래서 그는 이번엔 그녀에게 당장 이곳을 떠나라는 의미로 있는 힘껏
그녀를 밀쳐냈다.

어디서 그런 힘이 솟구쳤는지는 알 수 없었다.

허나 역시 힘이 만족스럽지는 않았다. 그녀는 살짝 밀려나기만 할 뿐
그에게서 완전히 떨어지지는 않았다.

하지만 한참을 움직이던 그녀가 행동을 멈추는 것이 그의 눈에 보였다.

분명히 무슨 변화가 있는 것만 같았다.

그런 그녀는 그의 위에 가만히 올라앉아 지그시 눈을 응시하고 있었다.

그리고는 알아듣지도 못할 또 다른 목소리를 만들어내고 있었다.

「왜 이래요? 이러는 게 싫어요?」

그녀가 반응을 보였으니 그도 반응을 돌려줄 차례였다.

“이번엔 어떤 반응을 해야 할까?”

여태 돌려주었던 “네.”라는 표현과 침묵을 유지하는 방법은 둘 다 역효과만을 내었다.

그래서 고민하고 있던 찰나. 대답 하나가 그의 입에서 습관적으로 새어나갔다.

「네.」

“어쩌자고 이 대답을 한 것인가?”

그는 방금 “네.”라는 대답이 상황을 더욱 악화시켰다는 것을 기억하고 속으로 개탄하고 있었다.

하지만 그녀의 표정이 급속도로 굳어버리는 것이 그의 눈에 들어왔다.

그것은 정말이지 빠른 속도였다. 그러나 뒤이은 그녀의 행동은 더 빨랐다.

재빨리 그의 몸에서 내려와 옷을 주워 입기 시작했던 것이다.

그는 그런 그녀의 행동을 쳐다보고 있을 수밖에 없었다.

그는 지금 현재의 상황에 대해 아무것도 알 수가 없었다.

“도대체 그녀는 왜 그런 행동을 했으며, 나의 대답에 왜 이번엔 저런 행동을 하고 있는 것일까?”

어쨌든 빠르게 본 모습을 갖춘 그녀는 일부러 소리를 만들며 문으로 다가갔다.

그는 거의 옷을 다 챙겨 입은 그녀가 그러고 있는 것을 바라보고 있었다.

이윽고 문의 손잡이를 잡은 그녀는 그에게 날카로운 한 마디를 던지고 큰 소리와 함께 문을 나가버렸다.

순간 그는 두 가지 생각을 할 수 있었다.

하나는 마침내 그녀가 나갔다는 것이고,

또 하난 그녀가 닫고 간 그 커다란 문소리가 아직까지 귀에서 맴돌고

있다는 것이었다.

그제야 그녀가 완벽히 떠났다는 것을,

그는 그렇게 생각했다.

25

___

그는 생각했다,

물리적인 충격이 가해지면 육체적 근육이 충격받지만,

심리적인 충격이 가해지면 정신적 근육이 충격받는다고.

자신의 상태가 꼭 그랬다.

정신적 근육에 충격을 받은 멍한 상태의 그는 옷도 제대로 갖춰 입지

않고 한참을 그 자세로 앉아 있었다.

그녀가 떠나간 당시에는 모르고 있던 것이 하나가 그에게 떠올랐다.

그건 "나는 또 하나를 잃었다."는 것이었다.

그리고 그는 여러 가지 생각 끝에 그것이 무엇인지 알아냈다.

"나는 먹을 수 없다."

"나는 잘 수도 없다."

"나는 성교(性交)를 할 수 없다."

단지 성관계를 맺는 방법이나 능력이 사라졌을 뿐만 아니라,

그녀의 나체를 보고서 아무런 느낌이 없었다는 것으로 미루어,

성욕(性慾)이나 육욕(肉慾)이라고 부르는 것조차 그에게서 사라져

버렸다.

그는 이제 자신에게 남아 있는 것은 아무것도 없다고 확신했다.

다만 끊임없이 흘러가는 공허한 시간만이 대기에 남아 떠돌 뿐이었다.

그 이후 그는 부쩍 바깥을 보는 시간이 많아졌다.

남아있기는 하지만 시간을 읽을 수 없으니, 바깥의 색으로만 시간을

예측하는 것이 습관처럼 굳어진 것이다.

이제 자신의 모든 것은 바깥과 같은 칠흑 같은 검은색이 되었다고,

그는 그렇게 생각했다.

·

그는 생각했다,

아직 자신에게 남은 것이 있다고.

칠흑 같은 검은색의 그에게 남은 것은 생각과 습관이었다.

그것들은 분명히, 아직까지도 그가 가지고 있고, 할 수 있는 것이었다.

"어째서 그 둘만이 나에게 남아있을까?"

그런 생각을 이어나가던 그의 눈에는 주위에 너저분하게 늘어선

사물들의 외관(外觀)이 맺혔다. 그것들은 분명히 눈에 보였고,

머릿속에도 맺혔다. 하지만 이제 그에겐 사물이란 겉모습이 전부였다.

그 겉모습을 보는 것만이 그가 할 수 있는 전부이기도 했다.

그는 그 사물의 본질은 기억이 있어야 알 수 있는 것임을 깨달았다. 그

사물을 수십 번 아니, 수천 번을 보고, "생각"하더라도, 그 사물에 대한

"기억"이 없으면 아무것도 떠오르지 않는다는 것을 알아낸 것이다.

그런 의미에서 기억이 사라진 그에게 생각의 존재란 무용지물이나

다름없었다. 어떤 것을 생각해도 다시는 기억할 수 없을 테니까 말이다.

그는 인간에게 있어서 기억이 그토록 중요하다는 것을 이제야 알게

되었다.

어쩌면 인간이란 기억에 기생하여 살아가고 있는 존재인지도 모른다는

생각마저 들었다.

그렇게 생각할 수 있었던 이유는, 그가 여태 잃은 그 모든 것들이 기억의 오작동에 의한 것으로 여겨졌기 때문이었다.

그는 누군가에게 배워온 것들이나, 처음부터 지니고 태어나는 것들도, 기억할 수 있어야 의미가 있는 것이라고 해도 과언은 아니라는 생각마저 들었다. 기억하지 못하면 아무 의미가 없다는 것을 그는 직접 경험하고 있었다.

하지만 그는 기억이 사라졌다고 해서 그것의 존재마저 사라지는 것은 아니라고 생각했다. 그에게 주위의 모든 사물들은 기억에서 사라졌지만 분명하게도 존재하고는 있었다. 사라지는 건 그가 지니고 있던 기억뿐이었다.

그는 자신의 머릿속에 그리고 몸속에 들러 붙어있던 기억들이 하나씩 지워져가고 잃어가고 있음을 알았다. 그리고 어느 것이 지워지고 잃어간다는 것이 사람을 한없는 실의의 구렁텅이로 밀어 넣는다는 것도 알게 되었다.

예전에 그는 눈으로 볼 수 있는 것을 잃었을 때만 상실했다는 것을 인식하고 깊은 좌절이나 실망에 빠지게 된다고 생각했었다. 하다못해 정성들여 가꾸던 꽃 한 송이가 죽어버려도 몸이 두들겨 맞은 것처럼 아파하는 것처럼.

그런데 그가 잃은 것은 기억이었다. 기억은 눈으로 볼 수 있는 것이 아니다. 그래서인지 그는 여태 막연한 상실감만을 느껴왔을 뿐이었다. 하지만 이제야 눈에 보이지 않는 기억을 잃는 것이야 말로, 눈에 보이는 것을 잃는 것보다 더욱 깊은 상실이라는 걸 그는 알게 되었다. 이제야

과거의 모든 것, 지녔던 모든 것, 기억의 모든 것을 완벽하게 잃어버린

것이 어떤 의미인지를 알게 되었다. 그래서 그는 깊은, 정말로 깊은

좌절과 실망에 숨을 쉴 수 없을 정도로 빠져버렸다.

신기한 것은 기억으로 남지 않더라도 생각만큼은 아직 할 수 있다는

것이었다.

하지만 이미 알아냈다시피 그에겐 생각을 이어 나갈 기억이라는 재료가

부족했기에 그가 피워낸 생각들은 죽은 것이나 다름없었다.

그런 의미에서 생각을 한다는 건, 정말이지 쓸데없는 짓이었다.

그러나 그는 분명히 생각할 수 있었다. 아직도 생각만큼은 할 수

있었다.

어째서 생각만큼은 아직까지 남아있는지가 궁금하다고,

그는 그렇게 생각했다.

그는 생각했다,

눈을 몇 번 깜빡거렸다고.

그 행동이 아무 의미도 없다는 것은 이미 알고 있었다. 하지만 그

행동을 "한 번" 하고 나니 눈을 "여러 번" 깜빡일 수 있다는 사실에 깜짝

놀랐다. 그것은 차라리 하나의 습관이었다. 습관적으로 눈을 깜빡일 수

있는 것이다. 그래도 그는 눈을 깜빡이기 위해 움직여야 하는 신체의

부분들이 분명히 있을 것이라고 생각했다. 지금 그에게 눈꺼풀이나

안구의 근육 따위가 움직여 눈을 신속히 덮었다 떼었다 하는 것만 같이

여겨지듯이.

그는 여태 눈을 깜빡이는 데 어려움을 겪었다는 사람의 이야기를

들어본 적은 없었다.

하지만 자신에겐 불가능하지 않을 것 같았다.

눈을 깜빡이는 움직임을 만드는 방법.

눈을 깜빡이는 움직임을 만드는 능력.

그런 방법과 능력도 전부 기억의 일부였다. 그리고 그는 기억 자체를
잃어가고 있는 중이었다. 그래서 그는 스스로 "눈을 깜빡이는" 기억
자체를 잃고 싶다고 단 한 번만 생각하면, 더 이상 눈을 깜빡일 수 없는
인간이 되는 것도 불가능하지 않을 것만 같았다.

예전에 어려움을 겪었던

두 다리를 이용하여 지면(地面)에 서는 방법과 능력이나, 두 팔을
머리 위로 들어 올리는 방법과 능력이나, 손가락을 아무 의미 없이
까딱거리는 방법과 능력까지도.

마찬가지로 기억으로 이루어진 것들이었다.

그리고 그는 기억을 잃어가고 있었고 또 잃어낼 수 있었다.

그는 이제 자의적(恣意的)으로 모든 것을 "잃어낼 수 있다."고 여기고
있었다.

그리고 그것을 잃어내기 위해서 필요한 것이 바로 "생각"이었다.

"정말 간단하게 한 번만 생각하면 잃어낼 수 있다.

그러면서 그는 생각이 가진 힘이 자신이 파악하고 있던 것보다 훨씬
크다는 것을 깨닫고 있었다. 여태껏 그가 아무런 변화도 만들어내지
못한다고 여기던 "생각"은, 기억을 비롯한 모든 것의 위에 있고, 실제로
엄청난 변화를 가능하게 하는 존재였다.

그런 생각의 존재에 대해 이리도 깊은 고민을 했던 사람은 아무도 없을

것이라고 그는 생각했다. 모든 것을 잃은 자신만이, 오로지 자신만이, 이토록 생각의 존재를 깊이 절감할 수 있다고 생각했다.

그런 그에게 이제 생각의 존재란 "가능하다"는 것과 같게 여겨지고 있었다.

"단 한 번의 생각이면 세상의 모든 것이 가능하다."는 생각이 들었던 것이다.

그것이 개념(槪念)이든, 감정(感情)이든, 능력(能力)이든, 욕구(欲求)든 본능(本能)이든 기억(記憶)이건 간에.

생각만으로 소유하는 것도 가능했고, 상실하는 것도 가능했다.

그래서 그는 지금처럼 모든 것을 잃어가는 것도, 어쩌면 자신이 "모든 것을 잃으리라"고 "생각"했기 때문에 가능했던 것인지도 모른다고 생각했다.

어떤 계기로 이런 상황에 이르게 되었는지는 기억나지 않았지만, 그는 자신이 모든 것을 잃어가는 동안에도 생각만큼은 할 수 있었고, 그 생각만으로 모든 것을 잃을 수 있었다는 게 그 증거였다.

결국 그는 자신에게 생각이 남아있었던 건, 그 "생각"으로 모든 것을 지우라는 숙명적인 이유 때문이라고 생각했다.

하지만, 습관(習慣)만큼은 생각에게서 벗어난 것 같았다.

생각과 습관의 관계는 조금 모호했다.

그는 행동(行動)이라는 것이, 생각을 통해 의식하고서 할 수 있는 행위(行爲)와 생각이 없는 무의식중에 발현되는 습관(習慣)으로 나눠질 수 있다고 생각했다.

행동이라는 결과는 같다 하더라도 그 의미가 완전히 달랐다.

그때. 그는 엉뚱한 생각에 빠져있었다.

습관. 즉, 무의식(無意識)도 자신이 완전히 잃어낼 수 있을까하는
생각이었다.

그는 여태 잃은 것들만 해도 잃을 수 있으리라 상상조차 할 수 없던
것들이었으니, 불가능하진 않다고 확신했다.

무의식과 습관도 분명히 잃어낼 수 있을 것 같다고,

그는 그렇게 생각했다.

그는 생각했다,

생각의 최대 단점은 멈출 수 없다는 것이라고.

행동 같은 움직임은 충분히 멈출 수가 있다. 하지만 어떤 것에 대해
생각을 하는 것은 그만두고 싶어도 그만둘 수가 없었다.

그는 그러한 생각의 단점을 알게 되었지만, 그의 머릿속에서 피어나고
있던 생각의 진행방향이 너무나도 확고한 나머지 신경 쓰지 않고 계속
전진했다.

그에게서 피어나고 있던 생각은 "습관을 사라지게 하겠다."는
것이었다.

"습관을 사라지게 하려면 어떻게 해야 하는 것일까?"

그는 생각에 생각을 거듭했다. 하지만 대답은 그리 쉬이 나타나지
않았다.

그가 여태 잃었던 것은 그가 생각하지 못한 사이에 벌어졌던
것들이었기에 그가 그것을 잃을 수 있는 방법을 모른다는 것은 당연한
것이었다.

그때, 그는 거기에서라도 멈췄어야 했다. 하지만 그의 마음속에

꿈틀거리던 무언가가 뜨거운 숨을 토해내고 서서히 사라지고 있었다.

그는 자신의 내면에서 변화가 일어나고 있다고 느꼈다.

주위가 삽시간에 무(無)로 변해가는 것도 느낄 수 있었다. 가빠진

호흡만이 그 자리에 남아있었다. 세상의 모든 것은 정지했고, 시간조차

흐르고 있다고 생각되지 않았다.

그러면서도 그는 천천히 자신에게서 습관을 지워나가는 생각을 멈추지

않았다.

한 번 시동이 걸린 그 생각은 꺼질 줄 모르고 계속되었다.

여러 장면들이 어둠속에서 떠올랐다가 사라지기를 반복했다.

분명히 그 장면들을 또렷이 보이고 있다고,

그는 그렇게 생각했다.

그는 보았다,

눈을 뜨며.

주변은 그대로였다.

아무것도 변한 것은 없었다.

그는 자신에게는 변화가 있는지가 궁금했지만 확인할 수가 없다는 것을

알았다.

아무것도 할 수 없었다.

그는 자신이 앉아있다는 것을 알고 있었다.

시간이 다시 흘러가는 것 같았다. 주위가 완전히 어두웠기 때문이었다.

안과 밖이 모두 어둠에 잠겨 있었고.

그도 그 어둠의 한 중간에 앉아 있었다.

외면에는 아무것도 없었다.

하지만 내면에서 무언가 일어나는 것을,

그는 그렇게 보았다.

5일

26

그는 느꼈다.

주위가 다시 밝아져 있음을.

자연의 빛이 그렇게 가득 차는 동안에도 그는 가만히 앉아있기만 했다.

그는 빛을 느끼고서야 어두웠을 때 마지막으로 생각이 피어났고,

여태껏 그쳐있었다는 것을 알아챘다.

단 한 조각의 생각조차 없이 그저 앉아있기만 했었던 것이다.

이제 모든 게 완벽하게 굳어버린 것만 같았다.

도대체 얼마 동안 앉아 있었는지조차 알 수 없었지만 이미 자신이

굳어버렸다고 확신한 그는 개의치 않았다.

그러나 기왕 움직이기 시작한 생각의 회전을 굳이 멈추려고도 하지

않았다.

허나, 마땅한 꺼리도 없이 그냥 시작한 생각이었다. 아무리 굴려 봐도

집히는 것이 없었다.

그래서 생각이 아닌 다른 쪽으로 신경을 돌리려고 해도, 눈에 보이고

귀에 들리는 건 언제나와 같은 것들뿐이었다.

그때. 갑자기 찾아온 증상은 가만히 있던 그를 당황케 하기에 충분했다.

모든 것이 다 빠져나가도 자신을 괴롭히는 그 증상만큼은 또렷하게

느낄 수 있었다.

하지만 더 이상. 그 어떤 움직임도 만들 수가 없었다.

가만히 앉은 그는 자신의 머릿속과 눈앞을 물들이는 그 증상을 그저
받아들이고만 있었다.

이전에 그 증상이 찾아왔을 때 있었던 자그마한 움직임조차 만들지
않았다.

다만 증상이 찾아왔을 뿐이라고,

그는 그렇게 느꼈다.

그는 생각했다,

증상 이후에도 아무것도 하지 않았다고.

꼼짝거림 한 번 없이 그는 그저 가만히 있었다.

그제야 그는 이렇게 생각할 수 있었다.

자신에게서 행위(行爲)들이 모조리 사라져 버렸다고.

그리고 행위가 사라졌다는 사실이 아무렇지도 않다고.

바깥에서 들어오는 빛이나, 끊임없이 흘러가는 시간이, 아무렇지도
않듯.

사실 이제 잃어간다는 건 그에겐 아무렇지도 않았다. 아니, 오히려
자연스럽게 느껴졌다.

자연스럽다는 그 생각은 그에게 모든 것을 더욱 확실케 했다.

그가 생각한대로 자연스럽게 몸에 배어있던 습관(習慣)마저 잃어버린
것이 확실했다.

대기의 명도(明度)가 바뀌는 동안 아무것도 하지 않았다는 것과 증상이
그를 감싸는 동안.

단 한 번의 움직임조차 일어나지 않았다는 것이 그 증거였다.

생각이란 이토록 놀라운 것이라고 그는 실감하고 있었다.

"습관마저 잃어버리다니."

그것도 의식하고 있는 동안에.

이제 그는 빠져나갈 수 있는 것은 전부 빠져나갔다고 생각했다.

그래서 더 이상 자신에겐 잃을 것이 남아있지 않다고,

그는 그렇게 생각했다.

그는 있었다,

처참한 모습으로.

바깥에서 바라본 그의 모습은 말 그대로 처참했다.

본격적으로 빠지기 시작한 얼굴 살은 늘어진 채 보기 흉하게 광대에

들러붙어있었다.

양 미간의 끝에 걸려있는 그 생기 없는 눈 주위엔 더러운 것이 덕지덕지

매달려있었다. 제멋대로 빠져나가려다 미처 나가지 못한 눈썹들마저 그

근처에 엉겨있었다.

형용할 수 없는 모습을 한 머리카락들은 얼굴 쪽으로 내려오지 않고

바깥쪽으로 뻗어나가 있었다. 그리고 그 사이에서 보이는 이마의

주름은 자글자글한 파도를 만들며 좌우로 그 세력을 확장하고 있었다.

거뭇거뭇한 것을 넘어선 턱과 코밑의 수염들은 지저분해보이기

그지없었다. 그런 식으로 그의 얼굴은 전체적으로 비참해져 있었다.

꾀죄죄한 옷은 얼마나 입었는지 알 수 없을 정도로 구겨져 있었고,

그가 발을 대고 있는 바닥은 둔덕을 이룬 먼지와 온갖 잡동사니들에

점령당해 악취까지 풍겼다.

아무도 볼 일은 없었겠지만 누가 봤다면 동정의 눈초리를 다시 한 번
보내주었을 것이 분명할 정도로 처참하고 비참한 모습이었다.

그는 그런 모습을 하고 가만히 존재하고만 있었다.

그런 그에게 "어쨌든 나는 존재하고 있다."라는 생각이 찾아 들었다.

외면의 상태가 어떻든 상관할 건 없었다.

그는 진심으로 아직은 자신이 존재하고 있다는 것은 확인했다.

그저 존재한 채,

그는 그렇게 있었다.

그는 생각했다,

아무런 행동(行動)도 하지 않았다고.

그는 분명히 존재하고 있었지만, 단 한 번의 움직임도 만들지 않았다.

그리고 그렇게 있는 것이 이상하지조차 않았다.

오히려 "움직이지 않는다는 것이 무에 그리 이상하겠는가?"라는 생각이
들었다.

또한 그는 움직이지 않는다는 것이 가만히 있다는 것과 같은 말이라고
생각했다.

그래서 "가만히 있다는 것도 이상한 것은 아니잖은가?"라고도
생각했다.

그는 완벽하게 체념하고 있었던 것이다. 그와 동시에, 그에게서 모든
움직임은 완전히 사라져 버렸다.

체념을 통해 무의식에서 비롯된 습관이 사라져버리고, 이상할 것이

없다는 생각이 들자,

자신에겐 더 이상 그 어떤 움직임도 필요가 없어져 버렸기 때문이었다.

그는 행위(行爲)와 행동(行動) 그리고 습관(習慣)을 비롯한 모든

움직임을 잃어버렸다.

이제 그는 움직이고 싶어도 움직일 수 없게 되었다.

하지만 그 사실이 정말이지 아무렇지도 않았다.

"움직일 수 없다는 사실이 어떻단 말인가?"

그는 실제로 그렇게 생각했다. 그리고 모든 것은 생각하기 나름이었다.

그는 자신이 잃어가던 과정도 마찬가지라고 생각했다.

처음에는 어떤 것을 잃었다는 사실에 전전긍긍하며 어쩔 줄 몰라

하다가도, 스스로 그것을 아무렇지도 않은 것이라고 치부하니 진정

아무렇지도 않았던 것이다.

즉, 아무렇지도 않다는 생각을 머릿속에 창조(創造)할 수만 있다면, 그

어떤 불가사의한 일이라도 정말로 아무렇지도 않게 여길 수 있었다.

그리고 아무렇지도 않게 여길 수 있다면, 진심으로 아무렇지도 않다고

"믿을 수 있는" 데까지 필요한 건 단 한 걸음이면 충분했다.

그래서 그는 이제 텅 비어버린 자신의 모습이 아무렇지도 않다는 것을

믿을 수도 있었다.

진심으로 자신이 아무렇지도 않음을 믿을 수 있다고,

그는 그렇게 생각했다.

그는 생각했다,

마지막을 맞으리라고.

텅 비어버린 것이 아무렇지도 않다고 믿은 그는 서서히 마지막을
생각하고 있었다.

당연하다는 듯, 자신에게 곧 마지막이 찾아오리라는 확신이 들었던
것이다.

그 마지막에 대한 생각은 스스로 창조해낸 것이었다. 다른 누군가가
가르쳐 준 것도 아니고, 태어나면서부터 억지로 지니고 난 것도 아닌,
진실되게 자신이 직접 창조해낸 생각이었다. 그렇기 때문에 그는
자신의 마지막을 믿을 수도 있었다.

이제 정말로 모든 것이 끝나려는 참인가 싶었다.

하지만 그의 마음속에 남아있는 것이 하나 있었다.

그 남은 것은 가슴속에 응어리를 틀고 꼼지락거리더니 이내 머릿속으로
들어오려고 애를 썼다. 하지만 더 이상 어떤 것도 받아들이고 싶지
않았던 그는 몇 번이나 그것을 차단하려 했고 심지어 눈까지 감았다.

그러나 그것은 기어코 머릿속으로 비집고 들어왔다.

그것은 "이제 나에게 남아있는 것은 무엇인가?"라는 질문이었다.

뒤이어 "남아있는 것이 과연 있기는 한가?"라는 질문도 함께
찾아들었다.

마지막을 믿고 있는 마당에 어째서 그런 질문이 자신에게
찾아들었는지는 알 수 없었다.

더욱이 더 이상 남아있는 것이 있을 수 없다는 확신이 그의 머릿속을
강타했다. 그 확신에게 얻어맞은 그는 이제는 자신의 삶에 무언가가
남아있기를 바라는 것이 오히려 믿음을 배반하는 것일지도 모른다는
생각마저 들었다.

그래서 아예 그런 질문 자체가 들지 않게끔 무언가가 남아있다는 생각 자체를 갖지 못하도록 더욱 더 자신을 깨끗하게 비워내어야, 진정으로 마지막을 맞으리라고 그는 믿었다.

그러자 자신에게 남아있던 모든 찌꺼기가 부유하여 그의 눈앞을 어지럽히는 것만 같았다.

아직 자신에게 얼핏하게 남아있던 것들이 보이는 것만 같았다.

이제 그 남은 것들을 완전히 걷어내기만 하면 진짜 마지막.

죽음을 볼 수 있을 것만 같았다.

이미 죽은 것처럼 감겨 있던 눈꺼풀을 천천히 들어올리며,

그는 그렇게 생각했다.

그는 느꼈다,

들어 올린 눈꺼풀 사이로 무언가가 보이고 있다고.

그리고 귀로도 소리가 들어왔고, 어딘가 모르게 비릿한 냄새도 맡아졌다.

"보고(視). 듣고(聽). 맡고(嗅)."

그는 이젠 이런 것들도 잃어내야 한다고 생각했다.

방금 믿은 것처럼. 마지막을 향해 치닫기 위해.

그는 자신에게 남은 감각(感覺)들의 찌꺼기를 모조리 거둬내야만 했다.

그는 그것들을 잃어낼 수 있었다.

그래서 눈을 감았다. 귀도 닫아버렸다. 코로 흘러들어오는 것도 막아버렸다.

그리고 천천히 그는 감각을 잃기 위한 생각을 시작했다.

그러는 동안에 그는 자신에게 어떤 일이 벌어지고 있는지 알 수 없었다.

모든 것이 닫혀있었기 때문에 진행과정을 알 수 없었던 것이다.

하지만 다시 떠 본 눈에는 희뿌연 것이 완연히 끼어있었다.

귀에 들리는 것이라고는 알아들을 수 없는 울렁임뿐이었다.

코로 들어오는 것은 투명한 것일 뿐 그 이상은 아니었다.

이제 그는 모든 감각. 즉, 오감(五感)마저도 완벽한 상실의 상황으로

탈바꿈 시켜버렸다.

그는 이제 보지도. 듣지도. 맡지도. 못하는 하나의 덩어리가

되어버렸다.

다만 그는 또 하나 남아있던 것을 잃어내는 데 성공했다고 생각할 수는

있었다.

그러자 그는 이제 진심으로 마지막으로 치달을 수 있다고, "살아 있다는

것도 잃어야 할 때가 왔다."고 확신했다.

그리고 그것이 아무렇지 않음을,

그는 그렇게 느꼈다.

27

그는 생각했다,

어떻게 죽을 것인가 하고.

그는 자신이 믿고 있던 마지막이란 곧 죽음(死)이라는 확신을 품었다.

"살아 있다는 것"을 잃는다는 것은, 곧 "죽는다는 것"이라는 것을.

알 수 있었기에 자연스럽게 그 확신을 품을 수 있었던 것이다.

하지만 그 죽음에 이르려면 일련의 방법이 필요하다는 생각이 들었다.

더욱이 그에게는 이전과 같은 과정을 통해 죽음에 이를 수 있을까에

대한 확신이 없었다.

그는 여태 자신이 생각만으로 많은 것을 잃었고, 또 잃어 낼 수

있었지만.

"살아 있다는 것"마저도 그렇게 잃고 또 잃어낼 수 있을까가

의심스러웠다.

"사람들은 어떻게 죽을까?"

이제 이 한 줄의 질문만이 머릿속을 가득 채우며 그를 괴롭혀오고

있었다.

죽는다는 것은 아무래도 좋았다. 아무것도 지니지 못한 이런 상황에

목숨을 지니고 있다는 게 오히려 사치스러운 것 같았다.

하지만 어떻게 해야 죽을 수 있는지는 도무지 알 수가 없었다.

그래서 그는 죽음에 이르기 위해서는 조금 더 알아보아야할 부분이
있다고 생각했다.

어차피 시간은 많았다. 그리고 주위엔 침묵이 가득했다. 시간과 침묵이
있다면, 그는 마음껏 사유의 날개를 펼칠 수 있었다.

그 침묵의 시간 속에서 자신의 목숨을 잃어내기 위한 방법을,

그는 그렇게 생각했다.

그는 느꼈다,

끊임없는 호흡(呼吸)을.

코를 향해 들어오는 숨은 입안에 퍼져나가 혀 아래에서 잠시 머물더니
이내 특유의 소리와 함께 같은 과정을 통해 빠져나갔다.

목이 잠시 부풀었다가 가라앉는 현상도 있었다. 내장으로 그득한
가슴도 잠시 무언가에 가득 차 올라왔다가 이내 빠져나가면서
내려앉았다.

배도 가만히 있지 않고 볼록하게 올라왔다가 오목하게 내려앉고
있었다.

그는 "이것이 호흡이다."라고 생각했다.

그리고 자신이 아직 숨을 쉬고 있고, 아직 살아 있다는 사실을 알았다.

순간. 그는 이 들숨과 날숨의 사이에 죽음이 있다는 걸 깨달았다.

호흡을 통해 몸의 모든 부분에 힘이 들어갔다가 빠지는 것이 느껴지기
때문이었다.

들숨과 날숨으로 상체가 움직여지니 그 힘이 팔로도 전달되었다.

자그마하게 달려있는 손가락들도 잠깐이나마 호흡을 따라 들어

올려지고 있었다.

호흡으로 인해 아랫배가 움직임을 보이자 허벅지도 가만히 있지
않았다.

정말이지 미세한 움직임이었지만 이제 느낌밖에 남지 않아 극도로
예민해진 그에게 온 몸의 움직임들이 아주 거대하게 느껴졌다.

변화는 겉에만 있었던 것이 아니라 안에도 있었다. 무언가 시원한
것이 몸 안 쪽을 가득 채웠다가 다시 돌아나갔던 것이다. 또한 그는
숨을 들이마시며 가득 차는 듯한 느낌을 느꼈고, 내쉬면서는 모두
빠져나가는 느낌도 느꼈다.

그 순간 그에게 "들숨은 살아야겠다는 것이고, 날숨은 죽어도
된다."라는 것이 되었다.

날숨으로 희미하게나마 느껴지는 힘을 모두 뺀 상태에서, 들숨을
마시지 않는다면 분명히 죽을 수 있을 것 같았다.

그는 이제 죽을 수 있는 확실한 방법을 알아냈다.

자신이 하고 있는 이 호흡 중에. 들숨은 없애고, 날숨만 남기면 되는
것이었다.

들어오는 것은 막아버리고. 안에 있는 것을 뱉어버리면.

그것으로 죽음이 가능하다는 것을 알게 되었다.

결국 죽음에 이르는 것은 그토록 간단한 것이라고,

그는 그렇게 느꼈다.

그는 생각했다,

죽음조차도 간단한 것이라고.

"나는 죽는다."는 그 사실을 스스로 인정(認定)하고, 더 이상 들숨을 마시지 않겠다고 생각하여 숨을 들이 마시는 행동을 잃어내면 끝이었다.

그것이 바로 죽음이었다.

습관을 잃어내고, 행동을 잃어내고, 감각을 잃어냈을 때처럼, 정말이지 딱 한 번. 자신이 "살아 있다."는 것을 "잃겠다."라는 생각을 창조하여 그것을 "믿는다."면 그는 모든 숨을 뱉어내고 죽을 수 있게 되는 것이다.

그는 그렇게 자신에게 죽음이 다가왔다는 것을 알게 되었다.

그 사실이 두렵거나 슬프지는 않았다.

"죽는다는 것은 결국 자신이 '살아 있다.'는 사실을 잃어내는 것에 불과한 것이다."

라는 생각이 들었기 때문이었다.

그는 자신에게 남은 삶이라는 것과 이별하는 것이 바로 죽음이라는 것을 알 수 있었다.

그래서 "나는 죽는다."는 잔인하고도, 간단한 저 생각 한 줄을 인정하기만 하면, 그는 죽음으로 치달을 수 있었다.

하지만 그는 진정한 창조의 단계로 접어들지 않았다.

그래서 그는 아직도 자신의 죽음을 믿고 있지 않았다.

죽음이라는 것이 모든 것의 끝임을 알았고, 죽음이라는 것이 정말 간단한 것을 알았지만.

그것을 창조한 뒤 인정하고 나아가 믿는다는 것은 어딘가 모르게 머뭇거려졌다.

그는 자신이 어째서 그 사실을 인정하지 못하고 믿을 수 없는지를 알 수

없었다.

도대체 무엇 때문에 머뭇거리는지를 알 수 없다고,

그는 그렇게 생각했다.

그는 생각했다,

언제 죽어야겠느냐고.

사실 죽는 때가 언제인지는 상관없었다.

하지만 이미 시각을 잃은 그의 눈에 창밖에 가득한 빛이 아직

희미하게나마 비치었다. 그는 그 밝음 속에서 죽는다는 것이 내키지

않았다. 왠지 모르게도 그는 죽음이란 어둠에 더 어울릴 것만 같다는

생각에 사로잡혀 있었다.

사실 그에게는 머뭇거릴 것이 없었다. 하지만 분명히 그는 죽음을

머뭇거리고 있었다. 쓸데없는 생각으로 죽음을 미루고 있는 자신의

모습을 발견할 수 있다는 것이 그 머뭇거림의 증거였다. 계속해서

떠오르는 그 머뭇거림의 정체를 그는 도저히 알 수 없었다.

그는 분명히 주위의 모든 것들은 자신이 죽기를 바라고 있다고

생각했다.

심지어 스스로도 죽기를 바라고 있었다.

그리고 죽을 수 있는 확실한 방법도 이미 알아내었다.

그런데도 왜 자꾸만 쓸데없는 생각으로 말미암아 죽음을 미루고 또

머뭇거리는지를 알 수 없었다.

이제 그 생각 때문에 그는 미쳐버릴 지경이었다.

"다른 것을 잃어낼 때는 한 치의 머뭇거림도 없었는데, 왜 살아 있다는
것을 잃어내려고 할 때는 이리도 머뭇거려지는 것일까?"

그는 그 머뭇거림의 정체를 밝히지 않고서는 죽을 수가 없을 것 같았다.

하지만 의문을 품는다고 그것이 단번에 해결되지는 않는다. 무언가를
풀어내기 위해서는 많은 시간이 필요하다는 것을 그는 얼핏 알고
있었다.

하지만 그는 자신에게 남은 건 재어지지 않는 무한한 시간뿐이라는
생각이 들었다.

그 말인즉, 죽음을 생각할 시간도, 죽음에 닿을 시간도 충분하다는
것이었다.

그래서 그 무한함을 조금만 더 쪼개어 죽음에 대해 생각할 시간 한
토막을 더 갖기로,

그는 그렇게 생각했다.

28

———

그는 생각했다,

죽음(死)이란 무엇인가 하고.

"죽음이란 여태 내가 상실한 것들처럼 단지 '삶'을 잃는 것에 불과한

걸까?"

라는 생각의 조각이 가장 먼저 그의 머릿속에 살포시 내려앉았다.

그는 즉시 그 조각을 찬찬히 뜯어보았다.

마냥 틀린 것 같지는 않았다. 죽음은 분명히 삶의 부재(不在)였다.

"삶"을 잃는 것이 바로 "죽음"이었다.

그렇던 그때. 갑자기 그의 머릿속에

"그렇다면 '삶'이라는 건 아직까지 내가 가지고 있는 것인가?"

하는 새로운 생각 하나가 끼어들었고 곧 찬찬히 뜯어보았다.

그것도 틀린 것 같지 않았다.

그는 적어도 아직 "살아"있었다.

"살아 있다."는 말은 "삶"을 아직까지는 가지고 있다는 것과 같은

말이었다.

즉, 그는 아직 자신이 소유하고 있는 "삶"을 상실하여 "죽음"에

다다르려는 것이었다.

무언가를 소유하여 "있음"의 상태에 있다가 상실하여 "없음"에 상태에

다다르는 것은 이전에 그가 경험했던 무수한 잃음의 과정과 같은 것이었다.

그래서 그는 여태껏 그가 잃어왔던 것들인,

지식(知識), 방법(方法), 감정(感情), 능력(能力), 습관(習慣),

행동(行動)도.

자신이 가졌던 것. 즉, 자신의 소유(所有)였다고 생각할 수 있었다.

"소유하지 않았다면, 상실했다는 생각을 할 수조차 없지 않겠는가?"

그러자 그는 죽음에 앞서 "소유"가 무엇인지를 명확히 해야만 한다고 생각했다.

여태 잃었던 한 없이 가벼운 소유들은 상실의 과정 속에서 아무렇지도 않게 여겨졌지만,

"삶"만큼은 가벼이 여겨지지도 않았고 또 막상 잃으려고 하니 왠지 모르게 머뭇거려졌기에 다른 것들과 똑같이 놓고 볼 수 있는 인식이 우선되어야 한다고 생각했기 때문이었다.

그래서 그는 우선 자신이 "잃은 것"들에 대한 생각을 천천히 시작했다.

그는 자신의 눈에 아무것도 비치지 않는 것을 알았다.

그는 자신의 귀에 아무것도 들리지 않는 것을 알았다.

그는 자신의 코에 아무것도 맡이지 않는 것을 알았다.

볼 수 있는, 들을 수 있는, 맡을 수 있는 감각(感覺)의 능력을 상실했으니 당연했다.

하지만 그는 예전에 자신이 그러한 감각(感覺)을 소유했었다고 확신했다.

"소유하고 있었으니 상실했다고 확신할 수도 있는 것이 아닌가?"

그렇게 확신했던 만큼 그는 그 감각들이 분명히 "존재"했다는 것도 알
수 있었다.

그리고 그 감각들이 존재했던 것만큼, 자기 자신도 분명히
"존재"했다고 생각했다.

하지만 지금은 그 감각들의 존재가, 자기 자신이라는 존재에게서
빠져나가고 없었다.

그러자 그는 지금 사라진 것은 감각의 존재이지, 자기 자신의 존재
자체는 아니라고 생각할 수 있었다.

다만 "자신"이라는 존재만을 덩그러니 홀로 남기고 다른 "존재"들이
빠져나간 것이었다.

정말이지 아무것도 없었다.

하지만 존재만큼은. "삶" 만큼은 남아있었다.

그리고 그 존재만이 "홀로 남겨져" 있는 것은 의문의 여지가 없었다.

그렇게 자기 자신의 존재만이 "홀로 남았다."고 생각하는 순간.

그의 몸에 휘감겨 있는 것 하나가 또렷이 느껴졌다.

그건 홀로 남았다는 느낌.

"고독(孤獨)"이었다.

고독하다는 느낌이 자신에게 남아있었다.

그는 고독을 뚜렷이 느끼고 있었다.

그 얼얼한 고독이 자신을 고요히 휩싸는 것이 확실히 느껴졌다. 그
고독은 그가 완전히 내버려져 마치 덩그러니 던져졌다는 느낌 또한
받게 하였다.

그는 어쩌면 지금 자신이 고독하다고 느끼고 있는 이유가 모든 것을

"상실하여" 즉, 아무것도 남지 않았기 때문인지도 모른다고 생각했다.

하지만 꼭 그런 것은 아니었다. 방금 그는 모든 감각을 잃었다는 것을 확인했다. 분명히 그는 감각을 상실했다.

하지만 고독만큼은 그가 그 감각들을 상실하기 전에 즉, "소유하고" 있었을 때에도 느낄 수 있었다. 그는 분명히 소유했을 때도 지금만큼 고독했다고 확신할 수 있었다.

"모든 것을 잃기 전에도. 모든 것을 잃고 나서도."

그는 고독이 자신에게 "항상" 들러붙어 있었다고 확신했다.

고독은 아직 사라지지 않은 자신의 삶처럼 아직 사라지지 않은 자신의 존재처럼.

단 한 번도 그의 곁을 떠난 적이 없었다.

그 고독이 피부 곳곳에 스미는 순간. 그를 찾는 것이 하나 더 있었다.

피부를 따갑게 하고, 사방에서 미칠 듯한 악력으로 심장을 옥죄는 깊숙한 고통이 그것이었다.

익숙하지만 구역질나는 그 고통이 온 몸에 번져가는 것을 그는 똑똑히 느낄 수 있었다.

그러자 "나는 어째서 고독에 고통스러워하는 것일까?"

라는 의문이 그의 안에서 슬며시 고개를 들었다.

그것에 대해서는 명확한 대답이 가능했다.

고독이 고통스러운 이유는 그것이 미칠 만큼 싫었기 때문이었다. 아니, 오히려 소름이 끼칠 정도로 무서웠다고 표현하는 것이 더 옳으리라.

그는 고독이라는 것을 똑 부러지게 무엇이라고 말할 수는 없지만, 사람이라면 누구나 고독을 느낄 수 있고 동시에 고독에 고통스러워한다는 생각의 숲을 키워냈다.

그 숲(森)엔 "이 넓은 세상에 홀로 남겨져 아무도 내게 신경 쓰지 않는다."는 의미와 닮은 고독을 누구나 싫어하고 또 벗어나고 싶어 하기에 그것이 들러붙어 있으면 고통에 시달린다는 것에 누구나 동감할 것이라는 확신의 나무(木)가 그득했다.

그 고독의 고통이 지금 그에게 피부를 따갑게 꼬집듯이 강렬하게 느껴지고 있었다. 그리고 그는 그것이, 물론 진저리를 칠 수는 없었지만, 진저리가 쳐질 만큼 싫었다.

모든 것을 잃은 상황에도. 죽음을 앞둔 상황에도. 고독만은 분명히 남았고 그는 그것을 미쳐버릴 정도로 분명하게 느끼고 있었다.

그렇게 돌이키니 정말로 그러했다.

숫자와 글자를 이해하지 못한다고 해서 하늘이 두 쪽 나지 않았고, 타인의 감정에 무감하다고 해서 땅이 갈라지지도 않았다. 음식을 삼키지 못해도, 소변을 쏟지 못해도, 사랑을 나누지 못해도 그 자리에 쓰러져 곧 죽어버리지 않았다.

여태 잃었던 것들은 아무것도 아니었다. 심지어 허상에 불과한 것 같았다.

외려 하늘을 두 쪽 내고, 땅을 쪼개며, 그를 쓰러뜨렸던 것은 고독과 고통뿐이었다.

그것만이 모든 것인 것만 같았다. 세상에 유일하게 실존하는 것만 같았다.

그는 지금도 지식이나 감정을 잃거나, 식욕, 성욕 따위의 욕구 그리고 본능 따위를 잃는 건 겁나거나 두렵지 않았다. 오히려 지금 그런 것들은 언젠가는 자신에게서 사라지고 말 쓸데없는 것처럼 여겨졌다.

"그 따위 것들이 없어져도 나는 결코 쓰러지지 않았으니까."

다만 자신의 존재를 잃게 하는 고독과 자신의 존재를 잊게 하는
고통만큼은 끝 간 데를 모르고 두려웠다.

그는 급격히 그 고독이란 무엇인지가 궁금했다. 그리고 무슨 수를
써서라도 그 고독에 대하여 알아야 한다고 생각했다.

왜냐하면 그 고독을 제대로 알아야 고독마저 상실할 수 있고,

고독마저 상실하여야 삶을 상실할 수 있다고 생각되기 때문이었다.

그래서 모든 것의 마지막인 죽음에 앞서.

자신에게 남아있는 고독이란 도대체 무엇인가 하고,

그는 그렇게 생각했다.

그는 생각했다,

고독(孤獨)이란 무엇인가 하고.

그의 머릿속에 퍼뜩 고독은 "아무것도 없다."는 것과 닮았다는 생각
줄기가 솟았다.

"아무것도 없으니까 고독한 것이 아닌가?"

라는 생각이 자연스럽게 피어났기 때문이었다.

하지만 그리 생각하자니 이젠 "아무것도 없다."는 것이 무엇인지를 알
수가 없었다.

방금까지 자신에게 "아무것도 없다."고 확신했지만, 실상 그는 그렇지
않았기 때문이었다.

"아무것도 없다."고 생각했던 그에겐 아직까지도 "삶"이 남아있었다.

결국 그는 진정한 "아무것도 없는" 상황을 겪어보지 못했던 것이다. "아무것도 없으니까 고독한 것이다."라는 생각에 따르면 "삶"이 남아있는 그에게 고독은 느껴져서는 안 되는 것이었다.

그러자 자신에게 아직 남은 것이 있는데도 그는 어째서 고독이 느껴지는지가 궁금했다.

궁금함이 그리 쉽게 해소될 리가 없었다. 해답은 거저 주어지는 것이 아니다.

그래서 그는 생각의 목을 뒤틀어 보고자 했다.

그는 우선 "나는 아무것도 없지 않다. 하지만 나는 고독하다."라고 생각해보았다.

애초에 고독하기에 무언가를 소유(所有)했어도 고독했다고 생각해보기로 한 것이다.

그는 우선 예전의 자신이 혼자서 충분히 쓰고도 남을 돈을 소유했었을 때에도 여전히 고독했었다고 치부해 보았다. 그래서 그 고독에서 새로운 고독이 자라나지 않았나 하고 생각해본 것이다.

일리가 있는 것 같았다. 그러자 그는 돈을 가지고 있어서 새로운 고독이 잉태되었기에 고통을 느꼈고, 그래서 더 많은 금액의 돈을 소유하여 그 고통을 덮어내려 했었는지도 몰랐다고 생각할 수 있었다. 하지만 그 수많은 돈들을 지니고 있어도 그는 고독에서 벗어나지 못했었던 것 같았다. 고독은 또 다른 소유를 갈망케 했을 뿐이었다. 소유란 결국엔 떠나가고 또 잃어버리고 말 "아무것도 아닌 것"인데도 말이다.

그렇게 놓고 보니 그는 아무것도 없지 않아도 고독하다는 것이 실로 가능하다고 생각되었다. 무언가를 소유했어도 고독할 수 있었던 것이다.

그렇게 자기만의 생각에 빠져 들다보니 그에겐 아예 소유했기 때문에
고독한 것이 아니었나 하는 생각마저 들었다.

그래서 그는 어쩌면 고독이 소유를 낳고, 소유는 다시 고독을 낳고,
고독은 또 다른 소유를 낳게 하는지도 모른다고 생각했다.

그 생각의 근거는 이러했다. 만약 소유한다는 것으로 고독하지 않을 수
있었다면, 무언가를 "상실"하기 전에 즉, 무언가를 "소유"하고 있었을
때 고독은 그 흔적조차 찾을 수 없어야 마땅했다.

그러나 무언가를 소유하고 있었을 때도 분명히 고독은 항상 그의 곁에
웅크리고 있었다.

그리고 무언가를 상실하고 있었을 때도 분명히 고독은 항상 그의 곁에
웅크리고 있었다.

그것은 매우 일차원적인 생각이었다. 그러니 아직 아무것도 확실하지
않았다. 그래서 그는 생각을 조금 더 이어나가고자 했다.

다음으로 그는 "나는 아무것도 없다. 그래서 나는 고독하다."라고
생각해보았다.

애초에 고독하기에 무언가를 상실(喪失)했을 때 고독했다고
생각해보기로 한 것이다.

그는 진정 지니고 있던 모든 것을 상실했다. 그에게는 정말 아무것도
없었다. 그래서 살아 있다는 것마저 잃고 죽어보고자 했었다.

하지만 죽음이라는 그 마지막 상실 앞에서도 그는 뚜렷한 고독을
느꼈다.

무언가를 소유하고 있어도. 무언가를 상실하고 있어도. 결국

고독만큼은 느낄 수 있있다는 확신이 그의 온몸에 파릇파릇 돌았다.

그러자 그는 얼핏 그 고독이야말로 자신의 모든 것이 아닌가 하는

생각을 했다. 고독이야말로 자신의 모든 것이었기에, 내버리고 싶어도

내버려지지 않았고, 잃어버리고 싶어도 잃을 수 없었다는 생각이 든

것이다.

정말로 그 고독만큼은 그가 모든 것을 가졌을 때에도, 모든 것을 잃었을

때에도 계속해서 가슴속에 고요하게 웅크리고 있었다.

그래서 그는 많은 것을 가져도 고독했기 때문에 또 다른 것을 가져야

했다고 생각했다.

그리고 또한 많은 것을 잃어도 고독했기 때문에 또 다른 것을 잃어야

했다고 생각했다.

그는 그 생각의 끝에서 고독을 느끼지 않을 수 있는 유일한 방법이란

결국

세상 모든 것을 소유할 때나, 세상 모든 것을 상실할 때뿐이라는 결론을

내릴 수 있었다.

하지만 세상의 모든 것을 소유할 수는 없었다.

게다가 그는 상실의 중간에 있었기에 모든 것을 상실하는 것이 더

빨랐다.

그리고 그 모든 것을 상실하는 때란.

살아 있다는 것을 잃었을 때라고,

그는 그렇게 생각했다.

그는 생각했다,

아직 살아 있다는 것은 잃지 않았다고.

분명하게도 그는 살아 있었다. 그리고 그에겐 "살아 있다."는 그 삶과 더불어, 분명하게도 "홀로 남아있다."는 고독도 남아 있었다.

"아무것도 없는" 빈껍데기처럼 여겨졌던 그에게 아직 남은 것이 있었던 것이다.

그렇게 생각하는 순간. 그의 얼굴에 희미한 웃음이 아리었다.

어째서 웃음을 머금게 되었는지.

어떻게 웃음을 피우게 있었는지.

그는 알 수 없었다.

하지만 얼굴 근육의 실타래가 움직이는 것이 아스라이 인식의 그물에 맺혔다.

정말이지 미세했지만 그는 그것을 확실히 느낄 수 있었다.

그리고 그 움직임이 웃음이었다는 것도 확실하게 알 수 있었다.

그와 동시에 그는 육체 근육뿐 아니라 정신 근육도 함께 움직이는 것을 느낄 수 있었다.

무언가 뜨거운 것이 내면(內面)에 차올랐던 것이다. 그는 그 뜨거운 것을 입 밖으로 낼 수는 없었다. 정체조차 분명하지 않았다. 하지만 그는 마치 오랫동안 나가있던 것이 돌아온 듯한 반가움을 자아내는 그 느낌이 온몸에 휘감겨 있다고 확신할 수는 있었다.

그러나 그 뜨겁고도 반가운 느낌은 이내 사라지고 말았다. 정말이지 순식간이었다.

그는 그 느낌을 그리워했다. 허나 갑자기 찾아온 것이 그리 쉽게 돌아올 리 없었다.

그래서 그는 침착하게 기억을 되살려 보고자 했다. 기억을 되살리면 그 뜨거운 것을 다시 느낄 수 있지 않을까 싶어서였다.

그러자 신기하게도 조금씩 기억이 돌아오는 것 같았다. 조금 전까진 절대 있을 수 없던 일이었다. 그에게서 기억이란 존재는 이미 굳어져 내버려진 것에 불과했었다. 그리고 그는 그 내버려짐을 뼈저리게 실감했었다.

하지만 지금 자신이 원한다고 여기자 기억의 한 자락이 희미하게 그 모습을 드러내기 시작하는 것만 같았다.

그러나 그 기억의 자락은 너무나 희미하여 쉬이 보이진 않았다.

그래서 그는 보이지도 않는 눈을 크게 떴다. 눈을 뜨면 그 기억의 자락을 볼 수 있을지도 모른다는 희망이 있을 것 같기 때문이었다.

"희망(希望)이 있을 것 같다니."

그는 자신이 그런 생각을 할 수 있다는 것이 신기했다. 무언가 "있을 것 같다."는 생각이 아직 가능하다는 것이 놀라웠다. 그리고 그 "있을 것 같다."는 것의 주어가 "희망"이라는 사실은 그를 거의 경악케 했다.

뒤이어 그는 그 "있을 것 같다."는 "희망"이라는 것이,

"모든 것의 마지막인 죽음을 앞둔 나를 머뭇거리게 한 것은 아닐까?"

라는 생각이 자신의 머릿속에서 자라나는 것을 보았다.

그는 그렇게 자라난 생각에서 확신의 흐릿한 향을 맡을 수 있었지만, 어딘가 부족하다는 회의의 짙은 향에 대한 인지마저 감출 수는 없었다.

그 희망의 근원을 자신이 확실하게 알아내지 못하리라는 것이 그 회의의 원인이었다.

하지만 방금 경험했던 육체적이고 정신적인 두 가지 변화는 분명하게도

마음의 갈고리에 걸려 있었다. 그리고 끝까지 그의 마음속에 걸려있는 그 두 가지 변화가 희망의 근원인지도 모른다는 생각이 그를 범접했다. 왠지 모르게 그렇게 생각되었다.

하지만 얼굴 근육의 미세한 움직임과 마음속에서 치받치는 그 뜨거운 변화가 그 희미한 희망을 자아내었다 하더라도, 그 희망이 그에게 죽음을 단념케 하기엔 아직도 부족하고 모자라는 구석이 있었다.

이제 그 모자란 구석을 그는 찾아야만 했다.

그것을 찾으려는 이유는 지극히 간단했다.

아무런 후회 없이 죽기 위해서였다.

그는 이미 죽음이란 마지막 상실의 손잡이를 잡았는데, 자그마한 변화가 희미한 희망을 이끈다고 해서 그 문으로 들어가길 머뭇거려야 할 이유는 없다고 생각했다.

"그리도 이제 와서 내가 도대체 어떤 희망을 지닐 수 있단 말인가?"

그런 만큼 그는 여전히 자신이 죽음을 마주하고 있다고 여겼다.

그래서 이 머뭇거림의 끝에도 결국엔 죽음이 맺혀있으리라 여겼다.

"죽음의 직전까지 남아있는 것이 나를 머뭇거리게 하는 이유."

그는 이제 그 이유를 파괴해야만 했다.

그러자 그는 문득 지금 만약 언어(言語)라는 수단이 자신에게 적절히 주어지기만 했다면, 아마도 그 이유를 완벽하게 밝혀낼 수 있을 것 같다는 생각이 들었다.

하지만 그에게 언어는 없어졌다.

그러나 이제는 언어가 필요했다.

갑자기 언어가 간절해졌다고,

그는 그렇게 생각했다.

그는 느꼈다,

오랜만이고 또 반갑다고.

무언가가 간절하다고 느낀 것은 정말 오랜만이었다.

그리고 간절하다고 느낀 것이 언어(言語)였다는 것은 반가웠다.

그 감정은 분명히 그가 잃었던 것들이었다.

그래서 다시는 조우할 수 없다고 여겼던 것을 우연히 마주했을 때나

느낄 수 있을 법한 간절한 반가움이 그곳에서 피어나고 있었다.

그는 그 반가움을 힘껏 끌어안고 싶었다.

왠지 모르게 그래야만 할 것 같았다.

그 간절한 반가움을 끌어안으면 "죽기 전까지 남아있는 것이 나를

머뭇거리게 하는 이유"를 알아낼 수 있으리라는 생각이 들었기

때문이었다.

그러나 희미한 감정의 존재를 끌어안는 것은 불가능에 가까웠다.

그래서 그는 다시 단어를 찾는 것에 집중하기 시작했다.

하지만 이미 언어의 세계를 떠나버린 그는 단어 하나를 찾는 것에도

어려움을 느꼈다.

글을 읽어내고 듣는 것만 어려운 줄 알았더니 그게 아니었다. 언어라는

것은 읽고, 들을 때에만 필요한 것이 아니었다. 언어는 생각을

이어나가는 데에도 필요했다.

그는 필사적으로 머릿속에 남은 언어의 찌꺼기들을 빈 공간에 덕지덕지

발랐다.

그러자 간절함의 찌꺼기들이 쌓인 둔덕에서 "아쉬움"이란 단어가 한 떨기의 꽃처럼 폈다.

어떻게 그 단어가 피어나 고개를 들 수 있었고 또 어떻게 의미의 숨을 나지막이 토해낼 수 있었는지는 자신조차도 정확하게 알 수 없었다.

하지만 그는 아쉬움의 호흡을 분명히 느낄 수 있었다.

그리고 그 아쉬움의 숨결이 희망이 있으리라는 생각을 품게 한 것 같았다.

그래서 그 생각이 자신에게 죽음을 머뭇거리게 했는지도 모르겠다고 생각할 수도 있었다.

그러자 그 희망이 있으리라는 아쉬움이 죽음을 머뭇거리게 했다는 어렴풋한 생각이 뚜렷한 확신이 되어 그에게 차올랐다.

하지만 그 숨결은 "그럴 수도 있다."였다. 결코 "그래야만 한다."는 숨결은 아니었다.

아쉬움의 그 희미한 숨결이 떠올랐다고 해서 죽음을 단념해야 할 이유는 결단코 없었다.

그러나 "그럴 수도 있다."는 것이 정말로 어떤 일이라도 "그럴 수도 있게"하는 것이라면, 그는 어쩌면 자신이 잃었던 것을 되찾는 것이 "가능할 수도 있다"는 생각이 들었다.

정말로 여태 잃은 것이 "가능할 수 있다"면, 다시 되찾는 것도 "가능할 수 있을" 테고,

정말로 삶을 잃는 것이 "가능할 수 있다"면, 삶을 되찾는 것도 "가능할 수 있을" 거란,

생각이 그를 엄습했던 것이다.

나아가 그는 만약 모든 것을 "되찾을 수도 있다"면 자신이 살아야 할 이유가 "있을 수도 있다"는 생각을 품었다.

그 생각을 품자마자, 곧 그의 머릿속은 "살아야 할 이유가 있을 수도 있다"는 생각으로 가득 들어차버렸다. 아직 확실한 건 없지만 그는 그렇게 생각했고 또 그렇게 믿었다.

자신이 살아가야 할 이유가 있다는 그 희미한 생각이 뚜렷한 확신의 향취(香臭)를 발하지 않아도 그는 분명히 믿음을 품고 있었다.

그의 머릿속에 얼마 전까지 전혀 생각지도 못했던 "그럴 수도 있다"는 뚜렷한 "생각"이 태어났다는 새로운 확신이 태어났기 때문이었다.

그렇게 태어난 "생각"에 대한 확신을 품고 있었기에, 다른 확신 없이도 그럴 것이라고 믿는 것도 가능했던 것이다.

그는 결국 중요한 것은 "생각"이라고 확신했다.

생각은 모든 것을 가능하게 했다.

그런 그에게 문득 길거리를 배회하는 사람들이나, 어딘가에 그저 멍하니 앉아있는 사람들은 분명히 그곳에 존재하고 살아 있다는 생각이 들었다.

그리고 자신도 역시 분명히 존재하고 아직은 살아 있다고 생각했다.

그리고 그는 존재하고 살아 있는 사람들은 각자의 생각을 품고 있다고 확신했다.

이제 모두가 품고 있는 그 생각의 정체가 무엇인지가 궁금하다고,

그는 그렇게 느꼈다.

29

그는 생각했다,

생각(想)이란 무엇인가 하고.

그는 사람은 누구나 생각을 한다고 확신했다.

그리고 자기 자신도 생각을 한다고 확신했다.

생각으로는 무엇이든 가능했다.

생각만으로 모든 것을 잃을 수도 있었고,

생각만으로 모든 것을 가질 수도 있었다.

생각만으로 죽는 것도 가능하고,

생각만으로 사는 것도 가능했다.

그리고

생각이 변화를 이끌기도 하고,

생각이 기억을 떠올리게 하고,

생각이 믿음을 창조하기도 하고,

생각이 느낌을 느끼게끔 한다고,

그는 그렇게 생각했다.

그는 생각했다,

느낌(感)이란 무엇인가 하고.

생각에 대해 사유(思惟)하던 그의 머릿속에, 갑작스럽게 느낌이라는 단어가 튀어 올랐다.

"생각이 느낌을 느끼게끔 할지도 모른다."는 한 줄의 생각이 그의 머릿속에 선명히 튀어 오른 것이다. 이내 그 생각 한 줄은 저변을 끝없이 넓혀 머릿속에서 퍼져나갔다.

그러자 "과연 느낌이란 무엇인가?" 하는 의문이 완연히 자리를 잡았다. 그 의문이 자리 잡은 김에, 그는 느낌이 무엇인지를 확실히 해야겠다고 마음먹었다.

하지만 느낌이 무엇인지 정확하게 알 수가 없었다. 느낌엔 뚜렷한 흔적이 없기 때문이었다.

그를 지금도 완연히 감싸고 있는 고독이란 것도 느낌이라고 할 수 있다면, 그 고독에는 분명히 아무런 모습도 소리도 냄새도 없었다. 그래서 그는 "느낌이라는 것이 실제로 존재하긴 하는가?" 하는 짙은 회의를 품었다.

그러나 곧 그 회의(懷疑)의 색이 그의 내면에서 옅어지기 시작했다. 존재가 없다고 여겨지는 느낌 중 하나인, 고독의 중심에 자신이 꼿꼿이 서 있다는 확신이 들었기 때문이었다.

그 확신은 그에게 자신을 비롯한 다른 사람들도 고독이라는 그 느낌의 존재를 분명히 알고 있을 것이라는 또 다른 확신을 품을 수 있게 했다. "심지어 텅 비어버린 나조차도 지금 분명히 고독을 느낄 수 있다." 라는 생각이 그 확신을 품을 수 있게 했던 것이다. 모르긴 몰라도 가득 차 있는 다른 사람들은 텅 빈 자신보다는 더 많은 느낌을 느끼고 있겠다 싶기도 했다.

그래서 그에겐 이제 "다른 사람들은 어떻게 눈으로 볼 수도, 귀로 들을 수도, 코로 맡을 수도 없는, 그 느낌의 존재를 알 수 있는 것일까?" 하는 것이 궁금해졌다.

그래서 그는 색이 바랜 느낌의 자루에서 흐릿한 흔적들을 하나씩 꺼내어보기로 했다.

그렇게 억지로 끄집어 낸 행복이라는 느낌에는 분명히 겉모습이 없었다.

하지만 행복에 휩싸인 사람의 얼굴엔, 누구나 다 알만한 커다란 함박웃음이 피어있다.

그리고 뒤이어 끄집어 낸 슬픔이라는 느낌에도 분명히 겉모습이 없었다.

하지만 슬픔에 떨어진 사람의 가슴엔, 누구나 다 알만한 시퍼런 멍이 진하게 들어있다.

희열도, 분노도, 심지어 사랑도 마찬가지였다. 그리고 눈으로 보고, 귀로 듣고, 코로 맡고, 입으로 맛보는 것도 전부 느낌이었다. 그리고 그 모든 느낌들에는 누구나 다 알만한 "무언가"가 있다는 생각이 그의 뇌의 주름 곳곳에 뿌리를 내리고 있었다.

그래서 그는 마침내 느낌이란 "누구나 다 알 만한, 얼굴에 떠오른 표정과 목구멍에서 흐르는 소리 그리고 육체가 만드는 몸짓"이 있기에 존재를 알 수 있는 것이 아닐까 하는 새로운 생각을 피워낼 수 있었다. 그는 그 표정과 소리 그리고 몸짓이 바로 "표현(表現)"이라는 걸 알 수 있었다. 그래서 느낌이란 표현으로 표출되어 누군가에게 공감(共感)될 수 있기에, 그 존재를 알 수 있는 것이 아닌가 싶었다.

하지만 그는 사람들을 완벽하게 똑같은 상황에 던져놓아도, 저마다 느끼는 것은 서로 다르기도 할 것이라고 생각했다. 그러자 "느끼는 것이 다르기에 표현도 서로 다를 수 있는 게 아닐까?" 라는 생각도 함께 뿌리를 내리기 시작했다.

그렇게 피어난 "표현이란 느끼는 바에 따라 사람마다 충분히 다를 수 있을 것이다."라는 생각이 확신으로 뒤바뀌는 것을 그는 확실히 볼 수 있었다. 결국 그는 표현이란 절대적이지 않다는 생각을 했다. 그 어떤 강력한 표현을 내뱉더라도, 공감되지 않는다고 치부해버리면 그만인 것이 아닌가 싶었기 때문이었다.

그래서 그는 느낌은 표현으로서가 아니라 느낌 그 자체로서 존재한다고 확신했다.

그렇게 그는 분명히 표현이 없어도 느낌은 분명히 존재한다고 여겼다. 하지만 표현이 없다면 그 느낌이 살아날 수 없을 것 같았다. 가령 어떤 사람이 행복을 느꼈는데도 불구하고, 그 행복을 표현하여 표출하지 못하면, 그 행복은 그 사람의 내면에서 죽어버릴 뿐이라고 여겨졌기 때문이었다.

그러자 "행복을 드러내는 표현이 없다면, 그 누구도 그 사람이 느낀 행복을 결코 알 수 없지 않은가?" 하는 더욱 명확한 확신이 그를 감쌌다.

그래서 이제 그는 느낌을 살려내는 그 표현이 어떻게 가능한지에 집중을 쏟고 있었다.

"도대체 어떻게 표정과 소리 그리고 몸짓이 가능한 것인가?" 하는 의문에 몸을 흠뻑 적신 것이다. 그는 얼핏 표정을 짓거나 소리를 뱉고 몸짓을 만드는 건, 그 표현에 대한 생각이 있어야 가능하지 않은가 싶었다. 그러자 "어떻게 해야겠다"는 "생각"이 표현을 만든다는 것이 그의 내면에서 조금씩 확실해지는 것만 같았다.

하지만 그때, 그를 악착같이 물고서 절대로 놓아주지 않는 의문이 하나 있었다.

그 의문은 그가 자신이 분명히 고독하다고 느끼고 있다는 것에서 시작되었다. 그 고독하다는 느낌은 고독하다는 생각을 불러일으켰다. 하지만 자신에게 고독하다는 표현은 없었다. 이미 사라져버린 표정과 소리나 몸짓을 그는 할 수가 없었던 것이다.

그는 표현할 수 없으니 공감할 수 없었다. 또한 공감할 수 없으니 확신할 수 없었다. 결국 확신할 수 없으니 증명할 수 없었다.

그러자 "그렇다면 내가 고독하다는 증명은 도대체 어디 있는 것인가?"라는 의문이 그를 자연스럽게 감쌌던 것이다.

단 한 톨의 증명도 할 수 없었다. 그는 표현이 사라져버린 자신의 답답한 몸을 열어 할 수 있는 최대한의 움직임을 짓고 만든다고 해도 결코 "나는 고독하다"는 것을 증명할 수는 없다는 생각이 들었다.

그때, 그는 느낌이란 표현으로 공감하여 존재할 수 있을지언정, 결코 증명하여 존재할 수 없다는 확신이 들었다.

그 누구도 자신이 행복에 겹다는 것이나 슬픔에 잠겼다는 것을 또는 화가 나서 돌아버리겠다는 것이나 미칠 듯이 사랑에 빠졌다는 것을, 그리고 눈으로 보았던 것이나 귀로 들었던 것 또는 코로 맡았던 것이나 입으로 맛보던 것을, 그 어떤 손짓이나 발짓 또는 몸짓 그리고 목소리나 말소리로도 절대 증명할 수는 없었다.

표현은 오직 공감만 할 수 있었다. 그리고 그 공감은 "그럴 수도 있다"는 생각이 있어야 가능했다. 공감이 없으면 느낌은 죽어버린다.

결국 생각이 느낌을 진정으로 살게 하는 것 이었다.

그는 그렇게 "생각은 느낌을 '존재하게끔' 하는 것이 아니라, 느낌이 '살아 있게끔' 하는 것이다."라는 더욱 거대한 확신이 내면에서 고개를 드는 것을 보고 있었다.

나아가 그는 한 사람의 "표현"은 그 사람만의 "생각이 느낌을 살려내어" 피어나게 하는 것이라고도 확신할 수 있었다.

그리고 그 표현이 바로 "말"과 "움직임"이라는 생각이 확신으로 변모하고 있었다.

이제 그는 "분명히 사람은 자신의 생각으로, 자신의 느낌을, 자신의 말과 움직임으로 뿜어낼 수 있다. 그리고 그것은 다른 누군가에게 전해져 확연히 살아날 수 있다. 결국 그 느낌이 살기 위해서는 생각이 있어야 한다"고, 믿게 되었다.

하지만 그는 분명하게도 자신에게는 할 수 있는 말과 움직임이 없다고 생각했다.

그리고 자신이 그럴 수 없었던 이유가, 이제는 느낄 수 있는 것이 없기 때문이었다고 생각했다. 그는 분명히 남의 행복도, 슬픔도, 분노도, 사랑도 느낄 수 없었다. 또한 자신의 시각도, 청각도, 후각도, 미각도 더는 느껴지지 않았다.

하지만 고독이 있었다.

넓고 거대한 세상에 홀로 남았다는, 그 공허한 고독도 역시 하나의 느낌이었다.

그 고독이라는 느낌 하나가 송곳이 되어 나머지 느낌이 담겨있는
자루를 뚫어냈다.
그렇게 흘러나온 모든 느낌이 지금 자신에게 쏟아지고 있다고,
그는 그렇게 생각했다.

그는 생각했다,

표현(表現)이란 무엇인가 하고.
그는 느낌에 대한 사유를 통해, "말"과 "움직임"이라는 표현의 꽃이 한
사람의 생각과 느낌의 나무(木)에서 피어난다는 것을 알게 되었다.
그래서 그는 "사람"이란 "누구나" 생각과 느낌으로 말과 움직임을
연속적으로 자아내는 존재라고 생각할 수 있었다.
그러다 그는 자신 역시 그 "누구나" 중 한 명이라는 것에 생각이
미쳤다. 아무리 생각해도 자기 자신은 분명히 "사람"이었던 것이다.
"사람"인 그는 아직까지도 고독하다는 생각을 할 수 있었고,
고독하다는 느낌을 느낄 수 있었다.
그리고 그 고독에 대한 생각과 느낌은 결코 자신에게서 벗어나지도
않고, 잃어지지도 않고, 사라지지도 않을 것처럼 여겨지고 있었다.
"생각과 느낌이 사라지지 않았다면 말과 움직임 역시 아직 사라지지
않은 것이 아닐까?"
갑자기 든 이 생각은 이제 그의 머릿속을 완전히 지배해나가기
시작했다.
그가 생각한 대로라면 말과 움직임이라는 것은 생각과 느낌이 피워내는
것이었다.

지금 이 순간에도 그는 끊임없이 생각할 수 있었고, 고독이 쏟아낸 느낌을 느낄 수 있었다. 그렇다면 지금 말과 움직임을 할 수 있다는 것이 외려 말이 되지 않지 않을까 싶었다.

순간. 그는 움직일 수 있을 것 같았다.

여전히 자라나고 있는 생각과 느낌을 통해 그는 움직임을 피워낼 수 있을 것만 같았다.

그래서 우선 팔을 머리 위로 뻗어 움직여 보고자 "생각"했다.

그리고 아주 천천히 대기 속을 가득 메우고 있는 공기의 입자 하나하나를 "느껴"보았다.

그러자 거짓말처럼 그의 몸과 그 공기가 하나로 겹쳐지면서 아름다운 비상을 시작하였다.

어딘가 뚝뚝 거리는 소리가 나긴 했지만 분명히 팔을 들어 올릴 수 있었다.

내친김에 다음으론 손가락 깍지를 끼어보기로 했다.

어렵사리 움직인 손가락들은 처음엔 우왕좌왕 하며, 갈피를 잡지 못했다.

하지만 이내 제 위치를 찾아 알력으로 서로 꽉 뭉치는 것이 선명하게 느껴졌다.

그러고 나서 그는 있는 힘껏 자신의 팔을 위로 당겨보기로 했다.

그는 그것을 보기 위해 고개를 뒤로 젖혀 위로 힘껏 당겨보기도 하였다.

"된다."고, 그는 생각했다.

그가 생각한 모든 것이 그대로 되고 있었다.

그는 생각이 움직임으로 변하는 것을 똑똑히 확인하며 있는 힘껏 팔을 위로 뻗어 상승하는 근육의 달콤한 긴장을 맛보았다.

그것 또한 역시나 증명이 불가능한 느낌이었다.

그러나 이토록 기분이 좋았던 적은 없었다고 "이야기"할 수는 있을 것 같았다.

흥분의 옅은 색이 아니라 환희의 진득한 색을 온 몸에 흠뻑 적신 것 같은 느낌이라고 "이야기"할 수 있을 정도였다.

내친 김에 그는 다리까지도 펴보기로 했다.

그래서 다리를 길게 뻗어 앞으로 내어보았다.

어딘가 닿는 느낌과 부딪히는 느낌이 있었지만 상관없었다.

중요한 것은 "된다"는 것이었다. 분명히 되었다.

그는 자신의 눈으로 자신의 다리를 내려다봤다.

그의 다리는 시원하게 뻗어 자신이 원하는 곳에 뻗어나가 있었고.

그의 눈길은 시원하게 뻗어 자신이 원하는 곳을 바라보고 있었다.

자신의 움직임을 가능케 하는

그 생각과 느낌의 "존재"를 서서히,

그는 그렇게 깨달았다.

그는 생각했다,

존재(存在)란 무엇인가 하고.

이번엔 머릿속에 "존재"라는 단어가 살랑거리며 내려앉았다.

어떻게 그 단어가 생각의 바람을 타고 내려앉게 되었는지는 스스로도 모르고 있었다.

하지만 실체가 없는 생각과 느낌을 그는 분명히 존재한다고 여겼기에.

나아가 존재라는 것에 대한 총체적인 고민을 하는 것이 당연하게
여겨졌다.

그래서 그는 머릿속에 내려 앉아 이내 스며들어가고 있는 그 존재에
대한 생각을 깊숙이 파들어 가보고자 했다.

우선 그는 자신이 분명히 존재하고 있음을 알았다.

자신의 주위에 널려있는 여러 물건들이 분명히 존재하는 것처럼, 그는
존재하고 있었다.

주위에 널린 저 이름 모를 물건들의 형상이 자신의 망막에 뚜렷이
잡히진 않았지만, 그는 물건들의 존재를 느낄 수 있었다.

그러자 저 이름 모를 물건들이 무엇인가 하는 의문이 떠오르며, 그는
물건들의 존재를 생각할 수 있었다.

그 물건들의 존재가 뚜렷하지 않아도, 그는 분명히 그것들을 생각하고
느낄 수 있었다. 그는 어쩌면 그 물건들의 존재를 생각하고 느낄 수
있는 것이, 자신이 존재하고 있기 때문일지도 모른다는 생각이 들었다.

분명하게도 자신이 존재하지 않으면 흐릿하나마 모습이 보일 리
없었다.

분명하게도 자신이 존재하지 않으면 어렴풋한 의문을 피워낼 수
없었다.

그는 그 물건들의 각자 다른 존재의 모습이 보이고, 쓸모가 떠오르고,
의미가 다가오는 것은 자신이 그 다른 존재들에 대한 생각과 느낌을
피울 수 있기 때문에 즉, 자신이 존재하기 때문에 가능하다고 생각했다.

그러자 만약 자신이 존재하지 않으면 다른 것도 존재할 수가 없다는
생각이 들었다.

물론 "그"라는 인간이 하나 없다고 해서 저 물건들의 실체가 사라지는 것은 아니었다.

하지만 "그"가 존재하지 않으면 저 물건들의 본질은 자신에게 사라져버릴 것 같았다.

나아가 가치 없는 것이 되어버리고, 또 의미 없는 것이 되어버리고, 결국엔 존재 자체가 사라져버리게 될 것만 같았다.

그는 그것이 바로 자신이라는 존재의 의미가 아닐까 싶었다.

그래서 그는 "내가 존재해야만, 존재하는 모든 것은 의미가 있다"고 생각하고 있었다.

거기서 그는 "내가 존재한다는 것"이 결국 "살아 있다는 것"이라는 걸 알 수 있었다.

왜냐하면 그는 분명히 자신이 아직 살아 있다고 확신하고 있었기 때문이었다.

그리고 살아 있기에 분명히 존재하고 있다는 것도 확신하고 있었기 때문이기도 했다.

그는 분명히 아직까지 살아 있기에 아직까지 존재하고 있었다.

그리고 자신이 존재하고 있기에 그는 다른 존재들에 대해 생각하고 느낄 수 있었다.

생각하고 느낄 수 있기에 다른 존재를 알 수도 있었다.

머릿속을 흐르는 생각. 온 몸에 감돌던 느낌. 주변에 널린 다른 존재들은 모두 그가 살아 있기 때문에 가능했던 것이었다.

그러던 그 순간. 그는 자신의 모든 것이라 여겨졌던 존재가 동시에 아무것도 아니라는 생각이 들었다.

그가 그렇게 생각할 수 있었던 이유는 자신의 주위에 널려있던 사물의
존재들이 아무것도 아니게 되었던 경험과 자신에게 내재되어 있던
존재들이 아무것도 아니게 되었던 경험에서 비롯된 것이었다.

정말이지 존재에는 아무런 의미가 없었다.

하지만 그는 지금 존재에 대해 생각을 하면서 동시에 존재하는 모든
것들에 의미를 부여하고 있었다.

정말이지 존재는 아무것도 아닌데 의미를 가져다 붙이기만 하면 모든
것이 되었다.

결국 그는 자신의 생각과 느낌이 어떠하냐에 따라 다른 존재들이
어떠하냐는 것이 결정될 수 있으리라고 생각했다.

그가 진심으로 다른 존재들을 사랑한다고 생각하고 느껴서 의미를
부여한다면, 그 다른 존재들은 진심으로 사랑스러운 모든 것이 되어
자신에게 다가올 것이라 생각되기 때문이었다.

그는 어쩌면 이 생각으로 인해 죽음으로 치닫지 않아도 될지 모른다는
생각이 들었다.

왜냐하면 지금 그는 자신이 살아 있다는 것이 즉, 자신의 존재에 의미를
부여하고 있기 때문이었다.

또한 자신의 존재는 결코 사라지지 않을 고독과 더불어 자신의 "모든
것"처럼 여겨지고 있기 때문이기도 했다.

그는 자신의 모든 것인 그 존재를 생각하고 느끼고 결국엔 사랑하고
싶었다.

그 순간 그는 모든 것을 확신했다.

살아 있는 자신의 존재에 끝까지 남아있던 것.

그것이 바로 생각과 느낌의 존재였다는 것을.

자신이 존재하기에 즉, 살아 있기에 가능했던 생각과 느낌이,

죽기 직전에 아쉬움이라는 것을 자아낼 수 있었던 것이라고,

그는 그렇게 생각했다.

그는 생각했다,

아쉬움이란 무엇인가 하고.

그는 사유(思惟)의 기나긴 여정을 거쳐 온 탓에 약간의 피로를 느꼈다.

하지만 살아 있다는 이유로 확신할 수 있었던 자신의 존재.

존재하기에 모든 것을 자라나고 가능케 하는 생각.

온몸의 세포 하나하나에 스며들어 빠지지 않는 고독이 쏟아낸 느낌.

그 느낌을 살아 숨 쉬게 하는 표현이 남아있다는 것을

깨닫게 한 그 여정의 결과에 형용할 수 없는 만족도 함께 느낄 수
있었다.

그럼에도 불구하고 그의 가슴 한 구석에 아직도 아쉬움이 웅크리고
있었다.

죽기 직전에 알게 된 것들로 인해, 대부분 밝아진 것 같았으나 꾸준히
한 쪽만은 어두운 아쉬운 구석이 분명히 있었다. 그 어둠은 그에게
허전하고 모자란 느낌을 들게 하였다.

그는 살아 있고, 생각하고, 느낄 수는 있었지만, 그 아쉬움에 대해서
말할 수는 없었다.

그래서 가슴 깊숙이 고요하고 어둡게 묻혀 존재감을 뽐내고 있는 그

아쉬움을 파헤치고 싶어도 파헤칠 수도 없었다. 마치 땅 속에 귀중한 보물이 있다는 걸 알고 있지만, 그 땅을 파내려갈 도구가 없는 것 같은 상황이었다. 그는 자신에게 그 "남아있는" 도구가 없어서, 그 어두운 아쉬움의 정체를 제대로 알 수 없는 것이 아닌가 싶었다.

그때, "남아있는 것"이라는 말이 그의 머리를 스쳤다.

남아있는 것. 그것은 바로 기억(記憶)이었다. 하지만 그에게는 단 한 톨의 기억조차 남아있지 않았다. 그래서 인생(人生)이란 땅을 파내려가, 아쉬움의 정체를 끌어올리고 싶어도, 기억이라는 도구가 없었기 때문에 시도조차 할 수 없었던 것이다.

하지만 그는 무슨 수를 써서라도 그 아쉬움의 정체를 완벽히 파헤쳐내고 싶었다.

도대체 무엇이 아쉬워서 자신이 죽음을 머뭇거렸는지, 정말이지 알 수가 없었다.

그 아쉬움을 밝혀내지 않고는 죽을 수도, 살 수도 없을 것 같았다.

이제 절절하게도, 지나간 것에 대한 그리움이 피어난다고,

그는 그렇게 생각했다.

30

——

그는 생각했다,

기억(記憶)들이 사무치게 그립다고.

그는 자신에게 기억이 필요하다는 것을 깨달았다.

그래서 타오르는 간절함으로, 그는 기억이 어떻게 탄생하는가를
생각해보았다.

그는 자신의 "존재"라는 토양(土壤)에 지나간 것들의 과거(過去)라는
이름의 양분(養分)을 먹고 사는 "생각"이라는 이름의 거목(巨木)이 한
그루 서 있는 것을 볼 수 있었다.

그리고 예전엔 그 나무가 빨아들인 양분이 "기억"의 모습이 되어
자신의 머릿속과 가슴속에 주렁주렁 맺혀 있었다는 걸, 그는 찢어질
듯한 가슴으로 보고 있었다.

"기억(記憶)은 생각이란 나무의 끝에 열리고(果),
표현(表現)은 생각이란 나무의 끝에 피어난다.(成)"고 그는 생각했다.

하지만 지금. 그 나무에서, 그 열매는 보이지 않았다.

어두움을 자아내던 그 아쉬움은 지나간 과거를 빨아들인 기억의 열매가
있어야 밝아질 수 있었다. 하지만 그에게는 남은 기억이 없었다.

그는 만약 자신에게 기억의 열매가 단 한 톨이라도, 정말이지 단 한
톨이라도 남아있다면,

아쉬움의 더미를 더 쉽게 파고들 수 있으리라 확신했다. 그러자 기억의 달콤한 필요성이 더욱 사무치게 그리워졌다. 그 열매의 달디 단 향을 맡고, 맛을 볼 수 있다면 칠흑 같은 어둠도 정말이지 밝게 볼 수 있을 것만 같았다.

그 순간. 그는 방금 생각이라는 거목(巨木)이 삶이라는 토양에 뿌리를 내리고 한 없이 뻗어나가, 과거라는 양분을 먹어, 기억이라는 열매를 열고 표현이라는 꽃을 피운다는 것을, 자신이 알게 되었다고 확신했다. 그리고 생각으로 움직임이란 표현의 꽃을 피웠던 자신의 모습을 분명히 떠올릴 수 있었다.

그래서 그는 살아 있기에 "자라날" 생각은 분명히 표현으로 피어난다고 확신했다.

그리고 그는 살아 있어서 "자라난" 생각은 분명히 기억으로 저장된다고 확신했다.

그러자 생각의 줄기를 뒤흔들면 기억의 열매가 희미하게나마 떨어지지 않을까 싶었다.

정말이지 가능할 것만 같았다.

"생각만으로 신체를 움직이는 것이 가능했다면, 생각만으로 기억을 움직이는 것도 가능하리라."

그는 그렇게 해보았다. 생각을 뒤흔들었고, 기억의 열매를 떨어뜨렸다. 그리곤 그렇게 떨어진 희미한 열매들 중 가까이에 있는 것부터 그는 차분히 맛보기 시작했다.

죽기를 바라던 그 순간. 행동을 잃었던 그 순간.

습관을 버렸던 그 순간. 여인이 올라온 그 순간.

귓속을 울리던 그 소리.

"그것이다!"

그가 그토록 사무치게 그리워했던 향기.

죽기 전까지 남았던 아쉬움의 어두운 뒷맛.

그것은 어머니의 목소리였다.

그는 어째서 죽음을 머뭇거리게 하는 아쉬움이 자신을 찾아왔는지가
궁금했었다.

그런 그의 머릿속에 어머니가 떠오르자 모든 것들이 명확해지는 것만
같았다.

어머니의 부드러운 목소리와 어머니의 아름다운 얼굴이, 아쉬움을
자아낸 것이 분명해졌기 때문이었다.

그는 아쉬움 그 자체가 어쩌면 희망(希望)이 아니었을까 싶었다.

아쉬움이 곧 희망이고, 희망이 곧 아쉬움이 아닌가 싶었던 것이다.

지금 어머니에 대한 아쉬움의 기억이 희망의 모습이 되어 그의 앞에
나타난 것이 그 증거가 될 수 있다고 여겨졌다.

그러자 그는 어쩌면 삶은 그 희망(希望)에서 출발하는 것일지도
모른다는 생각도 들었다.

어렴풋이 든 생각은 옅게 퍼지며, 그의 머릿속에 완전히 자리 잡아갔다.

결국 그가 희망할 수 있어서, 죽음을 머뭇거리게 했던 그 아쉬움의
정체는

어머니의 존재였는지도 몰랐다.

"어머니가 있기에."

분명하게 희망이 느껴진다고,

그는 그렇게 생각했다.

그는 생각했다,

희망(希望)과 동시에 퍼져나가는 절망(絶望)을.

기억 속에서 그가 찾아낸 아쉬움에는 분명히 희망의 색이 묻어 있었다.

살아 있다면 언젠가 어머니를 만날 수 있고, 품을 수도 있으리라는

희망을 찾아 낸 것이다. 그는 그런 어머니에 대한 희망을 남겨두고

죽는다는 것이 못내 아쉬웠다.

그건 진심에서 우러나는 아쉬움이었다. 진심에도 희망이 묻어있었다.

무엇이든 가능하게 하고 무엇이든 완벽하게 하는 살아 있다는 희망이

그에게 담뿍 묻어 죽는 것을 아쉽다고 여기게 했다.

하지만 희망의 곁에는 절망의 덫이 놓여 있었다.

아무리 생각해도. 아무리 기억해도. 어머니는 지금 당장 그의 곁에 있지

않았다.

그래서 그는 다시금 홀로 남았다는 절망적인 생각에 사로잡혔다.

그리고 느껴졌다.

그는 어머니에 대한 희망에 차오르는 도중. 당신과 아름다운 한

쌍이었던 아버지의 선명한 얼굴이 떠오르는 것을 속수무책으로

바라보고 있었다.

그리고 아버지가 마치 꿈결처럼, 한 순간에 사라져버렸다는 것이

기억났다.

그 기억이 떠오른 순간. 그는 마음속의 윗니로 아랫입술을 꽉

물었다. 곧 고통이 뒤를 따랐다. 그 고통은 그의 육체가 아닌, 정신에

파고들었다. 고통이 퍼지는 정신 속에서 그는 어머니도 아버지를 따라
사라질 것이 분명하다는 절망적인 생각의 줄기를 보았다.

그가 가장 사랑했던 아버지가 한순간에 세상을 떠난 것처럼,

그가 가장 사랑하는 어머니도 언젠가는 세상을 떠나리라는,

더할 나위 없이 명백한 확신이 절망의 고통을 끊이지 않게 했다.

그뿐 아니라 그 사랑에 몸을 담은 자신도 지금이 아니라도 언젠가는
죽고 말 것이었다.

그 절망의 덫은 지금 당장 어머니가 곁에 없다는 이유만으로 그를 깨문
것만이 아니었다.

절망은 모든 것이 사라지기 때문에 느껴졌다. 모든 것은, 심지어 자기
자신이라는 존재도 언젠가는 사라질 수밖에 없기에. 절망이 뚜렷하게
느껴졌다.

무엇이든 가능치 않게 하고, 무엇이든 완벽치 않게 하는, 죽어야 한다는
절망이

그를 덥석 깨물어 사는 것이 괴롭다고 여기게 했다.

살아 있다는 것이 희망의 색이라면. 죽어야 하는 것은 절망의 덫이었다.

절망의 덫에 걸린 그는, 이제 죽는 것이 아니라 사는 것을 머뭇거렸다.

어머니에 대한 아쉬움에서 비롯된 희망만으로 자신이 살아갈 수는 없는
것이었다.

무슨 수를 써도. 무슨 희망을 품어도. 그는 자신이 홀로 남았다는
절망적인 고독을 떨칠 수 없으리라는 것을 확실히 알 수 있었다.

그리고 그 고독을 잃을 수 없을 것이라고 확신할 수도 있었다.

그 확신은 그에게 마치 세상에 존재하는 유일무이한 진리로서

다가왔다.

그 유일무이한 진리가 온몸에 스며들고 있다고,

그는 그렇게 생각했다.

그는 깨달았다,

유일무이한 진리를.

그 진리(眞理)는 희망과 절망의 사이에 옅은 농도를 띤 채 존재하고
있었다.

그는 분명히 살아 있었다. 그래서 희망의 색을 온몸에 담뿍 묻힐 수
있었다.

또한 그는 살아 있기에 생각할 수 있었다. 그 생각에도 희망의 색이
완연히 묻어 있었다.

살아 있다는 희망으로 도색(塗色)된 그 생각은 정말이지 가능한
것이었다.

다른 누군가가 되는 것도. 어떤 누군가를 사랑하는 것도.

세상 모든 것을 가지는 것도. 세상 모든 것을 잃는 것도.

희망찬 생각 속에서 불가능한 것은 없었다.

그리고 생각은 기억을 남겼다.

희망으로 도색(塗色)된 그 기억도 정말이지 완벽한 것이었다.

이미 완료되어버린 기억에서의 행복도. 사랑도. 분노도. 심지어
슬픔조차도 완벽했다.

그래서 그는 그 생각과 기억에 대한 희망을 품으며 살아갈 수 있었다.

하지만 살아간다는 건 생각한 만큼. 기억한 만큼. 희망한 만큼.

이루어지지 않았다.

모든 것이 가능한 생각만큼, 실제로 살아가는 것은 가능하지 않았다.

완료된 기억 속의 완벽만큼, 실제로 겪는 모든 것은 완벽하지 않았다.

그래서 한 쪽에는 실망이 또 한 쪽에는 좌절이 맺힌 거대한 절망의

집게가 삶에 믿을 수 없을 만큼 광활한 괴리를 벌렸다.

그 괴리는 절대 채워질 수 없을 만큼 넓었다. 너무 넓어서 그 사이에는

"아무것도 없다"는 생각만을 품게 할 정도였다.

그래서 끊임없이 공허(空虛)하고 또 허무(虛無)할 수밖에 없었다.

"아무것도 없다."는 것은 결국 "공허하고 허무하다."와 같은 말이었다.

그 광활한 공허 속에 던져졌기에, 그에겐 홀로 남았다는 고독이

끊임없이 찾아올 수 있었다. 그 넓은 곳에는 진정으로 자기 자신밖에

없었다.

하지만 그는 결코 자신이 고독하다고 생각하고 싶지 않았다. 인정하고

싶지 않았고, 수용하고 싶지 않았다. 오히려 자신이 고독하다는

흔적이란 흔적은 모조리 깨끗하게 지워버리고, 부정하고, 묵살하고

싶었다.

그래서 스스로 끊임없이 무언가를 원하고, 위하고, 바라게 하여, 결코

이룰 수 없는 욕망(慾望)의 숨을 거칠게 내쉬었다.

그렇게 그가 내쉬었던 물질, 사랑, 지식, 감정, 방법, 능력, 욕구 따위가

바로 욕망의 들숨이었다.

그러나 그 들숨들은 아프게도 그가 뱉어내어 사라지게 했던

날숨들이기도 했다.

모든 것은 결국 흩뜨려질 뿐이었다.

결국 그 욕망은 잃어버릴 수도 있고, 눈 한 번 깜짝하면 날아가는, 결코
이루어질 수 없는 허무(虛無)에 불과했다.

허무로 괴리를 채워봐야 메꿔지지 않음은 당연했다.

메꿔지지 않는데 한사코 욕망을 불어 넣었으니, 힘들고 지치고
괴로워지는 것은 당연했다.

무언가를 원하는 욕망은 그에게 이제 고통(苦痛)의 모습 그 자체로
다가왔다.

하지만 결코 채워지지 않기에, "아무것도 없다."고 생각할 수 있는
그 괴리의 공허(空虛)와 허무(虛無).

그리고 공허와 허무 속에 "살아 있기에" 느낄 수 있는 "홀로 남았다."는
고독(孤獨)은 실존(實存)했다.

그는 결국 살아 있기에 끈질기게 공허하고 허무할 것이며 끊임없이
고독할 수밖에 없다는 것을 조용히 깨달았다.

그러나 여태껏 그는 곁에 그 누구도 없고 그 어떤 것도 없다는 걸
인정하기 싫어서 욕망(慾望)의 숨을 들이마신 채 소유(所有)의 바다로
뛰어들었다.

그 소유의 본질(本質) 또한 중요했다.

평범함의 운명을 믿게 해주셨던 아버지가 살아 "있어도."

남을 따라 잡을 수 있을 만한 많은 돈이 "있어도."

한때나마 사랑했던 여인이 곁에 "있어도."

수와 언어에 대한 지식을 알고 "있어도."

상대방에 대해 느낄 수 있는 감정이 "있어도."

먹는 방법과 자는 방법을 알고 "있어도."

습관적으로 또는 의식적으로 몸을 움직이는 방법을 알고 "있어도."

자신의 욕구에 충실할 수 있는 감각을 지니고 "있어도."

시력과 청력같이 보고 들을 수 있는 능력이 남아 "있어도."

사랑해 마지않는 어머니의 존재가 "있어도."

그 모든 것에 대한 생각과 기억(記憶)을 소유하고 "있어도."

"그(自)" 자신이 공허하고 허무한 고독한 존재라는 것은 덮을 수가
없었다.

하지만 그는 여태 그 공허하고 허무한 고독이 무서워서 계속해서
새로운 것을 욕망했고 새로운 것을 소유하려 했다.

그 욕망과 소유는 채찍이 되어 존재에 지워지지 않을 고독의 상처만을
깊게 했을 뿐이었는데도 말이다.

결국 그는 살아 있는 동안 무엇을 더 소유하려 할수록 더 공허하고 또
허무할 수밖에 없다고 확신했다.

나아가 더 공허하고 더 허무할수록 더 고독하리라는 것도, 더
고독할수록 더 고통스러우리라는 것도 확신할 수 있었다.

그러다 "나는 상실하고 있었는데도 어째서 공허하고 허무하며 또
고독했던 것일까?"라는 의문 하나가 그를 찾았다.

그 의문에 대한 해답은 명확했다.

자신은 죽어야 하기 때문이었다. 그래서 절망의 늪에 온몸을 물릴
수밖에 없었다.

그는 자신뿐 아니라 누구나 결국엔 죽고 말 것이라 확신했다. 그리고 그
죽음과 동시에 모든 것과 이별할 수밖에 없다고도 확신했다.

살아 있었을 때 전부였던 것들은. 죽고 나면 아무것도 아니게

되어버린다.

자신이 사랑하고 미워하고 슬퍼하고 행복했던 모든 것과.

심지어 자신의 존재 자체마저도.

마치 꿈이었던 것처럼 날아가 흩어져 버리는 것이다.

상실한다는 것은 곧 죽어간다는 것과 같은 말이었다.

결국 인간은 그리고 자신은.

살아 있다는 희망과 죽어야 한다는 절망 사이에 뚜렷이 존재하고 있기에,

무슨 수를 써도 공허하고 허무하며 고독할 수밖에 없었다.

그것만이 유일한 진리이라고,

그는 그렇게 깨달았다.

그는 말했다,

「나는 살아 있다. 그래서 나는 공허하다.

나는 죽는다. 그래서 나는 허무하다.」고.

그는 삶과 죽음의 공허와 허무 사이에서 발버둥 치며,

가질 수 있을 만큼 가져보았고, 잃을 수 있는 만큼 잃어보았다.

더는 소유할 수 없을 만큼 소유해보기도 했고

더는 상실할 수 없을 만큼 상실해보기도 했다.

「나는 소유했다. 하지만 고독했다.」

「나는 상실했다. 그래도 고독했다.」

보통 사람들은 자신이 무엇을 잃고 있는지를 모른다.

다만 그가 아버지를 잃은 것처럼, 애인을 잃은 것처럼, 자산을 잃은

것처럼. 눈에 보이는 것을 잃었을 때만 상실의 파도를 맞아 고독에 젖어 괴로워한다.

허나 그는 눈에 뵈지 않는 걸 잃어도, 고독에 젖을 수밖에 없다는 것을 알게 되었다.

보통 사람들은 자신이 무엇을 갖고 있는지를 모른다.

다만 그가 아버지를 가진 것처럼, 애인을 가진 것처럼, 자산을 가진 것처럼. 눈에 보이는 것을 가졌을 때만 소유의 바다에 빠져 고독에 젖어 괴로워한다.

허나 그는 눈에 뵈지 않는 걸 가져도, 고독에 젖을 수밖에 없다는 것을 알게 되었다.

소유의 바다에 몸을 담가도. 상실의 파도에 몸을 맞아도.

결국 마지막엔 고독이라는 물결에 젖을 수밖에 없었다.

그 소유라는 바다 속에는 아무것도 없었다.

그 어떤 의미(意味)도. 목적(目的)도. 가치(價値)도. 없었다.

그때. 그는 자신이 상실하고 있는 와중에 "아무렇지도 않다"는 "체념"이 어째서 가능했는가를 알 수 있었다.

그것이 가능했던 이유는 자신이 상실했던 것들이 "아무것도 아니었던 것"이기 때문이었다.

그는 소유한다는 것이 세상에서 가장 쓸데없는 짓거리였다는 걸 거기서 깨달았다.

그렇기에 바다에 잠겼을 땐 끊임없이 불안하고 숨을 쉴 수 없을 정도로 아팠던 것이었다.

그런 소유의 바다에 몸을 담는 것은 그에게 이제 스스로를 질식하게 하는 자해(自害)의 모습으로 다가왔다.

가지든 잃든. 결국 회귀하는 곳은 존재의 본질(本質)인 공허한 고독뿐이었다.

그래서 그에게 가장 중요한 것은 자신의 공허한 고독을 인정하는 것이었다.

「나는 고독한 존재다.」

자신의 공허한 고독의 존재를 진심(眞心)으로 받아들이고 끌어안을 수 있다면.

스스로를 해치는 소유의 허상도 진심(眞心)으로 받아들이고 끌어안을 수 있었다.

「그 어떤 것도 나의 고독을 채울 수 없다는 것을 알고 있으니까.」

그래서 사람들이 자신의 고독을 사랑할 수 있는 상황이 되면.

「자신이 가질 수 있는 것에 진심으로 웃으며 반길 수 있고.

자신이 잃을 수 있는 것에 진심으로 웃으며 헤어질 수 있다.」고,

그는 그렇게 말했다.

그는 깨달았다,

살아 있음에의 고독함과 죽어야 함에의 고독함을.

이 간단한 한 줄이 머릿속에 아스라이 내려앉았다.

그는 이 한 줄이 내려앉아 스며들기 전에는 자신이 절대로 떨어지지 않는 그 공허한 고독에 죽을 정도로 괴로워했었다고 확신했다.

그래서 어떻게든 그 고독을 덮어내고 부인(否認)키 위해, 끊임없이 투쟁했었다고도 확신했다.

그리고 이제야 그는 그 투쟁(鬪爭)에서 결코 승리할 수 없다는 것을 알게 되었다.

다만 모든 일이 그러하듯이 그 고독에도 끝은 있었다. 그 끝은, 바로 죽음이었다.

결국 고독과의 투쟁을 끝낼 수 있는 것은 죽음을 맞이했을 때뿐이었다.

죽음은 고독과의 투쟁에서 곧 패배하는 것이나 다름없었다.

그는 자신이 지금도 죽음을 향해 발을 내딛고 있다고 생각했다.

그런 그의 머릿속은 온통 죽음에 대한 생각으로 빽빽해져 있었다.

죽음은 정말이지 완벽한 것이다. 죽고 나면 모든 것이 끝이 난다.

생각도. 상실도. 공허도. 고독도. 고통도. 모조리 끝이 나버린다.

하지만 그는 "나는 살아 있다"고 확신했다.

그는 분명히 살아 있었다. 자신이 들이마시고 내뱉는 호흡을 아직도 느낄 수 있었다.

"나는 왜 살아 있어야 하는 것일까?"

그가 진정으로 깨달은 것은 바로 이 질문에 관한 것이었다.

「내가 살아야 하는 이유.」하고 그는 말했다. 그리고 생각했다.

그건 죽음이 아무것도 아니기 때문이다. 죽고 나면 모든 것이 없어진다.

생각도. 소유도. 공허도. 고독도. 고통도. 모조리 없어져 버린다.

그토록 완벽하고도 아무것도 아닌 죽음으로 갈 수 없었던 이유는.

아직 모든 것이 끝나지 않았고, 모든 것이 없어지지 않았기 때문이었다.

"적어도 존재함의 고독만은 나에게도 남아있었으니까.

그리고 살아 있기 때문에 고독한 것이니까."고 그는 생각했다.

결국 그는 아직 완벽하지도 않았고, 아무것도 아니지 않았다.

동시에 그는 완벽하고 싶지도 않았고, 아무것도 아니고 싶지도 않았다.

그는 살아서 완벽한 것이 될 수 없었지만, 죽어서 아무것도 아니고
싶지도 않았다.

이제 그에게는 살아 있다는 것. 즉, 존재(存在)한다는 것은 하나의
병(病)처럼 여겨졌다.

애초에 태어나지 않았다면 그 고독을 앓을 일도 없었을 테니까 말이다.

그리고 살아 있다는 병에 걸렸기 때문에, 인간은 시름시름 죽어가는
것이 아닌가.

즉, 모든 인간은 "태어남"과 동시에 "죽어가는" 것이다.

하지만 인간은 태어나서 "살아간다." 그리고 그 역시 인간이기에
태어나고 살아갔다.

결국, 살아 있기에 고독할 수도 있었고, 살아 있어야 괴로울 수도
있었다.

삶이라는 병에 걸려 있기에 지금 하고 있는 이런 생각도 가능한 것이다.

결국 삶이라는 병이 모든 것의 근원(根源)이자 원천(源泉)이고
동력(動力)이었다.

그래서 그는 자신을 포함한 모든 인간이
"살아 있다는 것과 투쟁하는 존재"이자 "고독과 투쟁하는 존재"라고
여길 수 있었다. 인간이란 고작 살아 있기에, 느껴질 수밖에 없는 치가
떨릴 만큼 괴로운 고독에 맞서, 끊임없는 욕망과 소유로 싸우려는
존재에 불과했다.

하지만 그는 그 투쟁(鬪爭)이 부질없다는 것을 깨달았다.

"고독은 살아 있기에 느끼는 것이다.

그런 고독과 싸워서 절대로 이길 수 없다.

고독하다는 것은 곧 살아 있다는 것이기 때문이다.

그리고 죽는다는 것은 고독에 패배하는 것이다.

인간은 누구나 고독에게 패배할 수밖에 없다.”

고 확신했기 때문이었다.

이제 그는 더 이상 자신의 고독과 싸우지 않았다.

그리고 고독에게의 패배를 앞당기고 싶지도 않았다.

대신에 자신의 고독을 인정하고. 보듬고. 껴안고. 사랑하였다.

결국 그는, 죽지 않고 살아가기 위해서 필요한 것이란.

언젠가 죽음이라는 이름으로 헤어질 수밖에 없는 모든 것들 사이에서

끊임없이 느껴지는

자신의 고독을 사랑하는 것뿐이라는 걸 피부로 깨달을 수 있었다.

그는 만약 고독을 사랑하지도 않은 채.

학교에 앉아 지식을 구겨 넣고, 남을 따라 잡으려 하고,

귀족의 권좌에 오르려하고, 더 큰 돈을 벌려고 하고,

부모님을 사랑하려고 하고, 애인을 사귀려고 하는

소유로 자해(自害)한다면 결국 괴로울 수밖에 없다는 걸 분명히

깨달았다.

“모든 것은 결국 나를 떠나갈 것이기에 허무할 뿐이며,

나는 계속해서 그 공허한 고독을 부인하려하기에,

괴로운 삶을 이어나가며 제발 죽기만을 바라고 있을 테니까.”

라는 생각이, 그 깨달음을 그의 머릿속에 낳았다.

“나는 내가 고독한 존재라는 것을 안다.

그리고 기꺼이 그 고독을 사랑한다.

나는 고독하기 때문에,

나는 살아야 한다."고,

그는 그렇게 깨달았다.

그는 생각했다,

어떻게 살아야 하는가를.

그는 살아 있어야 한다고 깨달았지만, 어떻게 살아야 할지는 몰랐다.

여전히 텅 비어있기 때문이었다.

분명히 지식. 방법. 능력. 욕구 따위는 사라져서는 아직 그에게

돌아오지 않았다.

하지만 그는 그것들이 공허한 소유에 불과하다는 것을. 그래서

그것들을 잃는 동안, 아무렇지 않다는 체념까지 할 수 있었다는 것을.

확실히 깨닫고 있었다.

그럼에도 불구하고 "살아 있다는 것"만큼은 끝까지 남아있었다. 그것은

잃을 수도 없었고, 체념할 수도 없었다.

그래서 그는 그 "살아 있다는 것"으로부터 "어떻게 살아야 할지"에 대한

생각을 길러나가야 한다고 생각했다.

지금도 그는 자신이 분명히 살아 있다고 확신했다. 그리고 살아 있기에

계속 생각할 수도 있었다. 생각할 수 있기에, 기억도 머릿속에서

만들어졌다.

그때. 그는 예전에도 자신이 지금과 마찬가지로 살아 있었다고

확신했다.

그래서 생각했었고, 기억했었다는 확신도 함께 찾아들었다.

잃기 전에도. 텅 비어버리기 전에도. 그는 자신이 분명히 살아 있었다고
확신했다.

그래서 그는 우선 예전에 자신이 어떻게 살았는가를 되돌려볼 필요가
있다고 생각했다.

많은 것을 깨닫게 된 지금. 예전과 똑같이 살고 싶지는 않았기
때문이었다.

결코 같은 실수를 반복하여, 다만 죽기만을 바라고 싶지 않았다.

그래서 그는 필사적으로 자신의 과거를 엿보기 시작했다.

그는 예전의 자신은 생각하고 기억할 수 있었기에 그것에 인생을
바쳤다고 생각했다.

그 둘이 발하는 희망의 색에 집착(執着)하여 과거와 현재 그리고 미래를
살았던 것이다.

하지만 이제 그는 인생이란 그 둘만큼 완벽하지 않다는 것을 알게
되었다. 세상은 절대로 두 번 다시 똑같은 일을 반복하지 않았고,
절대로 벌어질 일에 대한 완벽한 추측을 허가하지도 않았다.

"세상은 예전에도 그랬고, 지금도 그렇고, 앞으로도 그럴 것이다."라고
그는 생각했다.

결국 그는 생각과 기억에서 비롯되는
추억(追憶)과 미련(未練) 그리고 예상(豫想)과 예측(豫測)은
결코 되돌릴 수도 없고, 이루어질 수도 없다는 것을 새로이 깨닫게
되었다.

예전의 그에게는 그 깨달음이 없었다. 그래서 한사코 그 둘에 기대어

인생을 살아가려고 했었다. 하지만 그 둘처럼 인생을 살 수 없었기 때문에 그는 좌절했었고 실망했었고 공허하고 허무했었다. 그리고 그 허무에서 고독이 자라났었다. 자신이 마음먹은 대로 되지 않는다고 인지하는 순간, 자라난 고독은 그를 숨 쉴 수 없을 정도로 괴롭게 했다. 하지만 지금도 고독이 자라는 것은 어쩔 수 없었다. 고독은 살아 있기에 끊임없이 자라는 것이었다.

그래서 그는 "살아 있는 인간이라면 무릇 고독을 느낄 수밖에 없다."고 생각했다.

그리고 그는 "살아 있는 자신"이 그러하듯, "살아 있는 다른 인간"들도 분명히 고독을 느끼리라 확신했다.

그 생각의 끝에서 그는, "다른 인간"들인 "남"에 대한 생각을 피워내고 기억을 떠올릴 수 있었다.

그리고 남에 대한 생각과 기억이 완전히 틀려먹었다고 생각했다.

예전에 자신이 죽을 정도로 고통스러웠던 이유가 바로 "남"에 대한 생각과 기억 때문이었다는 확신에 차올랐기 때문에 그렇게 생각할 수 있었다.

그는 분명히 "남"에 대한 생각과 기억을 만들어 거기에 집착(執着)했었던 자신의 모습을 발견할 수 있었다.

이제 보니 그 집착은 "남"들만큼 되고. 하고. 살고. 지내는. 것에 발맞추자는, 피부가 매울 정도로 따가운 질투(嫉妬)의 벽돌을 구워냈다. 그리고 그 벽돌은 차곡차곡 쌓여 하나의 탑(塔)을 그의 내면에 세웠다.

그 질투의 탑에 스스로를 묶은 "그"는 더 아픈 고독에 물들었고, 더 가쁜 욕망의 숨을 쉬어, 더 깊은 소유의 바다로 스스로 뛰어들었었다.

하지만 "남(他)"들도 "그(自)"와 마찬가지인 "인간"이었다.

살아 있는 인간이기에 공허하고도 고독한 존재에 불과했다.

남에게는 남들의 삶과 고독만이 있을 뿐이었고,

그에게는 그만의 삶과 고독만이 있을 뿐이었다.

남(他)들은 그들만의 삶과 고독 속에서 끊임없이 투쟁하고 있었고,

그(自)역시 자신만의 삶과 고독 속에서 끊임없이 투쟁하고 있었다.

남(他)과 그(自)는 애초에 똑같이 될 수도, 할 수도, 살 수도, 지낼 수도,
없었다.

그(自)는 남(他)과 절대로 똑같이 될 수도, 할 수도, 살 수도, 지낼 수도,
없었다.

같아질 수 없는 남들에게 질투를 품어 집착해야 할 이유는 애초에
그리고 절대로 없었다.

결국 해답은 그 남들을 어떻게 생각하느냐에 달려 있었다.

남들의 존재를 의식(意識)하는 것이 아니라, 남들의 존재를
인식(認識)하는 것만이.

남들을 다정한 무관심 속으로 밀어 넣어, 질투를 품지 않는 것이 그
해답이었다.

그는 그 해답을 온 몸으로 받아들이면.

더 이상 소유 속으로 뛰어들지 않고, 거친 욕망의 숨을 쉬지 않아도 될
것 같았다.

결국 끊임없이 괴로울 집착(執着)의 탑을 무너뜨리는 것이 자신이 살 수
있는 방법이었다.

그는 자신의 가슴 속에 세워져 있던 집착의 탑이 천천히 무너지는 것을

보고 있었다. 그리고 정성스레 탑을 이루고 있던 질투의 벽돌들을 깨어

나갔다. 단 한 톨의 흔적조차 남기지 않으려는 의지가 담긴 정신적인

움직임이었다.

그렇게 그의 가슴속엔 텅 비어버린, 공간이 뚫려 있었다.

그건 거칠고 울적한 광야(廣野)였다.

거기엔 매서운 욕망의 바람이 휘몰아치고 있었다. 그 욕망의 칼바람은

그의 가슴속을 긁고 할퀴어 상처를 내었다.

그래서 그는 새로운 탑이 필요하다고 확신했다. 자신을 보호하고

잡아줄 탑의 존재가 없다면, 그는 날카로운 욕망에게 너덜거릴 때까지

베이리란 확신이 들었기 때문이었다.

이제 그 탑을 세우기 위해서는 자아(自我)라는 벽돌이 필요하다고 그는

생각했다.

그리고 그 벽돌을 구울 재료인 삶과 고독은 자신에게도 지금 충분히

있었다.

그러자 그 광야에 의지(意志)의 빛이 가득해지기 시작했다.

그는 그 빛을 온 몸으로 흡수하며 모든 것을 깨달았다.

자신을 얽매는 타인의 집착이라는 탑을 무너뜨리고,

자아로 이루어진 자신의 탑을 세우는 것이,

살아갈 수 있는 길이라고,

그는 그렇게 생각했다.

그는 깨달았다,

광야에 펼쳐진 것들을.

가슴속에 펼쳐진 광야(廣野)에는 무너진 탑(塔)의 흔적이 널려 있었다.
그는 그 흔적들에서 마음의 눈을 돌렸다. 그러자 그 한쪽 구석에는
낡고 헤진 기둥과, 아직 짙고 넓게 그늘이 드리워져 있는 것이 시야에
들어왔다.

그러자 힘이 들 때마다 등을 기댔던 그 기둥의 깊은 듬직함과, 지칠
때마다 몸을 쉬었던 그 그늘의 짙은 서늘함을 그는 뚜렷하게 느낄 수
있었다.

그 광야에서 그는 자신이 어머니를 얼마나 사랑했는지를 다시 떠올릴
수 있었다. 곧 그 기억은 언제나 자신을 다독여주었던 어머니를
생각하게 했고, 욕망케 했다.

그런 어머니에 대한 모든 것은 정말이지 완벽했다.

하지만 그는 "어머니의 사랑도 나의 공허한 고독을 해결해주지
못한다."고 생각했다.

그렇게 생각할 수 있었던 이유는 언젠가 모든 것이 희미해지다 못해,
사라지고 말 것이라는 확신이 덧대어져 있었기 때문이었다.

그는 지금도 뚜렷하게 느낄 수 있는 어머니의 사랑이 자신에게 가득
차있다 하더라도, 언젠가는 모조리 꿈결처럼 사라져 버리리라는 것을
절감하고 있었다. 그 절감은 마지막엔 모두가 죽어야 한다는 절망이
불러온 것이었다.

결국 모든 인간은 "살아 있기에" 공허하여 고독하기도 하지만,
동시에 "죽어야 하기에" 공허하여 고독하기도 하다고 그는 믿었다.

그 믿음 속에선 자신을 포함한 모든 인간들은 모두 공허할 뿐이었다.

그는 인간에 불과한 "남"들도 고작 공허한 존재이기에, 그 어떤 누구도

고독을 해결할 수 없다고 확신했다.

고독을 해결할 수 있는 것은 오로지 자기 자신 뿐이었다.

그래서 그는 자신이 끝없이 고독하게 살아가리라는 것을 인정해야만
했다.

그 생각의 끝에서 그는 다시 한 번 어머니에 대한 생각을 했다.

결국 어머니도 자신에게는 남(他)에 불과했다.

어머니에게는 어머니만의 삶이. 존재가. 생각이. 기억이. 죽음이.

고독이 있었다.

그래서 그가 어머니에 대한 사랑을 품어야 할 이유는 없었다.

하지만 그는 그 사랑을 품겠다고 "선택"했다.

거기서 그는 결국 살아간다는 건,

자신만의 고독 속에서 무엇을 선택(選擇)을 하느냐의 문제라고
생각했다.

그리고 그 선택은 "남"에 의한, 위한, 대한 것이 아니라,

오로지 자기 "자신"에 의한, 위한, 대한 것이어야 했다.

결국 어머니에 대한 사랑이 자신에게 필요한 존재인 것은 맞았다.

허나 어머니에 대한 사랑이 자신에게 충분한 존재인 것은 아니었다.

그는 어떤 것으로도 필요충분조건을 맞출 수 없다는 걸, 뼈가 시리도록
깨닫고 있었다.

그때. 곁에 없는 아버지의 얼굴 또한 가슴속에 또렷이 맺히는 것을 그는
볼 수 있었다.

아버지가 자신을 기대게 했던 기둥이었다는 것과, 어머니가 자신을
쉬게 했던 그늘이었다는 것도 다시 한 번, 기억 속에 선명히 드러났다.

하지만 아버지도 어머니도 전부 남이었다.

아버지의 사랑을 포함한 그 어떤 기둥도 결국 자신을 완벽히 떠나간
것처럼,

어머니의 사랑을 포함한 그 어떤 그늘도 결코 자신을 완벽히 채울 수
없다는,

그 간단하고도 명료한 사실이 그를 들깨웠다.

그는 이제야 아버지와 어머니에 대한 사랑을 가슴속의 광야에 정성스레
묻을 수 있었다.

그리고 사랑하지만 결코 집착하지 않으리라고 다짐했다.

그 사랑에서 비롯된, 남의 기둥과 그늘은 완벽하지 않고 영원하지
않았기 때문이었다.

결국 자신의 인생은 그런 남의 기둥과 그늘에서 살아야 하는 것이
아니었다.

자신이 세운 기둥과 자신이 드리운 그늘 속에서,

살아야 하는 것이라고,

그는 그렇게 깨달았다.

그는 보았다,

눈앞을 덮던 장막이 걷히고, 하나의 상(牀)이 흐릿한 것에서 또렷한
것이 되는 것을.

그 시간이 꽤 길게 느껴졌다. 그것보다 그런 시간이 존재한다는 것을
그는 처음 알게 되었다. 그는 그 사이에서 아무것도 하지 않고 가만히
있을 때도 끊임없이 흘러가던 시간의 모습을 떠올릴 수 있었다.

그 시간은 정말로 무한했고 또 공평했다.

그가 멈춰있다고 해서 시간이 느리게 흐른 것도 아니었고,

그가 움직였다고 해서 시간이 빠르게 흐른 것도 아니었다.

시간은 언제나 그 자리에 그대로 존재하고 있었다.

그는 그 시간의 모습이 바로 세상의 모습이라는 것을 알 수 있었다.

그 세상은 정말로 무한했고 또 공평했다.

그가 멈춰있다고 해서 세상이 느리게 흐른 것도 아니었고,

그가 움직였다고 해서 세상이 빠르게 흐른 것도 아니었다.

결국 세상은 아무것도 아닌 채 꼼짝 않고 그대로 있었다.

과연 몇이나 되는 인간이 그 시간과 세상의 존재를 알고 있을까마는.

그는 전혀 신경 쓰지 않았다.

무신경의 대상은 상이 잡히는 시간이 존재한다는 것이 아니라

그것의 존재를 알거나 모르고 있는 세상 사람들에 대해서였다.

이제 그는 세상에 존재하는 그 누구도 신경 쓰지 않을 수 있었다.

무한하고 공평한 시간 속에 존재하는 사람들이,

자신이 어찌 보이던 간에. 자신을 어찌 말하던 간에.

자신의 세상은 결코 바뀌지 않는다는 것을 깨달았기 때문이었다.

그들에게는 그들만의 세상이 있었고. 자신에게는 자신만의 세상이

있었다.

그래서 그는 물체의 상이 오롯이 시선에 머무를 때까지의

그 시간과 세상을 더할 나위 없이 즐길 수 있었다.

그건 남의 시간이 아닌 자신의 시간이었으니까.

그건 남의 세상이 아닌 자신의 세상이었으니까.

어쩌면 눈앞의 저 물건들의 이름 따위도 아무 신경을 쓰지 않아도 될 것
같았다.

남이 저걸 어찌 보던지 간에. 남이 저걸 어찌 부르던 간에.

그것이 저곳에 존재하고 있고 자신 또한 존재하는 한.

그 존재가 자신의 눈에 들어오는 그 시간만큼은 전혀 변함이 없을
테니까 말이다.

결국 중요한 건 자기 자신이었다.

살아 있는 동안. 그는 자신에게 주어진 시간과 자신에게 주어진 세상을
지금처럼, 고스란히 즐기며 살아야 한다고 생각했다.

자기만의 인생을 살 수 있으면, 자신을 둘러싼 주변이 바뀌리라는
것을 분명하게 경험하고 있었기 때문이었다. 주변의 흐릿한 상들이
또렷해지는 지금 이 시간이 그에게 완전히 즐거운 것처럼.

그리고 그는 그렇게 되면 자신을 알 수 있을 것이라고 확신했다.

"모든 즐거운 시간을 자신에게 쓸 수 있으니까."

그는 지금부터 그 모든 시간을 자신을 위해 쓰며 무엇을 해야 하는지를
알아내야 했다.

그래서 꿈을 꿔야 했다. 결국 꿈을 꾸기 위해서 주변을 바꿔야 하는
것이 아니었다.

바꿔야 하는 것은 자기 자신이었다.

새로이 바뀐 자신의 눈을 통해 주변의 모든 것을,

그는 그렇게 보았다.

그는 생각했다,

서서히 눈이 밝아지는 그 시간을.

그 시간에 대한 생각이 미끼가 되어, 기억의 깊은 심연 속에서 그는

마침내 자신을 끊임없이 사로잡았던 "증상(症狀)"에 대한 것을 건져

올릴 수 있었다.

그래서 물어보았다.

"도대체 그 증상은 어째서 나에게 계속해서 찾아왔던

것이었을까?"하고.

그는 그 증상에 빠져들었을 때 정말이지 아무것도 없었다는 것을

기억했다.

어떤 생각도. 어떤 형상도. 어떤 소리도 없었다. 정말로 깔끔한

무(無)일 뿐이었다.

그는 어쩌면 그 아무것도 없는 증상이, 끊임없이 피어났던 고독과 같은

것인지도 모른다고 생각했다. 증상 속에서도 고독만은 뚜렷이 느낄 수

있었던 것이 기억났기 때문이었다.

그 증상이야 말로 모든 것의 시작이자 마지막인지도 모른다는 생각이

들었다.

고독과 같은 그 증상의 끝에서 그는 항상,

아무런 의미도. 아무런 목적도. 아무런 가치도 없는 소유를 상실했기

때문이었다.

결국 꾸준히 피어올랐던 그 증상은

인생과 세상은 애초에 아무것도 아니라는 무(無)이자

무슨 수를 써도 잃을 수 없는 고독뿐이라고 그에게 속삭였던 것이다.

하지만 존재의 병마(病魔)를 더욱 괴롭게 하던 그 고독의 증상(症狀)은

진정으로 자신이 살아 있다는 것에 대한 증명이었다.

오직 병에 걸린 자만이 그 증상을 느낄 수 있는 것이다.

그래서 이제 그는 그 증상을 사랑할 수 있었다. 그리고 진심으로
사랑하고 있었다.

그 사랑스러운 증상 속에서,

그는 그렇게 생각했다.

그는 되었다.

존재(存在)라는 병(病)에 걸려,

고독(孤獨)이라는 지독한 증상(症狀)을 앓고,

욕망(慾望)이라는 끔찍한 고통(苦痛)에 시달리며,

소유(所有)라는 자해(自害)에 스스로 아파하는 자기 자신이.

그는 단 한 순간도 병자가 아니었던 적이 없었고,

단 한 순간도 증상을 앓지 않았던 적이 없었으며,

단 한 순간도 고통에 시달리지 않았던 적이 없었고,

단 한 순간도 스스로를 다치게 하지 않은 적이 없었다.

그리고 병에 걸린 것은 그뿐만이 아니었다.

어머니도 병자였고, 아버지도 병자였다.

그녀도 병자였고, 중개인도 병자였고, 약사도 병자였으며, 상사도
병자였다.

귀족도 병자였고, 서민도 병자였고, 노예도 병자였으며, 선생도
병자였고, 학생도 병자였다.

심지어 한 번도 만나본 적 없는 길거리의 사람들도 모두 병자였다.

그리고 그들은 하나같이 증상을 앓는다.

그는 자신이 그 병에 걸려 증상을 앓는 동안.

모든 것을 가능케 할 생각을 자아내고, 모든 것이 완벽한 기억을

남기리라는 것을 "알았다."

또한 그 둘에게서 헤어날 수 없는 고통을 받으며 자해를 계속하리라는

것도 "알았다."

그리고 그는 그 병에 걸려 증상을 앓는 동안.

모든 것이 가능하지도 완벽하지도 않으리라는 것을 이제야 "알게"

되었다.

하지만 다른 이들은 그와 같은 병을 앓고 있지만 그것을 "모른다."

그는 여태까지의 경험을 통해 그 모든 것을 "알게" 되었다.

하지만 그들은 어쩌면 죽을 때까지 그 모든 것을 "모를" 것이다.

이 지극히 간단한 "안다"와 "모른다"의 차이는 정말이지 엄청난

것이었다.

그래서 그는 존재한다는 병을 공허하게 퇴색시키는 죽음이라는

물(水)을 들이키기 전까지, 자신이 해야 하는 것은 그 병과 증상을

사랑하여, 헤어날 수 없는 고통 속에서 행복하고 자유로운 병자가 되는

것이라는 것도 "알았다."

증상을 사랑하면 공허한 시간과 세상을 오롯이 자신을 위해서 쓸 수

있을 테니까.

그 시간과 세상 속에서 자신이 누구인지를 아는 것이 행복해질 수 있는

길이었다. 즉,

자신이 누구이기에, 무엇을 좋아하는지를 알아, 자기만의 탑을 세우고.

자신이 누구이기에, 무엇을 하고 싶어 하는지를 알아, 자기만의 기둥에
기대고.

자신이 누구이기에, 무엇을 잘 할 수 있는지를 알아, 자기만의 그늘로
들어가고.

자신이 누구이기에, 무엇을 해야 하는지를 알아, 자기만의 꿈을 꿔야만
했다.

하지만 그 탑에서도, 기둥에서도, 그늘에서도, 꿈에서도 그는 증상을
앓을 것이다.

증상이 전염된 영원하지 않을 공허한 것에 스스로를 옭아매야 할
이유는 없었다.

옭아 매이면, 헤어날 수 없는 고통에 절망하며 또 다시 살기를
단념할는지도 몰랐다.

결국 마지막으로 해야 할 것은 자기 자신조차 뛰어넘는 것이었다.

자신을 뛰어넘으면 세상을 신경 쓰지 않을 수 있을 것이고,

자신을 뛰어넘으면 스스로에게 집착하지 않을 수 있을 것이고,

언젠가 자신을 떠날 때 환하게 웃을 수 있을 것이다.

그렇게 되어야 진정으로 자유로워질 수 있는 것이다.

결코 영원하지 않을 공허한 시간 속에서 자신이 누구인지를 알고
그것을 뛰어넘는 것. 즉,

스스로 탑을 세웠다가 스스로 부순 뒤 또 다시 세우고.

스스로 기둥에 기댔다가 스스로 무너뜨린 뒤 또 다시 기대고.

스스로 그늘로 들어갔다가 스스로 찢어버린 뒤 또 다시 들어가고.

스스로 꿈을 꿨다가 스스로 사라지게 한 뒤 또 다시 꾸어.

그가 겪었던 것처럼 모든 것을 깨끗하게 잃었다가 다시 새롭게
태어나는 것이,

진정으로 행복해질 수 있는 길이자, 진정으로 자유로워질 수 있는
길이었다.

결코 이루어지지 않을 생각과 기억에 집착의 굴레를 씌워서는 안
되었다.

결국 한 곳에 머무르는 집착이란 곧 "죽을병"이었다.

허나 모든 곳을 뛰어넘는 초월은 그를 "살릴 병"이었다.

살아 있다는 것과 죽을 것이라는 사이.

그 사이에서 진정한 자아(自我)를 갖고 모든 것을 초월한다면,

그는 행복한 병자가 될 수 있다.

바로 그것이 그가 살아 있어야 하는 이유이자.

죽을 수 있는 자격을 얻는 길이었다.

그래서 마음먹은 대로 이루어지리라는 헛된 희망(希望)이란 필요
없었다.

그리고 마음먹은 대로 이루어지지 않아 태어난 절망(絶望)역시
쓸모없었다.

「내가 되는 것이 곧 이루어지는 것이다.」

그는 그렇게 말하면서 자신은 이미 모든 것을 잃었다고 생각했다.

그래서 이제 모든 것을 완성시키기 위해서. 모든 것을 이루기 위해서.

그는 자신이 해야 할 것은 그 빈 자리에 우선 자신을 채우는 것이라고
확신했다.

그러는 동안 그는 무언가가 꿈틀거리는 것을 느낄 수 있었다.

그리고 한 번도 되어본 적 없던

자기 자신(自)이 기꺼이,

그는 그렇게 되었다.

그는 일어났다,

서두르지 않고 느긋하게.

설령 그에게 주어진 모든 시간을 다 쓴다고 해도 상관이 없었다.

그는 새로 태어난 것처럼 서툴게 비상을 시작했다.

일어나면서 그는 잠깐 머릿속과 눈앞이 하얗게 되는 증상을 겪었다.

문득 주위가 아득해지고 내면이 아찔해지면서 살짝 쓰러질 뻔했다.

하지만 그것을 받아들였다. 그리고 거기서 배어나는 잔인한 사랑을

모조리 받아들였다.

그러는 동안 아래로 뻗은 두 발에 힘이 실려 갔다.

그 아래쪽엔 아무것도 없었다.

그의 머리카락이 곤두서며 위로 올라가고 있었다.

그 위쪽에도 아무것도 없었다.

빛이 들어오고 어둠이 나가며 주변이 넓어져 갔다.

그 주위에도 아무것도 없었다.

그저 자신(自)만이 있을 뿐이었다.

마치 죽은 것들에 묻혀버려 쓰러져있던 꽃 한 송이가 달콤한 물 한

방울을 머금고, 결연히 고개를 드는 것만 같았다.

피어나는 듯이,

그는 그렇게 일어났다.

ⓒ 김민석, 2018

초판 1쇄 발행 2018년 1월 22일

지은이   김민석
펴낸이   이기봉
편집   좋은땅 편집팀
펴낸곳   도서출판 좋은땅
주소   경기도 고양시 덕양구 통일로 140 B동 442호(동산동, 삼송테크노밸리)
전화   02)374-8616~7
팩스   02)374-8614
이메일   so20s@naver.com
홈페이지   www.g-world.co.kr

ISBN   979-11-6222-237-9 (03810)

이 도서의 국립중앙도서관 출판시 도서목록(CIP)은 서지정보유통지원시스템 홈페이지(http://seoji.nl.go.kr)와 국가자료공동목록시스
템(http://www.nl.go.kr/kolisnet)에서 이용하실 수 있습니다. (CIP제어번호 : CIP2018000719)